童声背后的故事

（第二辑）

主　编　李克梅　郭声健

副主编　黄泽湘　周跃峰　薛　晖

暨南大学出版社

JINAN UNIVERSITY PRESS

中国·广州

图书在版编目（CIP）数据

童声背后的故事.第二辑/李克梅，郭声健主编；黄泽湘，周跃峰，薛晖副主编.—广州：暨南大学出版社，2024.6
ISBN 978 - 7 - 5668 - 3901 - 5

Ⅰ.①童… Ⅱ.①李…②郭…③黄…④周…⑤薛… Ⅲ.①故事—作品集—中国—当代 Ⅳ.①I247.81

中国国家版本馆 CIP 数据核字（2024）第 073717 号

童声背后的故事（第二辑）
TONGSHENG BEIHOU DE GUSHI（DI-ER JI）
主　编：李克梅　郭声健　副主编：黄泽湘　周跃峰　薛　晖
··

出 版 人：阳　翼
策划编辑：杜小陆
责任编辑：康　蕊
责任校对：刘舜怡　黄子聪　陈皓琳
责任印制：周一丹　郑玉婷

出版发行：暨南大学出版社（511434）
电　　话：总编室（8620）31105261
　　　　　营销部（8620）37331682　37331689
传　　真：（8620）31105289（办公室）　37331684（营销部）
网　　址：http://www.jnupress.com
排　　版：广州良弓广告有限公司
印　　刷：广州市友盛彩印有限公司
开　　本：787mm×1092mm　1/16
印　　张：17.5
字　　数：270 千
版　　次：2024 年 6 月第 1 版
印　　次：2024 年 6 月第 1 次
定　　价：59.80 元

前　言

　　我是从 2004 年开始做乡村教育公益的，2015 年开始带领德清公益聚焦乡村音乐教育，创新推出了"快乐合唱 3 + 1"项目，提出"让每一个乡村孩子都能接受有质量的音乐教育"，一直专注乡村中小学普及与推广合唱公益。

　　在乡村中小学从零开始推广合唱真的很不容易，这期间需要动员专家、志愿者、教育局领导、校长、老师等多元力量的合作，一路走来，见证了很多感人的温暖故事。这些平凡人的努力正是乡村音乐教育进步的缩影，为此德清公益特别用心地记录下了这些故事并集结成册，于 2019 年在湖南文艺出版社正式出版发行了《童声背后的故事》，本书还是 2015 年度教育部体育卫生与艺术教育司学校体育美育研究专项任务项目"美育与创新人才培养——农村学校美育的实施路径研究"成果。

　　随着项目的持续发展，"快乐合唱 3 + 1"项目从湖南开始，已传播到了多个省份，其中县域模式在湖南（安仁、桑植、通道、龙山、江华、隆回、汝城、慈利、宁远、安化、沅陵、溆浦、城步、桂东、常宁 15 个县）、湖北（麻城、老河口、英山、黄梅 4 个市、县）、重庆（南川区）、江西（遂川县）等地的 21 个项目市、县落地生根，在 124 个项目校播种发芽，探索了一套支持县域乡村美育发展的帮扶体系，形成了教师培训、展演舞台、成果研究三大板块的工具箱，持续与县教育局合作培育当地可持续发展的乡村美育生态体系。

　　台上一分钟，台下十年功。在乡村推广合唱公益既需要长期主义，也要像合唱一样需要众人的齐心协力。在 2015—2024 这十年的合唱公益推广历程中，为了让合唱这种高雅的艺术走进乡村，让孩子们享受合唱的乐趣，从专家、志愿者到一线老师，出现了大量鲜活的人物，他们在其中经历的酸甜苦辣让过程有了故事的价值，记载了音乐使乡村学校发生的一点一滴变化，水滴石穿地改变着孩子、老师、学校、乡村……汇聚成了《童声背后的故事（第二辑）》。

《童声背后的故事（第二辑）》如愿即将出版，要感谢郭声健教授的专业指导和帮助，也要感谢暨南大学出版社副社长杜小陆对合唱公益的关注和偏爱，感谢编辑康蕊的用心编校，让平凡的故事有了艺术的呈现。这本书反映了乡村音乐教育发展的真实现状，面对乡村中小学教育中的困境，既有一个又一个人在各自岗位上，力所能及地默默奉献，更有社会各方开放合作，积极开展创新探索，正是这些关注乡村音乐教育的人用爱点亮了孩子们的心灵，孩子们用歌声点亮了如画的乡村，让稻田迸发出生机勃勃的活力，乡村进步与城市同步汇聚成中国深度发展的内驱力，唱响了中国时代发展的主旋律，用童声照亮童心！

李克梅

2024 年 4 月 20 日

目 录

第二部分　合唱展演

第三部分　成果展示

第四部分　人物纪录

第一部分

教师培训

我能为乡村孩子们做些什么

巩诗杰①

    我认识北京德清公益基金会（以下简称"德清公益"），知道音乐背包客这个公益活动是在 2019 年以前，通过朋友推荐的"德清公益"微信公众号了解到这个公益平台。通过浏览德清公益发起的各种活动以及已参与的背包客分享的活动心得，我逐渐了解到这是一个旨在推动中国乡村中小学合唱艺术及音乐教育的普及和发展、号召志愿者参与公益活动、传播公益理念的组织。

    我也一直在思考，我所掌握的专业能力，能为那些在偏僻地区、很少有对外交流活动的乡村学校做些什么呢？于是，报名参加背包客活

---

① 巩诗杰，湖南艺术职业学院合唱指挥青年教师、湖南省合唱协会大学合唱委员会副秘书长。

动、参与德清公益的想法逐渐强烈起来，然而当时我才读研一，学校课程特别多，课余时间也有很多其他排练活动，所以一直等到研三我的第一场音乐会开完，才空出一些时间来做自己想做的事。报名背包客活动后过了几天，德清公益的易美玲老师联系了我，经过对接，终于把我的排练时间定在了 2019 年 6 月 12 日，这天是周三，我要去排练的两所学校就在湖北省的英山县。

早上我乘坐最早的一班汽车先来到了长冲高中，叶红华老师接待了我，并简短介绍了合唱团情况。合唱团团员均是高二音乐艺考班学生，见面后他们首先演唱了之前的参赛曲目《花儿与少年》。

因为艺考班是学习音乐的，所以学生们视唱练耳都有一定基础，学习能力很强，领悟得也快，只是有很多细节问题，且每个声部之间的合唱意识弱了一些。听叶老师说这首曲子自比赛结束后很久没唱了，也可能是因为这些学生平时还是以学习为主，接触合唱作品并不是很多。

我先给他们讲解了基本的声乐发声原理，引导他们学会运用气息控制自己的发声，带他们做了基本的唱歌之前的练声、练气，再唱这首《花儿与少年》时，明显能感受到他们对气息的控制好了很多。

在此基础上，通过逐句教学，我把曲目中每个句子所涉及的咬字、强弱处理教予他们，并引导他们以此类推，还教他们如何通过控制气息去连接或断开字与字、句与句，以及谱面强弱变化。当对这些细节做了处理和强调后，我又让他们从头到尾唱了一遍。

这次，我先引导他们去感受每个段落中作曲家想表达的音乐情感，带他们理解曲目含义，并做了高潮段落处理。在这个基础上再去听他们演唱，我能感受到他们是在带着情感歌唱。因为时间有限，我还要赶往下一所学校，所以只带他们练了我认为很有必要做出改动处理的地方，细节之处只能等音乐老师们后期慢慢调整，期待下次能听到合唱团团员更美好的声音。

午饭过后，我休憩了一会儿，后来得知有几位小学音乐老师希望与我沟通交流一下童声排练的方法技巧，于是我提前来到英山实验小学。老师们问我如何给从零开始的童声合唱团进行训练，我也跟老师们分享了我排练童声合唱的一些经验和想法。我认为对没有基础的童声合唱团最重要的是结合柯达伊教学法，在游戏或活动中带入基础的视唱练耳知识进行基础教学。另外，结合针对童声的声乐教学运用正确的发声方法，选曲上也要结合孩子们的学习程度从简到易、循序渐进，通过接触不同风格的曲目，让孩子们感受到不同的音乐之美。

交流了半个多小时，到了二年级社团活动时间，30多个孩子已经排好队形。音乐老师拿出了一首他们没唱过的二声部合唱曲《猫头鹰与杜鹃的二重唱》，这首曲子的两个声部唱的内容基本一样，只是到了第二段，声部内容有交替。

于是我先根据节奏带他们做了长短气息练习，在气息训练的同时，根据谱面把强弱标记通过气息变化做了出来，然后逐句

教学。孩子们学得很快，十几分钟就学会了。

后来分声部教学，通过拍手等方式，让孩子们以他们喜爱的方式学会了互相听、互相配合。

最后是背诵整曲，我通过给他们讲故事的方式带他们走入曲中意境，孩子们很快就把曲子背了下来。在英山实验小学的排练氛围轻松，孩子们学得也很享受，加上几位音乐老师也在一旁陪伴，所以整个排练得以顺利进行。

时间很快就过去了，一天的排练也接近尾声，我和老师、孩子们互相道别。看着孩子们的笑脸，我觉得当一名背包客志愿者是自己在2019年做的最有意义的事了，虽然不能长期给这两所学校的孩子们排练，但一次相遇、一次愉快的歌唱，若是能给他们带去一些不一样的感受，此行足矣！感谢德清公益！

合唱支教，只为明天更美的歌声

柳代娅[①]

对于从事一线音乐教学 24 年的我来说，已不是第一次参加支教送培送课活动，我最远到过内蒙古呼和浩特与宁夏银川，最近也曾到怀化溆浦、邵阳洞口、湘潭白马、湘西龙山参与送教。但像这样通过公益组织联系参与、指导学生合唱团的支教工作还是首次，这对我自己也是一种新的尝试和体验：如何让课堂生动有趣？如何让音乐回归本真？如何让学生真正受益？我一直在思考、酝酿这些问题的答案，短时间内想让学生提升到一个新的水平几乎不可能，但良好的聆听习惯与发声概念意识一定能重新树立。为了更好地梳理与分析，前后四天我把自己的所见所

---

① 柳代娅，长沙市雨花区枫树山南屏锦源小学副校长、湖南师范大学美育中心"乡村学校美育公益大使"。

感通过日记的形式呈现出来，尽管看上去平淡松散，却是字字发自内心。

　　我作为"快乐合唱3＋1"音乐背包客前去志愿服务的都是参加安仁县第四届"永乐江之声"中小学合唱展演的合唱团，欲知我们的故事，且慢慢看来。

我的幸福安仁行（第一天）　2019年11月25日　星期一　小雨　7℃

　　清晨5点50分，天还没亮，闹钟准时响起。肾上腺素指数飙升的我如同一名朝气蓬勃的大学生一跃而起，二十分钟内洗漱完毕，提着装满乐器和奖品的行李箱匆忙下楼，与德清公益项目总监易美玲老师碰头。沿途接上另外两位音乐背包客（湖南师范大学在读研究生文玉婷和湖南城市学院学生钱玲莉），还有"快乐合唱3＋1"安仁县合唱指导专家刘宇田老师，刘老师此行是为"永乐江之声"中小学合唱展演小学组决赛队伍进行赛前辅导，我们也有幸一起见证。大家怀揣着满满的期待与暖暖的爱心开启了我们的音乐背包客之旅。10点43分，经过近三小时车程，我们来到了第一站：安仁县军山中心小学。孩子们和老师们早早地就在音乐教室练习发声，军山中心小学的李景福校长更是热情地迎接了我们。这是一所乡镇中心小学，但校舍与环境比想象中强太多。特别是音乐教室：木质地板、钢琴、合唱站台、音响、非洲鼓等一应俱全，感谢国家与当地政府对学校基础设施建设的投入与落实。一首《家乡》让我感受到孩子们表演的认真，令我惊讶的是孩子们的站姿与演唱状态非常好，看得出学校两位音乐老师（袁小林和周莎莎）平时的常规训练很到位。刘宇田老师随后做了现场指导，全体师生如海绵般汲取营养。

　　李校长也积极与我们分享合唱团建设的过程与困惑，一个小时很快过去了，他把我们送到校门口，我回头望着那张依依不舍的笑脸，竟然鼻头一酸，是怎样一种情怀让这位坚守岗位20多年的教育工作者能坚持真心为孩子们付出？

　　11点55分，我们到达第二站：安仁县玉潭学校。这是本地一所12

年制的优质私立学校，学校书记何福汉全程陪同，广阔的学校占地面积与精致的教学楼群让我体会到创办者的用心与气魄，明亮的音乐教室和一流的奥尔夫乐器配置值得赞赏。合唱团孩子们一首《槟榔树下摇网床》唱出了他们对合唱的向往与渴望，该团成立时间不长，学校的音乐老师非常努力、用心地排练，光拥有热情也是不够的，还要看歌曲的选择与声部的平衡。

值得一提的是酷爱艺术教育的何书记居然说要在小学部、初中部、高中部分别成立教师合唱团，且要与孩子们一起参加比赛，这将会是一片怎样灿烂的风景？我很期待，更欣赏他丰盈饱满的精神世界！

14 点 57 分，我们来到第二站：安仁县灵官镇中心小学。这是一所拥有 25 个教学班和 1000 多名师生的完全小学。从段校长和李校长口中了解到，学校学生 90% 都是留守儿童，他们的父母不是常年外出务工，就是离异而将他们留给祖辈养育。孩子们的心灵是多么需要爱、需要关注。音乐专业出身却在教语文且当班主任的侯伊玲老师，带领三位同是音乐专业却在教数学、英语等其他学科的同事，硬是把 40 位零基础却很有歌唱意愿的孩子们组成了合唱团，并且带他们闯进了县城的合唱决赛。为她们点赞！

为了增强演出效果，我带去了一支全新的口风琴（感谢凯乐琴行老总林文斌的慷慨捐助），还带去了一袋奖品，分发给勤奋参与排练的孩子们。

正确合理的训练规划与先进理念的意识树立直接决定合唱团的品质。如何提升孩子们的节奏和音准水平？如何让孩子们从音乐本身体会出作品要表达的情感？如何让孩子们通过身体的律动呈现发自内心的感受？不要为了动作而动，要因动心而动。今天把感受匆忙记录下来，留给自己更多思考，只是为了明天更美的歌声……

我的幸福安仁行（第二天）　2019 年 11 月 26 日　星期二　阴　6℃

从住处去往学校的路上，我了解到学校 70 多位老师里竟然没有一位专职音乐老师，就算是音乐专业毕业的老师也被调到班主任岗位，或者改教语文、数学、英语等其他学科。这一现象在全国各个乡镇都非常普遍，乡村学校结构性缺编已成为制约农村中小学发展的障碍之一。

到达学校，孩子们早早地在等候，训练场地是老师们的会议室，只有这间办公室有钢琴，也只有这间办公室能够容纳全团孩子进行训练。见我走进来，孩子们很开心，甚至不吝赞美："老师，你好漂亮；老师真是貌美如花；哇，老师你好香……"这群孩子情商可真高，逗得我笑逐颜开。

首先我带着孩子们做律动声势训练，将拍击手部、腿部、肩部与旋律哼唱结合。过程中我发现音准与节奏是这个团亟须解决的问题，在接下来的柯达伊手势运用学唱中，我着重强调了发音的嘴形变化、发声的位置与方法，孩子们接受得很快，但还没有养成习惯、形成概念。原来，一堂音乐课都没有上过的他们，这首二声部合唱《家乡》是靠侯老师和她的非专职音乐老师同伴，一字一句教会的。对于部分没有音高概念的孩子，老师要花更多的时间和精力去纠正，老师们的辛苦可想而知。

如何解决？就应该落实到仅有的每周两次音乐课，就应该在音乐课的常规训练中，按照发声练习—恒拍训练—识读音符—学唱曲谱—合作完成—整体表现进行。一个月，一个学期，一年……不断积累与沉淀，经过正规系统的训练与培养，这群孩子的演唱能力与合唱水平绝对能提升到另一个层面。也许一次高强度的合唱排练不能改变孩子的歌唱习惯，一次高规格的合唱展演不能改变学校现状，但音乐老师的一句鼓励肯定、一种思维模式、一次精神引领、一个境界导向，就有可能给孩子带来一生的影响。不仅是要培养孩子们的歌唱能力与团队意识，还要帮助他们建立健全的人格，形成正确的三观，让他们对生活热爱，对生命敬畏，对周围的一切充满希望。

今天补记昨日的感受，只是为了明天更美的歌声……

我的幸福安仁行（第三天） 2019 年 11 月 27 日 星期三 雨 5℃

来到安仁的第三天，温度越来越低，不禁感叹湖南的气候变化。听到禾市中心小学合唱团孩子们的歌声，我的内心逐渐温暖起来。这所学校处于县城与乡村交界的位置，有 800 多名学生，令人欣慰的是终于看到有学校配备了一位专职音乐老师——言培珍老师。她是我见过的为数不多有着浓浓教育情怀的"85 后"一线音乐教师，个子娇小玲珑，笑容甜美，从她温柔的声线听得出是副清脆民歌嗓。为了组织好合唱团梯队建设，她特地将合唱团分成了"萌萌团"和"表演团"，60 位学生经过筛选成为她的合唱宝贝。出勤记录和奖惩制度与她的训练方式有机结合，非常统一、有规划，训练课上听不到大声呵斥与指责，只要言老师轻轻数数，孩子们立马安静，组织教学规范到位。这样的合唱课堂是多少城市老师向往的啊！因为学校没有设置合唱课程与社团训练，言老师只能利用中午休息的时间带着孩子们练习，上学时每天不间断。如果不是热爱教育事业，如果不是钟情于合唱艺术，如果不是真心喜爱孩子，每天中午高强度的训练工作是很难坚持下来的，我从心底欣赏她的这份执着。学校需要这样的老师，孩子们更需要这样的老师。领导们多来听听他们的天籁之声，多来看看认真的言老师，多来感受校园里的这份纯净与美好吧！

值得一提的是合唱团团员们很享受每天中午的训练，更依赖有爱的言老师，他们非常懂事听话。听言老师说她有一次外出培训没在学校，合唱团的团长和副团长竟然主动向其他老师借了音乐教室的钥匙，领着其他团员学唱歌曲、唱谱学词，甚至把新进团员都教会了，只等着言老师回来直接排练，这样的小帮手真是太让人省心了。说到这里，言老师眼中噙着泪花，我能深深体会到她的感受，此时她应该是世界上最幸福的人了。

　　禾市中心小学合唱团准备的歌曲是一首闽南语童谣改编的《一的炒米香》，需要用闽南方言演唱。为了更准确地发音，出发前我特地找了两位福建朋友翁主任和尤总，十分感谢他们帮我用正宗的闽南话录制了这段童谣。下午排练的时候我用小蜜蜂播放给孩子们听，他们饶有兴趣地跟着念读，虽然和自己的演唱有些许偏差，但语音、语调与鼻腔音已基本一致，我想只要这个闽南腔能模仿出来就足够了！孩子们很喜欢这首童谣，声势律动做得不错，表情也很丰富。如果高音的音准能稳定一点，童谣唱读就更具力度变化，整体会更自信、更完美。这支队伍是我在安仁目前看到最成熟的团队，再次为无私奉献的言老师点赞，为酷爱合唱的禾市中心小学的孩子们点赞！

我的幸福安仁行（第四天）　2019 年 11 月 28 日　星期四　阴　6℃

　　今天是感恩节，既没有火鸡也没有南瓜饼，却有着幸福的满足感。

我拿着从长沙带过来的奥尔夫乐器及相关教具，兴致勃勃地与来接我的禾市中心小学言培珍老师聊到了孩子们的合唱排练课。之前每天从中午12点40分到14点30分，言老师都是和孩子们在音乐教室度过。发声、气息支托、唱谱、学习新歌，重复着枯燥却扎实的专业技巧训练，日复一日，年复一年，才有了他们目前较为系统的训练模式。

对于另一种形式的音乐基本素养体验课，孩子们没有尝试过，我今天计划带他们尝试一下。15点15分，奥尔夫音乐课开始了，孩子们犹如第一次见到亮着霓虹灯的旋转木马般瞪大了双眼，眼中闪烁着光芒。两个多小时里，我用纱巾、网球、响棒、碰钟、蛙鸣筒、三角铁、舞板等教具，让40位合唱团团员体验了体态律动、声势节奏、随乐呼吸、走步感受、团队合作等多种音乐与游戏相结合的课程。

整个课堂充盈着孩子们的笑声、歌声、节奏声，每个孩子都释放出自己从未见过的内在爆发力、创造力、表现力，个个如花儿般灿烂。尽管120分钟里不可能训练出节奏感超强的小乐手或小歌手，但至少能让他们跟着我一起聆听舒伯特的《小夜曲》，体会呼吸的起伏强弱；沉浸在莫扎特的《小步舞曲》中，感受三拍子的节奏律动，用纱巾抛出最美的舞步；陶醉于匈牙利舞曲《问好歌》，并和朝夕相处的同伴近距离握手拥抱；感受法语歌曲 Le renard gourmand 带来的网球传递乐趣。看到他们的笑脸，我觉得很真实、很美好！

一转眼到了17点20分，学校晚餐铃声响了三遍，孩子们都不肯离开，一个个叽叽喳喳地围着我说："老师您明天就走吗？""老师，您能不能留下来？""老师，我好喜欢这样的音乐课。""老师，您在长沙每天都这样给学生上课吗？""老师，我来帮您收东西……"等我与孩子们互动结束后，才发现所有的教具都被懂事的孩子们整整齐齐地收纳好了。

孩子们始终是我们的未来，如何能真正让他们快乐健康地成长？节选歌手张杰的《少年中国说》歌词来与大家共勉：

少年智则国智，少年富则国富，少年强则国强，少年自由则国自由……少年自有少年狂，心似骄阳万丈光，千难万挡我去闯，今朝唯我少年郎。天高海阔万里长，华夏少年意气扬，发愤图强做栋梁，不负年少！

跟大家分享一则喜讯：灵官镇中心小学侯伊玲老师和禾市中心小学言培珍老师以及她们学校团队的付出和坚持没有白费，她们各自所在的合唱团在第四届"永乐江之声"中小学合唱展演中都获得了一等奖。台下的掌声代表太多，有家长的感激，有孩子的欢呼，还有领导的认可和鼓励。安仁有这样一批踏实肯干、热爱合唱、热爱音乐的老师们，未来可期！

乡村孩子对音乐课的渴望

田兴洁①

音乐背包客初体验

在一个平淡无奇的晚上，我悠闲地翻看着微信朋友圈，突然间一篇文章吸引了我的眼球——《招募音乐背包客：一起去乡村点亮孩子们的音乐梦想》。点开来，我认真观看了视频，逐字逐句地阅读了文章，被其中的点滴故事深深感动，随即通过公众号提交申请——我也想成为一名"音乐背包客"，为乡村音乐教育发展贡献一分力量。

---

① 田兴洁，吉首市第八小学兴隆校区音乐老师、湘西自治州民族文化馆"黛比"童声合唱团钢琴伴奏。

不久后我就收到了申请通过的消息，经过与易美玲老师多次沟通，在慈利县教育局林芳老师的悉心安排下，我顺利与慈利县阳和中学对接，负责帮助学校小学部、初中部指导老师进行合唱排练。

说实话，在到乡村学校之前我是有所期待的，二十年前我刚刚四岁的时候，家里就花费了所有的积蓄让我拥有了人生中第一架钢琴，就此开始了我的漫漫学琴路。而我从小到大就读过的每个学校都至少有几架钢琴，因此我想，哪怕学校暂时没有专业的音乐老师，但设备应该还是齐全的吧。但是我发现学校的情况和我想象中大不一样，专门的音乐教室里没有钢琴，只有电钢琴（后面才知道因为钢琴调音困难，乡村学校根本请不到调音师，所以有些学校就算有经费也不会配钢琴）。更令我讶异的是，因为学校的老师不够，有一部分音乐老师不得已要任教文化课，音乐课有时也会被各科老师用来上其他课。社会在进步，音乐早已不是少部分人的"专属"，一批又一批的音乐专业大学生走向了社会，为什么乡村的音乐课还是如此缺乏？

由于我也是在职老师，能请到的假期有限，所以我与学校的领导及老师进行协商，决定有我在的时间里，整个上午排练小学部的合唱，中午及下午排练初中部的合唱。

小学部唱的是《七子之歌》和《红星歌》，孩子们最主要的问题就是音高。两首歌的后半部分都有较多的高音，由于没有经过专业的训练，孩子们根本没有办法运用假音，全凭自己的本嗓用力地吼。我先把两首歌曲的调都降到了适合他们嗓音的调上，然后重新分句教。排练《七子之歌》则主要教女生如何运用假音，告诉她们不要用真嗓使劲地叫喊，而是要用自己一半的音量去唱，大家要唱得像一个人在唱歌，只有大家唱得动听、唱得舒服，比赛时评委才能觉得动听，听得舒服。小学部的学生指挥是个不错的女孩子，她的节奏感比较强，知道给我起拍，指挥很得当，所以小学部的合唱团在短时间内排练的效果突飞猛进。

初中部选的是《太阳出来啦》和《妈妈格桑拉》。初中部的排练老师接触过钢琴，所以她可以根据简谱单手弹琴，因此初中部的音准还是

过得去的。我就帮他们移了一下调，让声音往里收一点点，再对《妈妈格桑拉》进行了部分改编，使初中部合唱的声音更加和谐、美妙。但是，初中部的学生指挥没有小学部的学生指挥认真，不过幸好有一位认真负责的老师一直在给他们打拍子。然而，这样大家只能看懂老师的指挥却看不懂学生的指挥，所以我和老师商量，可以让老师自己指挥，这样效果会更好。

还记得第一天排练结束的时候，德清公益的工作人员问了我很多问题，其中有几个问题令我印象深刻：第一，作为音乐背包客来到阳和中学有何感受？我说虽然这里的老师可能不够专业，但是两位排练老师都特别负责和认真，尽了自己最大的力进行编排。如果我还有机会来阳和中学，我会尽量多向学校申请假期，会带点小乐器，让孩子们可以享受到音乐课，而不只是让音乐课停留在课表上。第二，会用什么样的方式与孩子们告别？我想了一下说，"就让我一个人安安静静地离开吧"，因为极度感性的我实在接受不了离别的时刻，我真的很怕哭，也很怕那种看着孩子们哭我却没有一点办法的场景。

在阳和中学的这几天，还发生了一件令我难忘也令我非常愧疚的事情。一天午饭后，我一个人戴着耳机围着操场散步晒太阳，走到操场中间的时候，有个女孩子跑过来问我："老师，你是我们学校新来的音乐老师吗？是不是你来了以后我们就有音乐课了？"看着她的笑脸，我心里五味杂陈，我没有办法告诉她，真的很抱歉，孩子，老师只能在这里留两天，我没有时间给你们上音乐课，也没有办法参与你们的课堂。比起城里的孩子，他们比我们想象中更需要音乐课，更爱音乐课，更渴望音乐课。他们的声音，应该被听到；他们的声音，应该被重视！

参与展演，累并快乐着

距离上次去阳和中学已经过去一周多了，我接受了杨清文校长的邀请，决定周四赶赴阳和中学担任初中部与小学部合唱团的钢琴伴奏，帮助他们完成最后的展演。

为了不耽误自己学校的课，我坐凌晨三点半的火车赶到张家界，然后转汽车到阳和中学，所以这一晚注定是没办法好好休息了。

在火车上，我靠在窗户边，坐立难安，闭不上眼。这一周多的缺席让我的内心隐隐不安，我不知道他们排练得怎么样，担心最后的成绩不能达到预期，也担心这一周多他们是否忘记了我给他们排练的所有细节，还担心自己或孩子们会在舞台上出错，最后影响了整个合唱团的成绩。

五点半，乘务员通知到站。一出站台，我就看见提前联系好的司机师傅在等我，上了车，我的眼睛实在睁不开，就在车上睡着了。醒来的时候，是师傅跟我说阳和中学到了。付钱下了车，学校门卫室的大叔帮我开了门，我看见一群孩子向我跑过来，嘴里还喊着"田老师来啦，田老师来啦！"那一刻，真有种抱住他们的冲动。

到了王安琪老师的办公室，我看见孩子们都整齐地排着队，两个化妆师匆匆忙忙地替孩子们化妆。我还发现女孩们都梳着辫子，她们说，是王老师清早起来替她们一个个编了辫子。原来如此，王老师真是心灵手巧。看了王老师的小学部，我又跑到音乐教室看初中部的化妆情况，初中部的卓灵老师也请了两个化妆师正忙着给初中部的孩子们化妆，我也加入她们帮忙化妆。随后，王老师和我就在学校门口一起吃了早饭。转眼就到了八点多，杨校长叫我与他和李校长一起坐车去许家坊，王老师和卓老师则随学生一起乘坐中巴车。比赛结束，我来不及听成绩就要赶回吉首，杨校长和李校长一直把我送到了去张家界的车上，还特别热情地邀请我下次再去学校做客。

我的反思与感恩

在回去的路上，我得知了最后的结果，成绩不太理想，在片区的学校中综合排第五。我陷入了沉默，反复思考了原因：第一，学校里面没有专业的音乐老师，所以不能独立进行正确的排练；第二，我能帮助他们排练的时间真的太有限了，尽管在学校的两天我已经尽了自己最大的力，但还是有很多地方没有办法帮他们一一纠正，而且这次我觉得自己的担子太重了，因为从合唱团的专业性和配备上来说，真正的合唱团是需要两个人来指导的，没有人可以又指挥又弹钢琴伴奏。试想，我作为一个钢琴伴奏老师都对指挥这部分感到力不从心，更何况完全没有接受过音乐专业训练的老师呢？

背包客之行最终随着慈利县片区合唱比赛的结束画上了句号。结局不够圆满，但也没有遗憾。这一路，感受太多了：我明白了什么是真正的乡村教学，也明白了乡村教育真正缺乏的是什么。乡村，缺的是音体美！所以我在此呼吁，请县城或者市区的音乐老师们，定点定时去扶助乡村的音乐课堂，也让乡村的孩子和城里的孩子一样体会到音乐的美好，让他们的音乐课不再是停留在课表上的"摆设"！

　　最后，感谢北京德清公益基金会对音乐背包客们的支持，感谢在背后为"快乐合唱3＋1——乡村中小学合唱艺术推广"公益项目（以下简称"快乐合唱3＋1"项目）默默奉献的各位工作人员；感谢阳和中学的杨校长以及卓灵老师、王安琪老师的照顾；感谢阳和合唱团所有孩子们的歌声让我有了一段难忘的合唱经历！我祝福所有的孩子都可以获得快乐！

我在安仁收到了初为人师最好的礼物

文玉婷①

"音"为爱，关注德清

"种得桃李满天下，心唯大我育青禾"。

高中时，我看过一则感人肺腑的故事——感动中国"最美乡村教师"之朱敏才、孙丽娜的故事。年过花甲的他们曾走过半个中国，放弃了在北京悠闲自在的退休生活，奔赴贵州偏远山村支教九年，为一方孩

---

① 文玉婷，湖南城市学院老师、湖南师范大学研究生。

子打开了一扇窗，让孩子发现新的世界。

从此，"支教"在我心中深深扎下了根，大学时期，我就积极参与大学生暑期三下乡活动，到农村支教、调研，这次很开心能成为音乐背包客。

日盼夜盼，终于迎来了出发的第一天。清晨六点，天蒙蒙亮，屋外淅淅沥沥下着小雨，我迫不及待地奔向念叨、期待许久的支教生活！在约定好的时间内，我们一行四人从长沙出发了，另外三人分别是中南大学的刘宇田老师，砂子塘万境水岸小学的柳代娅老师和负责背包客活动的最贴心的美玲姐姐。

音乐背包客初体验

驱车三个多小时后，我们到达了郴州安仁县，这里是"快乐合唱3+1"项目最早试点的地方，一路上听着美玲姐介绍安仁音乐教育的变化，我迫不及待地想去见证，正好能跟刘宇田老师走访五所乡镇小学，亲身感受安仁合唱发展的喜人趋势。

第一站：军山中心小学。在这里，我受到了不小的震撼。得益于教育局的重视，学校音乐教室的硬件条件比我儿时好太多，而且这所学校配备了两名专职音乐老师，真为这些孩子们开心。

第二站：玉潭学校，一所12年制的私立学校。这所学校的育人情怀和对未来音乐发展的殷切希望从一进门就热情接待我们的何福汉书记身上清晰可见。

第三站：实验学校。一曲《小小鸭子》仿佛把我们带入了童年数鸭子嬉戏的场景，孩子们的表现力实在令我们惊叹：放松的体态、专注的眼神、随音乐律动的形态都极佳，陈晨曦老师的指挥也非常到位。

第四站：灵官镇中心小学。进入排练教室时我十分惊讶，居然有四位老师在指导排练，乡村学校师资竟如此充足。细细打听来，原来他们都不是专职音乐老师，但愿意抽时间一起打造这支零基础童声合唱团，团队能在诸多合唱团中脱颖而出，杀进县城合唱决赛，实为难能可贵。

第五站：安平镇中心小学，我们支教的第一所学校。这所看似"小巧"的学校在校学生竟然达一千多人。走进音乐教室，孩子们用期待的眼神望着我们，还不忘和他们的老朋友刘老师亲切地打招呼。

第一天感受颇多：感慨安仁县教育系统上下一体对音乐教育倾注心力；感慨一线原来有如此多为音乐教育奉献的老师和校长；感慨德清公益持续为安仁县音乐教育发展营造良好氛围。

五年来，刘宇田老师作为"快乐合唱3＋1"项目安仁县定点合唱指挥指导老师，每年多次下乡进行公益指导，安仁县合唱教育就像是他的孩子，我想他不仅带出了很多教师层面的大徒弟，应该也在无形中影响了很多孩子层面的小徒弟。他用有趣的以身试教或模仿的教学方法来启发孩子们感受歌唱、感觉音乐强弱变化……浅显易懂，风趣幽默，从心出发，去感受和了解受教育者的所感所需，再深入地慢慢注入教育源泉，我想他是真正的教育者。

接下来的日子，任务留给了我和来自郴州市的钱玲莉老师，我们年龄相当，都是教学新手，我有管理和排练经验，负责排练指导，她主修钢琴，担任钢琴伴奏。

1. 安平镇中心小学支教

我发现孩子们歌唱的问题主要出现在歌唱的状态、吐字发音、节奏音准以及整体的声音融合方面，缺少对歌曲的倾听、理解和感受，所以第一节课我们给孩子们准备了一堂真正的合唱课，也希望能给予驻校的音乐老师以教学理念上的启发。

刚打完下课铃，孩子们就飞奔跑进了音乐教室，我和钱老师作了一番自我介绍，赢得了孩子们最诚挚的欢迎和期待。第一个环节：练声训练——走进我们的声音，打嘟—开声—哼鸣，孩子们都很认真地练习着，我一边示范着，一边观察孩子们，发现孩子们平常没有怎么开展过开声、放松歌唱的状态训练。歌唱并不是拉开嗓子一通唱就好，而是要寻找歌唱的感觉及声音最佳的位置，做到科学发声才利于孩子的嗓子健康。第二个环节：音准音阶训练，通过游戏（如柯达伊手势、奥尔夫律动）的方式反复练唱固定音阶，再进行音程模唱，最后回到合唱曲目《热带的地方》的旋律模唱。在这一环节，我顺利了解到孩子们大部分的音准误区，可以有效纠正。第三个环节：真正进入合唱、走进作品。我先让孩子们用心聆听作品，正好在完成前两个环节后孩子们也需要休息，让孩子们在放松的状态下闭上眼睛听这部作品。听完后，我缓缓、细致地给孩子们讲起了这首歌曲的故事及演唱时需要抒发的感情，孩子们听得很入神，懂得了歌曲所表达的情感。趁着孩子们意犹未尽，我们开始了歌曲的排练，一曲完毕后，果然效果不错，孩子们陶醉在歌曲音乐中，有神情的表露、有身体的律动……比前一天的歌唱感觉进步了很多，我们大家相视一笑，很开心也很欣慰，第一节课在快乐的练习中结束了。

第一节课顺利开展，孩子们喜欢上了我们，下课后，好奇围观的孩子们还对我们夸赞表白："老师，你们真好看，声音也好听，好喜欢你们！"听到这里，我们心中乐开了花，孩子们真可爱！我们也毫不吝啬地回答道：

"你们也好漂亮，而且唱歌很棒，我也好喜欢好喜欢你们！"这样的表白，无形中拉近了我们与孩子们之间的距离，孩子们更加活泼、大胆地展现自己了，悄然无息地，我们也走进了孩子们的心里。

因为时间有限，背包客们都有两所支教点学校要去支教，每个学校的课程都在争分夺秒地进行着，每天的排练时间都有四个多小时。接受高强度的训练，孩子们没有任何怨言，还能体谅老师的辛苦，主动拿起我们的保温杯去接热水。一次排练休息时，孩子们正准备吃零食，其中一个孩子分剥着橘子，她把第一瓣放在了我的面前，其他孩子也纷纷赠上他们的零食，有糖果、桂圆、橘子……那一刻的画面我永远都忘不了，这是我初为人师收到的最好的礼物。在第三天上午的一节课上，因两天的高度用嗓训练，我的嗓子略显疲惫，下课后，我给孩子们播放他们喜欢的音乐，一个男孩子在我身后递给我一颗护嗓的梨膏糖，我转过身望过去，他一脸灿烂的微笑，我向他致谢，他害羞跑到了侧面。我想这颗糖可能是他特意攒着留给我的，热浪般的暖流在我心中涌动着，我感受到了身为人师无上的幸福感。

2. 牌楼中心小学支教

第三天的下午，不想留下太多离愁之感，没有和孩子们告别，我们启程赶往了第二所支教学校——牌楼中心小学。这所学校距离县城较远，经过一番"跋山涉水"的车程，终于到了。我很喜欢这边的环境，山清水秀，静谧的小山村宛如一个隔世的桃花源，学校建在一个小山冈上，永乐江水萦绕着学校而迸流。来时听闻牌楼中心小学这边很冷，因江水绕学校而过，冷风会大肆侵入，但走进学校时，风声中伴着孩子们朗朗的读书声，我并不觉得风冷，反而觉得风中有孩子们的朝气，也有牌楼中心小学的合唱曲目《踏雪寻梅》那般灵动的感觉。"宝剑锋从磨砺出，梅花香自苦寒来"，越是艰苦的条件越能磨炼人的心性及毅力，我很看好这所学校，虽然偏远，条件不及县城，但这边的孩子可能更为朴实、勤奋，老师也更为努力、上进，在后续了解到的情况中，这些也正如我所料。

进入学校后，音乐老师谭冰梅热情地接待了我们，打开宿舍的那一瞬间我惊讶了，梦幻般的公主房间——粉红色的床帘、两床整齐洁净的被褥、无丝毫尘埃的地板、整齐的书桌……我感觉自己受到了这所学校的最高礼待，虽然后来校长还一直带有歉意地说因为地处偏远，没能安排我们住上条件好的宾馆，但他一定没想到老师们给我们收拾出了一个比星级宾馆还温馨的"家"，我感到非常暖心。一来到学校，便拥有了美好的心情，相信后续的排练情况一定也不会差。

　　第一节课，谭老师早早带孩子们集合，再通知我们来教室上课，用最有诚意和仪式感的方式迎接我们的到来。到教室后，我看到了孩子们清澈的目光，有惊喜，有期待，还带着些许好奇，我回以微笑。按照之前的课堂理念，我和钱老师继续合作，也给这里的孩子们上了一堂较为完整的音乐合唱排练课，一堂课下来也发现了不少问题。孩子们的音准、歌曲声部的处理都需要做较大的修正，这不是两三次排练能解决的问题，着实令我心中纠结了一阵，私下也拉着负责排练的老师们好一阵商量，点出了合唱曲目中存在的诸多问题。在了解到孩子们的排练情况后，也理解其不易，合唱团是新团，任教老师们也都是新手，都没有任何合唱排练带团经验，而且孩子们的音乐素养极为薄弱，在过去 1～4 年的学业生涯中，他们都没有遇到过一位专职的音乐老师，音乐课几乎都是主课老师代上了，哪里会懂音阶、音准、节奏呢？学校好不容易集结了两所学校的师资力量来打造合唱团，经过一番努力进入决赛，已经很不错了，的确不能太苛求孩子们的排练效果，我希望这些孩子们能享受音乐，因此在后续给他们的排练中调整了策略。

　　我们以鼓励和欣赏、聆听的战略为主，孩子们的三声部中，中、低两声部极易跑调和无声，我们一个一个声部地进行调整，尽量做到为他们范唱，为他们录音，再播放给他们自己听，让他们自己学会在聆听中找问题，当他们有进步时就给予最大的鼓励和褒奖。说到褒奖，我和钱老师还亲自上场给孩子们表演上了我们的专业所长（钱老师弹古典的钢琴曲，我

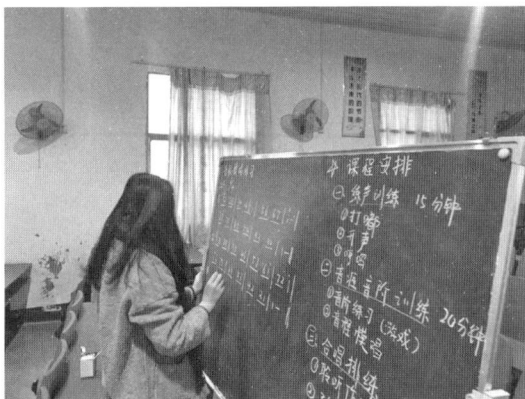

唱民歌），极大地调动了孩子们的积极性。在孩子们觉得排练乏味或休息之余，我就播放他们喜欢听的歌曲，让他们随音乐歌唱，寻找最佳的音乐状态和感觉，后续的排练便事半功倍了。

我的反思与感恩

时光在不知不觉中流逝，一周的支教时光虽然短暂，但在我心中永镌，因为这是我学业生涯中最有意义、最为感动、最纯净快乐的一周！这一周有太多的幸运和感恩，幸运遇见德清公益，感恩缘分让我能结识如此多仁爱、友善的老师们，以及最可爱、最懂事的孩子们。

这一周于我而言，意义非凡，我收获了满满的友谊，真实体验到一线的音乐课堂生活，充实之余，又从中积累、思考了许多。我想我们音乐教育者的眼光要投向农村，才能更好实现我们的教育价值，特别是对于我们学术型研究生而言，理论往往来自实践，不能脱离实践，两者是紧密联系在一起的，我们应该多将理论付诸实践，打破闭门造车式的学习方式，参与一线学习实践，深深植根于最需要我们的地方，参与支教，这样我们也非常义勇地承担了社会责任。

如果可以，我希望自己一直都能奔赴在支教的路上！

毕业之际送自己一份特别的礼物

漆明秀 周功翱①

　　我们是长沙学院音乐学院大四的学生，记得大二暑假时，同班同学邱新姿就作为德清公益志愿者给安仁县牌楼中心小学雏鹰合唱团做钢琴伴奏，偶尔听她讲起与小朋友们排练的点点滴滴，心里很是感动，一直想要找机会做一次音乐支教，圆自己的心愿。

　　2019年11月，德清公益招募音乐背包客，我们毫不犹豫地报名了，经过几轮沟通和需求匹配，我们来到了慈利县。12月初，慈利县片区合唱展演就要开始了，我们的任务是为慈利县广福桥镇中学和小学、苗市镇中学、朝阳中学和小学进行赛前合唱排练辅导。

---

① 漆明秀，甘肃省天水市武山县山丹初级中学音乐老师、长沙学院音乐学院毕业生；周功翱，长沙学院音乐学院毕业生。

2019 年 12 月 9 日　星期一　晴

今天天气终于放晴了，阳光明媚。早上七点，广福桥镇小学戴名云校长热情地接上我们，经过一个小时的山路后我们终于来到了学校。校园非常漂亮，道路两旁都是银杏树，我们先来到小学音乐教室，虽然简陋，地面是水泥地板，也没有合唱站台，但是孩子们的歌声充满快乐。他们此次展演的曲目是《每当我走过老师窗前》《我和我的祖国》。

我们在《每当我走过老师窗前》的副歌部分给孩子们增加了与歌词相对应的动作，孩子们很快适应了。孩子们在演唱《我和我的祖国》的时候，节奏唱得不是很准确，有两处歌词需要唱满 6 拍，大家都只唱了 5 拍。在经过几次练习后，大家都能唱好了。两个小时的排练很快就结束了，下午我们去帮广福桥镇中学合唱团排练。这支合唱团是完整的建制班合唱团，排练难度更大，学校没有专职音乐老师，由幼师毕业的张立清校长和班主任张行老师担任指导老师。初中的孩子没有小学的孩子那么活泼，男生们大多数处于变声期，女生也有点不敢唱，于是，我们把教唱纠音和带动情绪作为重点。

希望以后偏远地区学校也有专职音乐老师，让孩子们能在平时的音乐课中享受音乐的快乐。一天的排练结束了，希望明天的效果会更好一点！

2019 年 12 月 10 日　星期二　晴

今天天气依然晴朗，没有了长沙连绵的阴雨天，我的心情很好。上午辅导的依然是广福桥镇小学，我们带孩子们来到了银杏树下进行合唱练习，引导他们发现、享受身边的美，银杏树下的他们，更加活泼可爱。

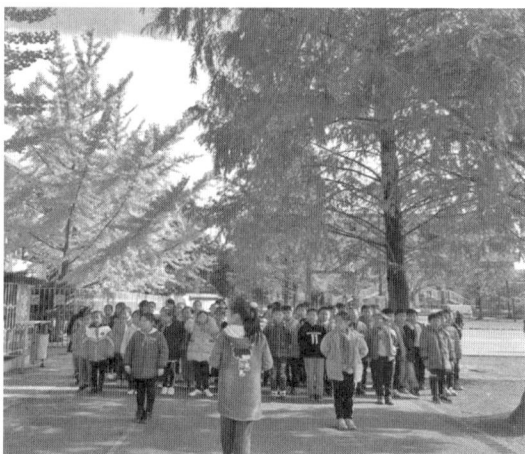

经过昨天的训练，孩子们的音准和节奏有进步了。但是学生指挥、钢琴伴奏老师、团员间的默契度还需要磨合，同学们在唱歌时较多的还是用吼出来的声音，有时还会做一些不经意的小动作。我们主要从排练前的日常声音训练着手，希望以后他们能养成好的声音训练习惯，同时在舞台表现方面为他们做了示范教学，鼓励他们在舞台上展现最美的一面。下午在中学的排练进展比较慢，我们跟初中学生的互动经验还是不够丰富，前面花了很长时间引导大家进入状态，之后主要是抓音准，首先保证全班学生都能唱准（为了保证团队完整性，我们没有剔除变声期的男生）。时间有限，和声的部分就没有时间细抠了。

晚上，我们来到了苗市镇中学，他们此次的展演歌曲是《青花瓷》和《我和我的祖国》，两首歌曲都是女生无伴奏合唱。向延峰老师是兼职音乐老师，她热爱音乐，利用每天中午和晚饭时间坚持带着孩子们排练了一个月，一听声音就能明显感受到她为合唱团付出的努力，声部非常清晰。最重要的是孩子们很喜欢参加合唱团的活动，整体团队氛围非常好，现场休息时欢声笑语不断，排练时井然有序，在老师提出意见之后，她们自己都能小声练习改正，为向老师点赞。

两天的排练时间很快就过去了，我们也发现了自身的一些问题：由于经验不够丰富，我们只能从声音基础训练、动作指导、舞台编排等地方着手，尽自己专业所能，带给孩子们一些帮助。而且遗憾的是，我们没能上一节关于改善音准、节奏的基本课程，带孩子们学习基础音乐理论知识，让孩子们感受一节真真正正的音乐课，希望下次再去的时候能够弥补这一遗憾。

2019 年 12 月 11 日　星期三　晴

在苗市镇中学辅导结束后，我们匆匆忙忙收拾行李，去了最后一个需要辅导的学校——朝阳学校。我们先听了他们中学和小学歌唱的实际情况，然后和黎红老师（初中）、梅莉老师（小学）商量采取结对子分工辅导的办法（周功翱和黎红老师搭档，漆明秀和梅莉老师搭档）。

这里的孩子很活泼，看到他们就像看到了曾经的自己，课余时间和他们说说笑笑、一起交流，非常开心。中学的展演曲目是《我和我的祖国》和《校园的早晨》，由于时间限制，第一天主要排练《我和我的祖国》，孩子们大都不知道怎么换气，所以很容易抢拍，也不会用假声，大白嗓从头唱到尾，导致后面高潮部分根本唱不上去。针对这些问题，我们一个一个跟老师沟通，带着老师一起做调整，虽然孩子们一下子唱得还达不到要求，但他们很认真，一遍一遍地尝试，经过几个小时排练，声音有了变化，气氛也活跃了起来，一下午就在《我和我的祖国》的歌声中结束了。

2019 年 12 月 12 日　星期四　晴

今天是最后一天了，校领导对这次的展演非常重视，让学生抽出所有闲余时间来排练。

由于早上学生嗓子都打不开，我们先带他们进行了简单的开声练习，之后巩固复习了《我和我的祖国》，然后进入了第二首展演曲目《校园的早晨》的排练。这是一首跳跃性比较强的歌曲，里面的休止符很多，开始学生们都忽略休止符直接连着唱，没有了停顿，没有了跳跃感，一首歌唱下来没有情感、干巴巴的。于是我们先解决了他们的休止符问题，紧接着就是强弱对比性的问题和跑调的问题，反反复复一上午，终于有了一些成效。下午给他们重新排了队形，分了领唱、对唱、齐唱的形式，加入了一些简单的肢体动作。然后我们让他们分声部练习，各个声部反复抠好之后，才开始整体抠细节，一天排练的力度很大，孩子们肯定都很累，在最后唱到"让我们记住这美好时光，直到长成参天大树"时，我们停下来问他们："你们觉得美好吗?"他们回道："痛并快乐着，虽然排练很累，但是很开心!"听着这大白嗓子，我们哭笑不得，虽然教了很久也很容易回到原点，但我们相信我们传递的理念会影响他们对音乐的感受，我们的互动也会成为彼此生命里的美好记忆。

对此次活动的最好总结就是学生们的那句回答："痛并快乐着!"每天满满高强度的排练，身体很疲惫，排练中碰到问题，自己有时也不能有效对症下药，孩子们进步不明显时，心里很有压力，但在摸索中进步，又有孩子们的笑脸和温暖话语伴我们成长，这就是我们送给自己最好的毕业礼物!

从山东来到张家界慈利，我的乡村教学初体验

孙艺宁[1]

　　"今天就到这里，你们快回去上课吧。"就是这样平淡的一句话，标志着我短短四天支教生活的结束。没有掌声，没有告别，孩子们说着"老师再见"，三三两两笑着跑出教室——他们真的以为明天还会见到我。

---

　　[1]　孙艺宁，中央音乐学院音乐学专业毕业生。

三官寺土家族乡中学

周一早上从慈利县城出发，穿过浓雾笼罩的青山，经过一个半小时的车程，我到达了三官寺土家族乡中学，这是我此次支教来到的第一所学校。合唱团的排练场地是学校老师开会时的会议室，因此桌椅看起来还比较新，室内还有空调，排练场地除了不能站合唱队形外，没什么缺点。

合唱团的李友丽老师两天前已经把谱子发给了我。李老师是这个合唱团唯一的指导老师，因为学校里另一位音乐老师目前是班主任，每天从早到晚要上课，还负责一个班学生的学习和生活，分身乏术，没有时间指导合唱排练，这也是当地很多学校的常态——音乐老师不上音乐课，但不得不教其他课程。李老师毕业于湖南第一师范学院的声乐专业，也参与过之前"快乐合唱3+1"项目的教师培训，她于半年前就开始组建合唱团，一直坚持带团训练，选择的两首歌也有一定难度，其中一首还是英文歌。这个合唱团面临的困难主要有二：一是两个声部只有女生，一个男生也没有。李老师颇为无奈地告诉我，本来有几个声音条件很好的男生，选进来练了一个月，却都开始变声了。男生变声确实是初中合唱团普遍要面对的问题。二是合唱团只有一位指导老师，没有钢琴伴奏，学生们一直以来都是清唱。因此我的主要任务就是弹伴奏。第一遍合完，学生们讶异于有了钢琴伴奏后歌曲呈现的完整效果，我转过身，能看到她们眼中的惊喜和愉悦。李老师家在慈利县城，每周末回家，周日晚上再带着五岁的孩子回学校，孩子就在中学旁边上幼儿园。每天下午接完孩子开始给合唱团排练，孩子就自己在校园里玩耍，或者放在同事家。因此，

晚上七点排练完，李老师总是满怀歉意地对我说不能送我回去了，她还要去接孩子。

十四五岁的女孩子们羞涩敏感，不敢主动和我说话，唱歌时声音不大，但音色明显是经过训练的，一声部音准较好但声带闭合欠佳，唱歌时漏气的声音有些明显；二声部的音色更温润，但没有受过视唱练耳训练的她们在演唱日本作曲家久石让所作《四季的问候》时经常会找不到音准。另一首英文歌 *Listen to the Rain* 只排了一半，而四天内我见证她们完成了三声部的整首歌。和城市里的孩子们一样，听到老师说合唱排练可以少上一节课时，她们也会欢呼雀跃。

三官寺土家族乡小学

三官寺土家族乡小学的人手比较充裕，两位年轻的音乐老师中，一位负责指挥，一位负责伴奏，两首歌已经基本完成。《卢沟谣》加了舞蹈，《家乡》有动作、有打击乐，具备一定的完整性，但细细一听，孩子们欠缺发声训练，咬字也有些问题。两位老师希望增加一些音乐上的细节处理，但太复杂的处理孩子们做不到位，导致一首歌的速度不稳，律动有些乱。我坚持应严格遵循谱面指示，建议两位老师多跟节拍器练习，还带领孩子们朗读了歌词，纠正他们的方言发音习惯。

小学的孩子们情感更为外放，他们绝大多数是留守儿童，父母有的在张家界做旅游生意，有的远在外省打工，三年级开始就在学校寄宿，因此他们很珍惜和愿意回应来自他人的关爱。第二天排练完就有女孩子冲过来拥抱我，第三天排练休息时一群女孩围成圈拥抱我、亲吻我。他们会问我很多问题，比如："老师你的家在哪里？""老师大海是什么样子的呀？""老师你是在北京上大学吗？北京是不是很大？"他们对这个世界充满好奇，让我的心柔软得一塌糊涂。

赵家岗土家族乡中心完小

赵家岗距离三官寺十几公里，但三官寺因为靠近张家界的玻璃桥景区，经济会发达一些。赵家岗土家族乡中心完小是我去的四所学校中排练条件最艰苦的一个，学校正在大兴土木，合唱团没有专门的排练场地，只能等一年级放学后排练，而我的时间紧张，如果到达学校时没有放学，一年级的老师就要把班上的孩子们带到后花园继续上课，把教室让给合唱团排练。

来之前，我怎么也没想到，我一个多年的"唱歌困难户"，居然有一天要带领一个合唱团的孩子练声，一句一句教唱。赵家岗土家族乡中心完小有两位老师是音乐专业毕业，但她们目前都在教授语文、数学等主课，很少上音乐课。她们一位是古筝专业，一位是二胡专业，在大学里也没有上过合唱课，甚至不知道合唱排练前要先做发声练习，学生们都是用自己的本嗓喊着唱歌。她们分好的两个声部，一声部大部分是女生，零星几个男生；二声部竟然全部都是男生。

重新分声部后，我从最基础的内容教起，试着带学生们进行练声，教他们唱歌时如何用气息，如何找共鸣，如何归置元音。但声音本身是看不见、摸不着的事物，因此声乐教学大都是通过模仿和比喻，这里的孩子们不像大城市的孩子们生活那么丰富多彩，见识广阔，很多比喻他们无法理解，我只能尽力去解释，心里也是五味杂陈。两天的排练后合唱团进步显著，音色得到了改善，我给孩子们播放了排练前后的音频，他们也能够分辨出声音的好坏。如果有更多排练时间，我相信效果一定会更好。

赵家岗土家族乡中学

赵家岗土家族乡中学的音乐教室也颇为简陋，我甚至找不到一个高度合适的琴凳，弹琴时只能在椅子上加坐垫。

在这里，我遇到的最大困难就是青春期男生的变声期。每一次排练都能揪出正处在变声期的男生，学校老师茫然地对我说她选人的时候还不是这样的声音，但事实就是变声期男生的音准唱不到位，音色无法融入。老师和学生都对变声期缺乏足够的认识，我们一遍遍安慰变声期的男生，不要沮丧，这是很正常的生理现象，但看着男生们眼中的失落，我们也很难过。

一首耳熟能详的《我的祖国》，中学生们都无法完成。原以为在北京时我给五六岁孩子讲过无数遍的附点节奏对中学生而言应该很好理解，但讲了很多遍，又画图又拍桌子，不断做范唱，依然没有办法做到人人唱对，比起挫败感，我更多地感受到的其实是无力感。

最后一晚我给他们听了这几天排练时的几个音频，还有我排的其他几个学校的曲目，他们安静地围在我身边静静聆听我手机里的录音，眼睛里满是求知欲。听完后他们纷纷表示感受到了自己的进步，还能说出其他几个学校的优点。比起唱歌的技巧，我更希望的也是改变和提高他们对音乐的认知。

尾　声

　　第一次深入了解乡村的教育状况，这里每一个热爱唱歌的孩子、每一位坚守的老师都令我感动。校领导和老师们都对我十分热情，每次吃饭都问我是否习惯，李老师还特地从家里带了煮好的红薯和鸡蛋给我。周四晚上排练结束我返回住处后，赵家岗土家族乡中学的任老师还发微信表达对我的感谢。离开后，我会时常想起孩子们，我叫不出他们的名字，但是我记得每一张笑脸。

　　第一天走访了四所学校排练六场，几个月没有教课的我万分疲累，但四天的排练弹指一挥间结束了，我只觉得意犹未尽，遗憾时间紧张，很多问题还没有纠正，来之前教孩子们认识五线谱和打节奏的计划都没能实现。我也意识到，"音乐背包客"能做的事情其实非常有限，孩子们需要的是长期的发声和视唱练耳训练，想要从根本上改变乡村的音乐教育还是需要加强教师培训，希望老师们能抓住"快乐合唱3＋1"音乐下乡行培训活动的好机会，提升自己，为孩子们带去更多音乐课堂的乐趣，我也尽自己所能跟老师们保持长期互动，希望能够为她们的坚持出一分力。

　　感谢德清公益，感谢"快乐合唱3＋1"项目，让支教这个在我心中留存已久的计划得以实现。

在公益活动中与乡村师生们共同成长

张琳茜　朱艳平①

　　我们报名参加"音乐背包客"的初衷：一是想把音乐知识带给乡村的孩子们；二是给自己一次机会，突破在学校一成不变的生活，去感受校外的环境并认真学习一次。带着期待又忐忑的心情，我们开始了这段旅程。

　　回想到最后离开时，上车后，望着离得越来越远的北山，我们觉得2019 年末做的最有意义的事情就是参加了"快乐合唱 3 ＋1"音乐背包

----

　　① 张琳茜，长沙市小学音乐老师、长沙学院 2016 级学生；朱艳平，长沙钢琴工作室主理人、长沙学院 2016 级学生。

客公益活动。虽然只有这短暂的一次相遇，但会永久留在我们的记忆里。

2019 年 12 月 2 日　星期一

今天的阳光特别好，就像孩子们的童声一样美好。

上午十一点左右我们抵达北山中学，与学校刘向阳副校长及音乐老师见了面，充分感受到了他们对此次活动的支持与热情。紧接着，我们进入了今天的主要工作：走访梅溪小学、北山镇中心小学和北山中学，了解他们目前的合唱排练情况。

梅溪小学由五年级和六年级挑选出来的一部分学生组成的校合唱团，音乐老师是宁朝杨老师，合唱曲目为《妈妈格桑拉》和《歌唱祖国》。由于学校是乡镇少年宫的活动基地，所以音乐教室配置设施比较完善，有钢琴，有合唱台，还有其他一些乐器。当学校广播要所有校合唱团成员在音乐教室集合时，我看到孩子们欢呼雀跃地从一栋楼立马穿梭到另一栋楼，每一个孩子都热情饱满，这是音乐带给他们的激情，更是合唱带给他们的力量。尽管他们的声音有很多瑕疵，但依旧在我们的内心荡起了一片涟漪。

北山中学和北山镇中心小学的音乐老师郭珍珠老师、文依老师为我们介绍了两所学校的大概情况：两所学校都没有成立校合唱团，学校有关音乐方面的设备也很简陋，没有专门的合唱教室，孩子们在教室里唱歌，小学有台电子琴，有需要时，中学便去小学借用。

走进北山镇中心小学的教室，看到可爱的同学们望过来时那单纯、充满生机、渴望的眼神，我们的心都融化了，我们为老师这个职业感到骄傲！

随后，我们回到北山中学聆听了初一班级的合唱歌曲《青春舞曲》和《没有共产党就没有新中国》，因为排练的时间仓促，没有分高低声部，采用的是男女两个声部轮唱的方式，存在的问题比较大，音准音色以及孩子们的配合程度都不是很好。女生的整体音准要比男生好，但女生的整体状态比较温柔，还需要偏亮一点的音色突显出来。

这一天，深入孩子们的音乐课堂，我们发现这里的孩子整体的发声状态都是不科学的，所以歌曲不急着唱，应该把打实基本功作为首要的任务。晚上回到宾馆，根据所学的专业知识，我们进行了初步的课程设计。

2019 年 12 月 3 日　星期二

今天起了个大早，我们两人互相调侃，到底是什么动力让我们七点不到就醒来？（原谅大四这一学期我们过得比较松散。）昨晚准备第二天的排练内容直到凌晨，两人反反复复练习上课的情形，这是我们作为老师第一次登台为同学们讲课，内心既紧张又兴奋。

上午我们在梅溪小学，为了让孩子们完全放松下来，首先让大家做了一组热身活动，扭扭脖子，伸伸懒腰，互相揉肩膀等。随后，我们用带气息的假声作自我介绍，让孩子们互动起来，希望通过有趣好玩的方式让大家感受到"鼻腔共鸣"。我们教了五个简单的"一拍节奏型"，老师打拍子学生模仿，通过玩的方式加强孩子们的节奏感。孩子们从来没有接触过，都非常积极。

孩子们对合唱的理解不够，多数停留在歌唱的表面，缺少科学的发声练习和音准练习，唱歌大多用"白嗓"，没有共鸣，相互之间的融合度也不够。我们通过用"yi"的发声练习以及一组"打嘟练习"，让孩子们用气息去放松声带，形成良好的发声习惯。随后，引导孩子们带气息地朗读了《妈妈格桑拉》，再用"u"代替歌词演唱一遍，让孩子们体会歌词的含义，感受妈妈的爱，使整个作品柔和下来。

　　孩子们很聪明，学得非常快。有时候他们不是做不到这些，而是本身不知道合唱需要做到什么，所以需要老师的引导，严格要求他们，让他们逐渐形成意识，知道怎么去唱歌。

　　下午我们在北山中学，教室场地太小了，所以我们只能搬着电子琴去食堂排练。我们首先给孩子们讲了合唱的基本知识，让他们明白合唱要讲究声音统一。音准上面我们引导学生多听琴，在脑子里形成记忆，多想而不是随口就冒声，在歌唱时要听到旁边人的声音，达到一个音量的平衡统一。我们发现初中的孩子大多比较害羞，所以一旦他们有进步，我们都给予表扬，并且让音准好的孩子声音大一些，带带旁边音准稍弱的孩子；音准弱一点的孩子不要着急开口，先听听旁边人的声音，再学着靠拢。一天的时间就这样过去了，我们回到宾馆思考排练的不足，以及明天的课程安排。

2019 年 12 月 4 日　星期三

　　这一天是我们收获最大的一天，也是我们与乡村的老师和孩子们共同学习的一天。

　　上午十点，邵阳市湘中幼儿师范高等专科学校合唱指挥老师、中国合唱协会会员尹斌来到北山镇，为梅溪小学的孩子们指导合唱。没来隆回之前，在微信群里聊天时就已经十分期待这次能跟尹老师好好学习一下合唱。此番前行，不负所望！

尹斌老师分组听了孩子们的音色与音量大小，将之前的男女分开站位改为男女穿插站位，声音条件好的孩子尽量往后面站，这样更有利于声音的统一，不让部分突出。在《妈妈格桑拉》的歌曲处理上，每一个乐句会有短线条也会有长线条，不要拖太满。尹老师带着孩子们一句句地理解歌词，像朗读诗歌一样朗读歌词，带入情感。歌唱时，尹老师强调让孩子们眼看前方，感觉眉心有一个铃铛，身体上下扩张，声音像线条一样放出去。随后，尹老师带着孩子们练习发声，他让孩子们手握拳头放在嘴巴前，让大家想象这是一个苹果，然后发"a"的练声，要学会用"肚子"唱歌。

最后，尹老师还不忘教导在一旁聆听的我们：孩子在课堂上玩闹时，可以用节奏去维持纪律，以感性带入理性。尹老师说："与其用语言表达，还不如让孩子们自己去感受。"这就是所谓的以静制动，用正面的东西去引导孩子。

2019 年 12 月 5 日　星期四

在北山镇的第四天，也是我们待在北山的最后一天，今天我们要在北山镇中心小学上音乐公开课。

一开始与这里的音乐老师沟通要为 100 余名师生上音乐公开课的时候，我们俩都是畏惧的，因为从来都没有踏上过讲台，害怕自己的思路不清晰，不过后来我们想到上一堂趣味音乐课来激发孩子们对音乐的兴趣，不需要弄成一板一眼的课堂，只要让孩子们放松享受音乐课堂就行，顿时感觉思路万千。于是我们分工后便开始备课（张琳茜负责高年级，朱艳平负责低年级）。

首先用趣味方式做自我介绍，低年级的孩子用"× ×　× ×　×，我叫 × × ×"的节奏型做自我介绍，高年级的孩子用"35　1

|35 1|33 35|1—||"""你好，大家好，我叫×××"的形式做自我介绍，孩子们倍感有趣，纷纷加入进来，一下子就亲近了许多。接着我们讲解了"一拍节奏型"基本的五种类型，以及柯达伊手势，孩子们学得不亦乐乎！最后到了游戏环节，编排了一个简单的杯子舞，配上经典兔子舞的音乐，整堂课在轻松愉快的氛围中结束了。我们在北山镇的时光也随之结束了。

这次公开课上完，我们也感受颇深。如果每节课只能通过放录音带的方式来教学生们学习音乐，那音乐课是无比枯燥的。我们认为，音乐课的内容应该是丰富多彩的，音乐老师要善于利用自己熟练掌握的各种各样的技能，去引导学生们感受音乐、爱上音乐，让学生们轻松享受学习音乐的快乐，同时了解一些音乐相关理论知识、背景。

学生们的注意力只能持续 20 分钟左右，如果在这期间把握好课堂节奏，学生们的收益是非常高的。所以，需要我们老师持续提升自己的综合技能，能唱、能跳、能弹，用美的形式淋漓尽致地表现美的内容，从而吸引和调动学生们学习音乐的兴趣。希望偏远地区老师和学生们在"快乐合唱 3＋1"这个平台中，能够掌握更多先进、全面的音乐课堂教学和合唱指挥知识技能。

四天时光稍纵即逝，或许是因为在做自己热衷的事情，即使身体上感觉很辛苦，心里也觉得很幸福！短短的四天时间，我们进行了 6 次合唱排练，上了 2 堂音乐公开课，从来没上过讲台的我们，将所学的专业知识技能或多或少地教给了乡村的老师和学生们，并在此过程中实现了教学相长。我们始终会记得这美好的四天时光，感谢遇见，也感谢"快乐合唱 3＋1"公益活动！

"快乐合唱 3 + 1" 的
老朋友/新身份

苏 俊[1]

　　我是"快乐合唱 3 + 1"项目的老朋友了，2018 年暑假参加了"快乐合唱 3 + 1"合唱训练营，经过七天密集的合唱指挥和音乐课堂专业培训洗礼后，我和合唱的故事就开始了。

　　培训结束后，我陆续担任了慈利县很多合唱团的钢琴伴奏和指导：与县里优秀合唱指挥老师李海音合作的"海之音合唱团"、与学校资深音乐老师汪丽一起参与排练的班级合唱团、与年轻优秀的音乐老师谭莉合作的"青柠合唱团"，以及县音乐老师混声合唱团，每个团队都在县

---

① 苏俊，慈利县第四中学音乐老师。

里的舞台取得了好成绩。

2019 年暑假，我又一次来到合唱训练营，这一次我不仅仅是学员、合唱团团员，还是一名钢琴伴奏志愿者，在沈加林老师的指导下，为沅陵县的兄弟姐妹们伴奏，收获满满，很高兴这一路上与"快乐合唱 3 + 1"项目相伴成长。

一直热衷公益活动的我，听说德清公益要给慈利县招募音乐背包客，连内蒙古、山东的老师们都自费过来我们这个名不见经传的小县城支教，作为本县的音乐老师，我当然也义不容辞。这次我要带着音乐背包客的新身份在慈利开启"快乐合唱 3 + 1"项目的新征程了。

全县合唱水平提高，但部分学校依然薄弱

"快乐合唱 3 + 1"项目来到慈利县之后，两年时间里，在教育局领导的重视下，音乐老师们在林芳老师（县教育局基教股副股长）、刘昌明老师（"快乐合唱 3 + 1"项目慈利县定点合唱指挥指导老师）的带领下，我一下子就找到了组织，突然有了自己的一方天地，参加培训的机会也多了，也有舞台展示了，幸福感噌噌往上涨。

2019 年暑假，我们县组建了音乐教师合唱团，在县里举办的比赛中一举夺魁，在市里也拿到了很好的名次，在"快乐合唱 3 + 1"项目没开展之前，这几乎是不可能的。经过这次比赛，音乐老师的合唱积极性被充分调动了起来，我们还组建了教师女声合唱团，为 2020 年的音乐会积极准备。

全县的音乐氛围好起来了，合唱比赛也有条不紊地进行着，但是对于那些没有专职专业音乐老师的偏远学校来说，在即将到来的合唱比赛中他们很难有优势，这次的音乐背包客活动就是希望能帮助到这些学校。

发挥自己的专业余热，参与公益

活动开始之前，我大致了解了各所学校的老师、学生水平，知道很多学校的钢琴伴奏大多是右手弹旋律，左手即兴伴奏。我从小学习钢琴，在陕西师范大学主修钢琴，毕业后在慈利县第四中学担任音乐老师，从未离开过钢琴教育，所以这次报名钢琴伴奏志愿者，希望能尽自己的一分力，让慈利的合唱之声变得更美妙。这次我主要是帮助龙潭河镇中学和高桥学校，来自内蒙古的战正午老师和我搭档。还记得第一次去到龙潭河镇中学的时候，孩子们的音色特别好，但由于学校缺乏专职音乐老师，排练的效果不算很好，基本是齐唱，不过参与合唱排练的老师非常负责且热情满满，副校长卢伯山既是该片区的主要负责人之一，又是合唱团的指挥老师，还兼任领唱，几位年轻老师纷纷献计献策，抢着担任钢琴伴奏、朗诵等职务……他们的团队让我忍不住点赞，相信合唱团会越来越好。

小学部合唱团演唱的是学校原创校歌《龙中，腾飞的地方》和《井冈山下种南瓜》，歌曲充满热情、很接地气，我们稍稍对两首作品进行了和声编排和形式上的改变。中学部合唱团演唱的是《国家》，在战老师的指导下，我们对孩子们演唱的音调进行了调整，适当加入了简单的声部，以此丰富曲目和声效果。

另外一所扶持的学校是高桥学校，小学部有一名专职音乐老师陈珍先，陈老师也参加了"快乐合唱 3 + 1"合唱训练营，接受过专门的合唱指挥训练。

合唱团一开口，声音很好，声部也很清晰。战老师说"受过专业培训的老师就是不一样，除了专业，她肯定也牺牲了很多

自己的休息时间来排练"，只有一些小问题需要解决，比如与钢琴伴奏的配合、音准问题。

《四季的问候》和《啊哈，黑猫警长》两首曲子都非常好，难易程度和音域都适合孩子们演唱，而且有巧思的陈老师还在里面加入了舞台动作创编，孩子们喜欢得不得了，每天都很期待排练。一开始表演"黑猫警长"，快乐藏都藏不住，透过声音、动作传递出来，有这样一位好老师，真是慈利孩子们的福气。

中学部合唱团演唱的是《七子之歌》和《我和我的祖国》。由于《我和我的祖国》这首作品没有专业基础很难唱好，所以我和战老师建议他们更换成较简单的《库斯克邮车》。说做就做，我们花了两个多小时，用最笨的方法，弹一句、唱一句、教一句，跟几位年轻老师一起教孩子们分声部演唱《库斯克邮车》，孩子们学得非常认真，很快教唱完了。后期我们指导他们加入一点小乐器，比如铃鼓、双响筒，歌唱这部分通过加紧训练可以解决，学校的非专业钢琴老师唐薇放弃了周末休息时间加紧练习，实属不易。

最终，他们学校拿下了第一名的好成绩。

我们还有不足，但有变化就有希望

在短短的几天里，作为一名慈利本地的音乐背包客，我开车穿梭在各个乡镇学校之间，对这片土地爱得更加深沉，我看到我们的音乐教育还面临很多问题，比如：第一，孩子们的音乐素养基础很薄弱，不认识五线谱、简谱，在合唱排练中基本是老师教一句、孩子们唱一句这样古板的教学模式，这是亟待解决的问题。第二，老师使用谱子的规范性问题。有些谱子是直接从网上下载的，版本很不好，或者是不适合孩子们演唱的调没有及时调整。第三，孩子们在合唱中演唱方式的问题。很多孩子唱歌是靠喊出来的，缺乏声乐技巧和方法……但我更看到了慈利县的校长们越来越重视音乐教育，音乐教师队伍信心越来越足，看到了乡村孩子们也能有机会感受合唱这样的高雅艺术，润物细无声，合唱排练在不知不觉间就能提升师生的综合素养，这些变化是可喜的、有目共睹的，传递着美好的希望。非常非常感谢德清公益，感谢"快乐合唱3＋1"项目，让我们小小县城的孩子们真正感受到了合唱的魅力和快乐，让老师也能充满热情投身到合唱事业中；感谢远道而来的音乐背包客们，慈利因为有你们的到来，充满了快乐和不舍，感恩你们的公益精神；感恩我能加入音乐背包客队伍，以后我会将奉献精神和快乐一直传递下去。我希望"快乐合唱3＋1"项目的精神能一直在慈利县城传递下去，愿我们的音乐教育事业越来越好！

支教＋旅行，内蒙古音乐背包客慈利欢乐游

王瑞彪　燕　超　战正午①

　　正逢呼和浩特的第一场雪，我们三个好朋友报名了德清公益的音乐教育扶贫项目（"快乐合唱3＋1"项目）——传说中的音乐背包客，去给湖南张家界慈利县的薄弱学校合唱团进行辅导，说走就走，开启了这场特别的旅行。

　　① 王瑞彪，合唱指挥硕士，中国合唱协会会员，内蒙古合唱艺术协会会员；燕超，内蒙古呼和浩特市实验中学音乐老师；战正午，内蒙古乌兰察布市卓资中学音乐老师。

2019 年 11 月 29 日　人在囧途

音乐背包客招募链接、一颗一直想要支教的心、充足的假期，经过前后一个月的对接和准备工作，慈利，我们来了！

呼和浩特下雪了，我们的飞机延误了，也赶不上第二程长沙黄花国际机场飞张家界荷花国际机场的航班，只能先在长沙安顿下来，落地后才听说我们飞走之后，呼和浩特白塔国际机场全部的航班都停飞了。干杯吧朋友！幸运的我们赶上了当天唯一一班起飞的飞机，行善者，天助也。长沙，支教旅程第一站！落地后已是 0：20，我们找了个路边摊坐下来吃晚饭，南方冬天凛冽的天气催我们回去休息！

2019 年 11 月 30 日—12 月 1 日　快意旅程

绿皮火车慢慢摇，我们经过湘水、资水，沿着澧水来到了第二站张家界！著名的旅游城市，有全国第一个国家森林公园——张家界国家森林公园，有国家重点风景名胜区——武陵源风景名胜区，我们当然不能错过。这里距离慈利只有一个小时车程，我们留足了时间，快意背包客旅行时间开启。《魅力湘西》，感受张艺谋导演对湘西风情的解读；《马桑树儿搭灯台》《哭嫁》，感受走向世界的桑植民歌韵味；品尝当地的三下锅和葛根粉，美食引起共鸣。

天门山是给我们最多惊喜的地方。一大早山下大雾，本以为上山什么都看不到了，没想到老天给我们一个巨大的惊喜！山顶是晴天，我们看到了难得的云海，云雾在山林间缭绕，仿佛置身仙境。

2019 年 12 月 2 日—12 月 4 日　东岳观、龙潭河、高桥

跟背包客大部队会合，正式开启支教旅程！按照前期沟通安排，我

们兵分两队，战正午去龙潭河镇，与慈利本地的苏侥老师搭档，王瑞彪和燕超去东岳观镇，每人负责两所学校的合唱团辅导。

王瑞彪（东岳观镇中学）：傍晚到达慈利县东岳观镇中学，王元林校长非常珍惜我们来辅导的机会，全程陪同，负责合唱团的唐雅倩老师是学二胡的，没有专业合唱指挥基础。

刚进校门，就看到孩子们站在篮球场上列队欢迎我们，球场上打球、玩耍的人很多，十分热闹，考虑到排练时需要互相聆听，我把排练场地调整到了室内音乐教室。在听完合唱团演唱后，有几个比较明显的问题：①曲目不适合孩子们；②有部分孩子正处于变声期；③由于本地民歌演唱习惯，孩子们演唱大多带滑音。

接下来就是——对症下药了：在征得老师同意后，我更换了一首曲子，考虑到保护变声期孩子的嗓子，我让几个变声严重的孩子暂时退出合唱团，然后按照声音训练—分声部训练—练声曲—和声训练的步骤逐步推进，演示了几次之后，我让唐老师按我的步骤自己排，排完后跟我交流心得，我给出指导意见，一点一点改进，毕竟本土的老师才是学校最大的财富，教会了她们，合唱团才有可能坚持下去。

听校长说，后面慈利县还会继续开展合唱活动，我把出行前挑选的《童声合唱训练教程1（启蒙篇）》送给唐老师，这本书对于合唱团基础训练非常实用，希望能对她有所帮助。为了保证他们的后续排练不被打回原形，我还把后续的排练计划也做出来了，唐老师非常勤奋，在接下来的时间也是严格按照计划在排练，为她点赞。

燕超（东岳观镇中心完小）：这是一所坐落在山顶的学校，山脚下一条小河流过，走进校门就是一张张灿烂的笑脸，蓝天白云，还有动听的歌声，美哉美哉！

学校没有专职音乐老师，合唱团是由语文老师和数学老师组建的，两个人都不识谱，但孩子们的音色很美、很动人，我走进教室的时候，他们刚好在排练，时间短，看了他们排练后，我主要想让孩子们养成两点歌唱习惯：①不再喊唱，学习轻声演唱，露出清澈甜美的音色；②学会练习气息，气息是声音的根基，也是合唱练习非常重要的部分。

合唱团有一个叫唐玉的学生指挥，她很聪明，一教就会，是学指挥的好苗子！

战正午（龙潭河镇中学）：学校风景很美，12 月了还是青山绿水，颇有水墨画的意境。副校长卢伯山是个音乐爱好者，自己参加过"快乐合唱 3＋1"合唱训练营，还为学校改编了校歌，合唱团排练时间安排在中午和晚上。由于合唱团是一个建制班，中学的男孩子又普遍处在变声期前后，所以我们主要把时间花在发声练习上。另外，《天上的太阳红彤彤》原调降 B，他们唱的是 C 调，我把调纠正过来再接着练，苏佷老师为他们钢琴伴奏。

中间有天遇上赶集，卢校长带我去市场走了一遭，都说市场是了解本地最好的窗口，在叫卖声中穿梭，琢磨着各色河产、腊味和百货，吃一碗加糖的豆腐脑，很接地气！

2019 年 12 月 4 日—12 月 6 日 庄塌

王瑞彪（三合镇庄塌中学中学部）：庄塌离县城很远，离东岳观镇都有一个小时的山路，弯弯绕绕终于到了。学校的孩子们大都是由爷爷奶奶带着，爸爸妈妈外出打工了，穿的衣服都很单薄，小小的年纪就住在学校，看了真是让人心疼。学校的老师也有些是住校的，班主任就像妈妈一样照顾着每一个孩子的起居生活。

这个合唱团最大的问题就是音准，其次是咬字，由于他们平时没有接受系统训练，所以几乎连一个长音都没法唱准，但孩子们特别聪明，接受能力很强，排练整体很轻松。咬字问题是地域特色，l 和 n 不分，如"团结就是力量（ni niang）"，这个问题我有点无能为力，只能尽力纠正，两天时间下来，老师和学生们都能看懂起拍、收拍手势，速度、力量也控制得很好，整体完整性也不错。

燕超（三合镇庄塌中学小学部）：刚刚进门听到孩子们的演唱，我震惊了！说声嘶力竭一点也不夸张，像是大学军训拉歌的场景，我得给他们改造整理一下。调整之后孩子们声音好听多了！

男孩子处于变声期，有一些在刚刚进合唱团的时候还是很漂亮的童声，唱着唱着就开始跑调、音色不干净，甚至有些已经变成成人音色了。考虑在这个时期他们最好不要唱歌，保护嗓子，于是我们又找来几个女孩子，换掉了这些男孩子，合唱团的音色也更加统一纯净、音准更好。歌曲原来唱的调不对，我换了调，改了谱子，聪明又刻苦的钢琴伴奏寇玉芸老师一有时间就去练习，不久就练会了。而指挥吴云老师只会打 2/4 拍，还打得不太稳，身体也晃动，我排好的声音，她一上手就很容易恢复成一开始的喊唱状态，没有专职音乐老师，想要发展合唱事业，真的很难！

2019 年 12 月 6 日

今天是我们回程的日子，早上抓紧排练后校长就送我们回县城，经过东岳观镇中学校门，发现校长站在马路边等着我们，希望我们能再指导一次。当时孩子们都在等，欲走还留，盛情难却，我们又排了一个小时才加紧往回赶。音乐背包客们齐聚慈利县城，分享自己的故事和感受，这次旅程就告一段落了。

尾 声

燕超：我们走后，看到当地老师发来的视频，感到很开心。这次我们指导的都是音乐基础薄弱的学校，但经过努力训练后，东岳观镇中学和中心完小、高桥学校都获得了一等奖，唐雅倩老师还获得了优秀指挥奖，这也算是对我们的小小肯定。希望短期的辅导能给他们带去一些新观念，能让孩子们知道如何正确歌唱，享受歌唱！

学然后知不足，助我打开孩子们的音乐大门

段西萍[1]

　　有人说："世界上最美的声音是童声，其中最动人的歌声是童声合唱。"作为一线音乐学教师，我一直渴望我们的孩子能够唱出世界上最美的声音。然而在实际的音乐课堂中，多声部童声合唱教学效果不尽如人意，老师们普遍觉得合唱部分教学难度大。由于教材太难，只好经常把多声部歌曲当作单声部教学一带而过，或是让个别班级的学生在勉为其难中基本学会两个声部，至于歌声的美感、音准、声部的均衡融合等实在力不从心，所以不得不置于一旁。

---

　　① 段西萍，湖北省英山县实验小学音乐老师。

幸好"快乐合唱3＋1"项目打开了孩子们的音乐之门，让在合唱路上摸着石头过河的山区老师和孩子们有了不少的收获。自2017年至2019年，"快乐合唱3＋1"项目邀请专家到英山县开展了合唱与音乐教学讲座，组织音乐老师们到长沙参加了合唱训练营，邀请专家指导教师合唱团等活动，让我开始对合唱渐渐有所了解，也有了敬畏。"快乐合唱3＋1"项目还为我们县配备了定点合唱指挥指导专家——周锴老师。周老师令我印象深刻，他讲课幽默风趣，教起合唱来总是显得那么轻松自如，很快就能搞定一个多声部合唱歌曲，他细致地教我们如何组建合唱团，如何伴奏，如何指挥，如何训练多声部的歌唱，如何挑选合唱曲目等。

"师傅领进门，修行靠个人"，2018年参加完合唱训练营培训后，我校组建了阳光合唱团。初期我们将所学的知识运用到教学中感觉还是会手忙脚乱，顾此失彼，尽管困难多，合唱团的几位老师却信心满满，不被困难吓倒。我相信"万丈高楼平地起"，我们合唱团一步一个脚印，扎实地开展合唱教学。经过一段时间的训练，理论结合实际，我自己也摸索出了一些经验。

有一位叫做巩诗杰的小姑娘，她是武汉音乐学院的学生，自愿当音乐背包客，为我校阳光合唱团进行辅导。她给我的印象极为深刻：认真负责、对待工作很有热情且有工作方法，教给我们学生唱歌时正确的呼吸方法，到现在我还记忆犹新，如"缓呼缓吸，急呼缓吸，急呼急吸"，等等。

以"听"入手，激发兴趣

音乐是听觉的艺术，兴趣是最好的老师。在合唱团成立的初期，我先让学生欣赏一些合唱歌曲，在欣赏前给予启发性引导，让学生比较合唱与齐唱音响效果的不同，使他们认识到合唱的表现力更加丰富，声音更加饱满，从而激发学生学习合唱歌曲的兴趣。例如教唱《大钟和小钟》，我先让学生用双响筒和碰铃模仿大钟和小钟的声音，启发学生讨论大钟和小钟的声音在高度和力度上的不同，接着让他们讨论，如果大钟和小钟同时敲响了，我们该怎样表现呢？老师总结：两组同时演唱，但要保持各自声部的音准和音量。通过练习，学生的学习兴趣被激发起来，学习的积极性极大提高，很顺利地完成了最简易的二声部合唱。

奠定基础，轮唱过渡

合唱团初期教学我们是从轮唱开始的，轮唱是合唱的一种特殊形式。单声部歌曲由两组人演唱，在第一组开始唱几拍或几小拍后，第二组加入唱同一旋律，它的特点是各个声部有规则地相互模仿，也就是后面的声部按一定时间距离依次模仿前一声部的旋律。例如《欢乐颂》，从第二部分起作轮唱处理，相隔一小节模仿，两声部此起彼伏，前呼后应，表现了少年儿童在一起高歌的欢乐场景。在轮唱时，演唱技巧上要注意节拍整齐，突出强拍，两声部的音量要均衡，做到正确演唱自己的声部的同时，能倾听另一声部，切忌争相盖过另一声部而大声喊唱、抢拍、赶超速度，把握自己的声部，保持各声部的独立和清晰，不受另一声部的干扰，为两声部不同旋律的合唱奠定良好的演唱基础。

循序渐进，先低后高

在二声部的教学中学生都有一种误解，以为低声部难唱，高声部易唱，这是因为高声部的发音位置较高，音色显得明亮，而低声部发声位置较低，音色略显浓厚，听起来低声部很容易受高声部的干扰。为了避免这种现象，我们合唱团的老师处理得非常好——让学生"先入为主"。首先，要让学生在初听范唱时同时倾听两个声部。复听时，注意倾听低声部的旋律。其次，在学习演唱时，先学习低声部的演唱，低声部熟练后，再学习高声部的演唱，然后合成二声部。例如《猫头鹰与杜鹃的二重唱》这首歌，第二声部先唱，第一声部模仿杜鹃的叫声加入，先从唱准、唱稳、巩固好低声部进入，再到师生合唱、部分合唱，最后全体合唱。自然过渡，层层递进，从而达到初步尝试合唱，让学生体验二声部歌曲课堂教学带来的完美和声。

学以致用，在歌声中传播爱的真谛。两年来合唱团的学生合唱水平也有了一些提高，学校也多次举办合唱方面的比赛，以此来提高学生们的合唱热情。2018 年 6 月校园艺术周"吟唱经典·陶冶情操"活动暨"快乐合唱

3 + 1"班级合唱展演在学校操场上拉开帷幕。在优雅、柔和的钢琴伴奏中，学生心中有美，性情温润，从歌曲诗情画意的韵律、韵味入手，内心"爆发出情感的火花"，完整地演绎了唐诗歌曲《春晓》《咏鹅》《江南》《读唐诗》《静夜思》等，清纯、率真、委婉的旋律像一幅幅音诗画在观众面前展开，仿佛诗人的诉说，引发学生解其境、传其感，听众知其境、悟其情，审美表演活动情景给人留下深刻印象。

受新冠疫情影响，"快乐合唱 3 + 1"项目借助互联网的力量推出"线上音乐下乡行"，搭建链接专家（周锴老师）与音乐老师的"空中课堂"。作为一名一线音乐老师，我全身心地投入学习中，努力提升自身的合唱指挥水平和音乐课堂的教学水平，因材施教，扬长避短，让"快乐合唱 3 + 1"项目能真正启迪少年儿童的智慧，陶冶他们的情操，让学生的身心得到健康的发展，让学生享受用快乐的声音传递快乐，体会把快乐传递给听众的成功和喜悦。

基层老师也能跟着名家学合唱

史淑芹　王　雷①

　　学生的生活不能缺少音乐的熏陶，音乐教育中的一个重要内容就是合唱教育，通过合唱艺术活动，可以陶冶学生情操，培养学生团结协作的精神，因此学习深造音乐专业知识并排练合唱一直是我们心中的"白月光"。恰逢此时，"快乐合唱 3 + 1"项目在麻城市启动，我们参加了启动仪式并有幸赴长沙参加合唱训练营，真是高兴极了！这次培训课程安排得非常紧凑，有多位合唱音乐名家给我们上课，内容可谓丰富多彩。

---

　　① 史淑芹，湖北省麻城市浮桥河学校音乐老师；王雷，湖北省麻城市福田河中学音乐老师。

通过探讨，解决合唱训练中的常见问题

　　江楠老师，深圳红岭教育集团高级教师。她讲的内容全是"干货"，解答了我们在工作中遇到的各种苦恼，比如作品建议，就给了我们很大的启示。原先我们比赛排节目总喜欢"高大上"的，觉得那才算得上艺术，现在才明白，简单的不一定就是低级的，越是简单的作品，孩子们唱出来才越动听、越打动人。大作品固然形式美，但可能不适合我们所教的留守儿童，适合自己的才是最好的。

　　于是，在这个学期，我们的教学"返璞归真"，由原来只学课本音乐，转换为一次上课本音乐、一次上孩子们投票选出的好作品；由原来的只在教室上课，转换为偶尔出去"采风"：去操场席地而坐，去学校外面的湿地公园里上课。我们发现这些形式的音乐课，孩子们更加喜欢了，每周盼着上音乐课，盼着我们教新作品。这些歌曲是他们自己选出来的，他们更加感兴趣，我们教起来也倍加轻松，不那么教条了，而且我们和孩子们的关系也更近一步了，做老师最幸福的事情就是如此吧。

重视合唱指挥的指挥语言

　　吴灵芬教授，中国著名指挥家、教育家。尽管教授大名鼎鼎，但她的课足够接地气，没有包装成深不可测的东西。我们这些乡村老师都能直接运用在教学中。她有一句话很打动大家：合唱队中只有"我们"没有"我"。平时团里有的人唱得好，有的人唱得不好，我们总是直接指出别人哪里不对、说出错误的地方。其实，不如换一种方式，做出正

确的示范，告诉孩子们可以怎样做，这更能体现团队精神，培养良好的班风。谁说音乐课只是教教歌曲？谁说音乐课没有用？音乐课上好了，孩子们的主动性大大提高了，其他文化课更是事半功倍，何乐而不为？

在小学和初中音乐教学中，基本都会碰到这个问题，有的孩子喜欢表现，有的孩子心里想表现但总是不敢。于是，在这个学期，我们的教学重点还有一个：欣赏别人，成全自己。欣赏别人是针对自我的、嗓门高的孩子；成全自己是针对胆子小、内心世界复杂的孩子。

让音乐教育回归以美育人本位

郭声健教授，"快乐合唱 3 + 1"项目发起方之一、湖南师范大学美育教育发展与研究中心研究员、北京德清公益基金会理事、教育部艺术教育委员会委员兼副秘书长。课堂伊始，郭老师便以寻回初心为引子，提醒老师们不要因为追求技术而忘记了作为老师的初心。他说："音乐老师来参加合唱训练营，尽管学到的是合唱指挥和音乐课堂的专业知识技能，但这并不仅仅是为了要成为一名'指挥家'，而是为了回到本职工作时，让学生感受到音乐带来的快乐和温暖，提升学生的素质。"郭老师还分享了他在音乐教学中的美事，也让我们想起了很多教学中遇到的美事……

唱出最美的歌——中小学课堂唱歌教学的有效实施

薛晖老师，"快乐合唱3＋1"项目发起方之一、湖南省教科院音乐教研员、人教版音乐教材编委、教育部"国培计划"培训专家库成员。薛老师在课堂上从养成好乐感、练就好声音两大板块展开教学，为我们传授中小学唱歌教学有效实施的方法和技巧，还带领我们一起进入"我的快乐课堂"示范课展演，并用中肯、专业的点评为我们上了精彩一课。

薛老师在上课过程教给我们玩的小游戏，我们也运用在了教学中，发现加上身体的律动后，孩子们的节奏感明显提升很多。唱不准就多听，先学会聆听才能会表达，聆听的过程，就是美的享受，唱的过程，就是美的表达。

合唱表演——让孩子们更加阳光自如

朱金明老师，才华横溢，他的合唱表演课，我们连概念都是第一次听，整个课程非常新颖，观点也很独特，尤其是他在歌唱中形体动作的设计方法给了我们很大的启发。经过他的教学调整，学校里的孩子们唱歌再也没有扭扭捏捏那种不自然的现象了。

"朱八戒守则"我们直到现在都牢牢记得：①戒用舞蹈思维编排表演合唱，只顾跳不顾唱。②戒大歌舞，唱跳两层皮。③戒动作律动与音乐旋律不一致。④戒排练表演合唱作品过程中唱、跳分开练。⑤戒持续高音时动作过顶。⑥戒一味转门板式左右晃。⑦戒大杂烩，不要搞得太复杂。⑧新手戒下肢动作过多，脚是气息的来源，不要随便动脚。

"快乐合唱3＋1"项目还为麻城市引荐了一名定点合唱指挥指导老师贾佳（中南民族大学音乐舞蹈学院教师、音乐系副主任，湖北省合唱协会常务理事）。因为培训最后一天是公益音乐会，"麻城新动力合唱团"（由麻城市各学校参加培训的40余名老师新组建而成）演唱《爱的箴言》和《龙的传人》。

课余，我们的任务是排练，细节一点一点地抠，团员们都知道专业实践的机会难得，辛苦却从不喊累。我们感触最深的是贾佳老师的敬业精神，事务繁忙但从不缺席我们的排练，每晚排练到10点后甚至更晚。贾老师一直很有耐心，一遍遍地教我们，有时还武汉、长沙两地跑，为我们坚持努力。麻城市第二实验小学的石生堂老师作为我们的团长也不辞劳苦，不仅为我们进行赛前辅导，还全程指导训练，从他们身上我们学到了无私、奉献、敬业精神，让我们在自己的职业道路上再次明确了自己的方向，由衷感谢他们。

2019年7月13日晚，"用童声照亮童心"——2019"快乐合唱3＋1"合唱专场公益音乐会在长沙音乐厅举行。站在舞台上的那一刻，我们剩下的只有专注，演唱完听到台下雷鸣般的掌声响起，我们顿悟：所有付出的努力都不会白费，早晚有一天它会变为你成功的资本。通过在"快乐合唱3＋1"合唱训练营的学习，还有学习后近一年在实际工作中不断地实践和反思，我们受益良多，自觉进步不小。我们发自内心地感恩，感谢发起人李克梅女士及一直为大家提供帮助的所有德清公益工作人员，德清公益仿佛是我们身边的一位智者，做得好，他激励；做得不好，他鼓励；"音"为有你，心存感恩！

如果德清公益的专家们和音乐背包客们能经常来看看我们，走进校园，让每个人都感受一下氛围，参与其中，会让这个公益活动变得更加有意义。前路阻且长，但我们相信，播下种子，未来必有收获。我们一起期待，在不久的未来，"让每一个乡村孩子接受有质量的音乐教育"的愿景终将实现！

安仁音乐"小仙"们的进阶之路

李　蓉[1]

　　2020 年 9 月 19—20 日，"快乐合唱 3＋1"项目安仁县合唱指挥指导老师刘宇田和音乐名师黎薇来到安仁，为安仁音乐老师们送来合唱指挥和顺序性音乐教学讲座。

　　"听说，2021 年安仁县要在长沙音乐厅举办合唱专场公益音乐会，我很激动，县级中小学合唱团在省会举办合唱专场音乐会，这是首届一指，希望我的讲座能为老师们在合唱课堂的教学带来帮助，也期待安仁能够开办名师工作室，打造本地名师，引领安仁音乐教育发展。"黎薇老师由衷地感慨。

---

　　① 李蓉，安仁县城关中学音乐老师。

没错，2021年安仁县在长沙举办合唱专场公益音乐会，这是安仁县7年合唱教育成果展示的盛会，也是安仁音乐老师和孩子们的一场盛会。为了更好地展现安仁童声合唱和音乐教育水平，安仁县教育局、安仁县教育基金会和北京德清公益基金会高度重视，陆续开展了"校长座谈会""音乐教师交流会"等活动，开始了音乐会筹备工作。

乡村童声合唱团如何展示有质量的合唱，这是需要所有音乐老师一起攻克的难题。要攻克这个难题，少不了我们的领路人和老朋友——刘宇田老师（宇田君），他是中南大学建筑与艺术学院的合唱指挥老师、中国合唱协会理事、湖南省合唱协会副理事长，也是"快乐合唱3＋1"项目安仁县合唱指挥指导老师。他从2013年起一直参与"快乐合唱3＋1"公益项目："德清杯"中小学合唱节、"永乐江之声"中小学合唱展演、"快乐合唱3＋1"安仁工作坊、合唱培训、合唱展演……只要事关合唱，总能看见他忙碌的身影，安仁县每所学校都曾留下他的身影。粗略算下，近10年来，他来安仁县已有50余次。也正是因为他一路的帮助、扶持、陪伴，我们安仁县的音乐老师们和童声合唱团才能快速成长。

2017年，安仁县牌楼中心小学米多多合唱团参加第六届中国童声合唱节获"A组银奖"。

2018年，安仁县城关中心小学米多多合唱团参加第十四届中国国际合唱节获"优秀表演奖和C级合唱团"。

2019年，安仁县实验学校米多多合唱团参加第十届中国魅力校园合唱节获"小学组二等奖"。

2021年安仁合唱专场公益音乐会的筹备，自然也少不了刘老师的悉心指导，他配合德清公益紧锣密鼓地为我们量身打造了《2020年安仁县音乐教师进阶培训计划》。

459 页，练好基本功

从4月底起，每周一晚7—9点雷打不动是和刘老师相约"线上论剑"的时间。刘老师说"读懂乐谱，否则你不是一个合格的音乐教师，更谈不上是一个称职的指挥家"。第一阶段我们培训的重点就是五线谱视唱和指挥基本功，刘老师整理了视唱两大本："小蓝"和"小黄"。"小蓝"是高校的各种谱表、调号、节拍、节奏的视唱练习本，700 条左右，共计 156 页。"小黄"是经典的合唱谱片段，汇集了各种题材、风格、语言、地域、年代的合唱曲，50 首左右，共计 303 页。

为了保证上课效率，每次网课后刘老师都会和 8 位进阶培训小组组长开会研讨与总结，以便及时发现问题。安仁县教育局还制作了《教师进阶培训初级班学员考核规则》，从出勤、课堂表现、笔记、视唱、指挥等方面对学员进行考核，只有考核优秀者才能进阶下一个阶段。这可不就是成为"音乐大神"的必经之路吗？

刘老师每堂课都扎根于讲解—示范—学员指挥—点评，课后都会布置视唱/指挥作业并抽查，让我们循序渐进地从指挥的基础挥拍开始学习，慢慢领悟指挥理论。

四个月的时间，每周一课，从不间断，刘老师本着死磕到底的决心，只为提升我们音乐老师的五线谱读谱视唱水平。回头一看，我们竟然学习了这么多内容：读谱能力的培养目标，教学内容之读谱、作品积累，柯达伊教学法，柯达伊教学法概论，指挥的基本要求与体位，指挥的手位、臂位、面部表情的规范示意，击拍动作的基本原理，柯达伊手势、字母谱及固定音名唱法的应用，拍点，硬击拍与软击拍，拍线，图式。

指挥 + 课堂，一样都不能少

第一阶段的线上培训在 9 月上旬结束了，老师们的基础能力已初步提升。第二阶段的线下提升培训按计划开启，我们又迎来了新的领路人——黎薇老师。

刘老师特邀长沙音乐名师黎薇老师来到安仁，引领我们的音乐课堂教学。黎老师用生动活泼的课堂，把安仁县的音乐老师们都当作小朋友，循序渐进地开展音乐教学，让老师们明白扎实常规、新颖有趣的音乐教学才能让孩子们喜欢上音乐课，逐步提升音乐素养。

刘老师也为我们带来了"起拍与收拍"课程，还对我们进行了现场视唱考核。视唱"历劫"让安仁的音乐"小仙"们心里紧张不已，专业水平过硬又熟读曲谱的老师云淡风轻，有的则后悔自己暑假没有多花点时间读谱，有的暗自庆幸抽到了一首熟悉的谱子……刘老师全然忽略，一丝不苟地做完全程考核后，一一点评，勉励老师们读谱能力是后续课堂教学和合唱团水平提升的基石，希望大家可以潜心学习，慢慢提升。

你以为这样就结束啦？

10月中旬的合唱团实地考核、11月的"永乐江之声"中小学合唱展演、10—12月的专家一对一指导、2021年安仁合唱专场公益音乐会的策划与训练……一大波挑战还在等着我们！唯有紧跟刘老师和专家老师们"御剑飞行"，方能"渡劫成功"，迎接属于我们的专场音乐会！一起加油吧！

乡村音乐老师的中国梦

刘纯一[1]

蒲公英的梦想

四海为席天地为家

播撒自己的梦

释放所有的激情

直到落地为安

让爱的音符撒满人间

用音乐编织成故事

播撒到乡村的田间地头

---

[1] 刘纯一，沅陵县溪子口小学音乐老师。

落地结缘育新苗

2019 年 4 月 18 日，"快乐合唱 3 + 1"项目（沅陵站）启动仪式暨音乐下乡行在沅陵县思源实验学校举行，相关领导及"快乐合唱 3 + 1"项目组成员、沅陵县各校校长和音乐老师们共 200 余人参加会议。至此，这个旨在提升县级合唱教学水平、净化孩子心灵的美育之花在沅陵生根发芽！

点滴成长筑路基

1. 合唱训练营

2019 年 7 月 7 日上午 9：00，"快乐合唱 3 + 1"合唱训练营在长沙市三一魔豆仓创新中心盛大开营，我们沅陵县的音乐老师作为合唱公益大家庭的一员，与近 400 名选手欢聚一堂。

为期九天的合唱训练营，德清公益请来了吴灵芬、江楠、朱金明等国内顶尖的合唱指挥专家，打造豪华的培训平台，大家相互学习、深入交流、汲取养分，我的理论知识又更新了，专业水平可以说是又得到提升了。

2. "快乐合唱 3 + 1"公益音乐会

"大学毕业后一直在镇上学校教书，根本没想到还会有机会在这么高大上的音乐厅里表演，我一定要拿出最好水平完成表演！"当时，我就是这样给自己打气，沅陵车前子教师合唱团的团员们也都铆足了劲要为观众展现沅陵风采。

沅陵民歌《车水号子》车起水儿上高坡，和声与民歌的碰撞，呈现不一样的精彩；《雪花》轻轻飘，大地被笼罩，小提琴声婉转，演员歌声绵长，一不小心，触到了心底的柔软。

我们男教师和溆浦向警予故里的"九儿"合唱团演绎精彩开场曲《不忘初心》《小小幺姑》，演出后观众掌声雷动。沅陵县政府、县教育局领导到场观看并祝贺！

3. 中小学合唱展演

从"快乐合唱3＋1"项目（沅陵站）启动，到合唱训练营、公益音乐会如火如荼地开展，中小学班级合唱展演也慢慢提上了日程，从自身水平的提升到运用于实际教学和指导又是一个新的挑战。

2019年11月，沅陵县第七届中小学生艺术节盛大开幕，艺术节以合唱为主，全县23支校级合唱团同台表演、快乐歌唱，营造了浓厚的合唱氛围，为下一个阶段的班级合唱比赛、片区合唱比赛奠定基础、预热练兵。

溪子口小学是一所留守儿童占比超过90%的学校，两千余名学生多为农村进城务工人员子女，专职音乐老师仅有三名，最多只能承担两个年级的音乐教学任务，其他年级只能由其他老师兼任。

起初在推行班级合唱的时候，学校老师颇为不解。认为平常学生搞学习做作业的时间都不够，哪来的"闲情逸致"去触碰"高雅艺术"。但后来老师们的想法慢慢发生了转变：上课前一间间教室传出曼妙的歌声、同学间一个个默契的眼神交流、班集体一次次团队精神的彰显……此情此景不正是一个美好和谐校园的完美呈现吗？

不知怎的，我们音乐老师成了香饽饽，为了争取音乐专职老师指导的机会，每个班级上演着"幸福爆棚"和"长吁短叹"的强烈反差。老师们在办公室、朋友圈时不时打趣地说道："有了音乐老师的这一'搅和'，自己的魅力值直线下降，不过好在孩子们童年生活的获得感满满。值！"

"快乐合唱3＋1"班级合唱展演后，我们的五（2）班入选县里建制班合唱比赛，要代表县里参加怀化市第五届建制班合唱比赛。这下可是要铆足劲为县里争光了，丝毫不能懈怠。为了不耽误孩子周末兴趣班的学习，我们把排练时间安排在中午。有的孩子端着饭盒就走进了排练室，最爱开玩笑的范同学说道："赶紧吃完，抓紧唱歌哩，我们可是要拿奖的哩！"比赛前，孩子们既紧张又兴奋，好多人激动得几宿都没睡好。"是不是要去怀化参加比赛啦？""老师，我们真的是一等奖？""刘老师，我们啥时候排练？"……求证与询问俨然成了他们与我对话的开场白。

比赛当天，有个男生怎么都不肯化妆，我了解了才知道原来他从没上过舞台，觉得化妆是女生的"专属"，而自己是男子汉。最后我和同学们一起开导鼓励他，才说服他化妆是艺术表演的呈现方式之一，而且这是一个团队的配合和战斗，他才最终点头同意。在参加比赛和录制时，小男子汉露出了自信的笑脸，因为他明白：在这里，没有"我"，只有"我们"……

准备合唱比赛是一个长期的过程，同学们最大的变化就是更加爱上音乐课了，特别是关于合唱的学习，兴致更高了。大家不仅认识了双响筒、三角铁和碰铃等新鲜乐器，还体会到了团队协作的重要性。

砥砺前行展风采

2020 年初，新冠疫情来势汹汹……然而并未浇灭德清公益人和潜心履职合唱教学守护者的信念和热情。4 月 9 日，一个值得被纪念的日子，沅陵县合唱指挥教育事业奋进的力量吹响了集结号——"快乐合唱 3＋1"项目沅陵县合唱指挥指导专家、吉首大学音乐舞蹈学院青年合唱指挥沈加林老师线上教学班开班了！无法线下学习，我们就在网络汇聚，采用网络小班教学模式，近 20 人，分为两个班，既保证课程教学效果，也给参培老师更多展示、练习与交流的机会。

每周日晚 7：00，学员们准点打卡进入直播间进行学习交流。大家认真听讲，善思乐学，俨然又回到勤奋努力的求学时代，周末的这堂必修课已经成为大家共同期待的课堂。

沈老师传经送宝，不吝分享行之有效的教学课件和全方位的图文资源，"好记性不如烂笔头"，学员们生怕听漏了哪个知识点，细致认真地做起了笔记。

每周网课后沈老师都会布置相应的练习作业，严谨负责的他会对每个学员的回课作业提出问题和建议，相信大家都有了切身的心得感受及时不我待的紧迫感！对于课后遇到的"疑难杂症"，大家都在班级学习群里倾诉交流，早已打破了单位和学校的界限，甚至还主动联系班内的"资优生"张银菊老师，组队进行线下的"补课"。学习劲头十足！

合唱指挥班的学习热火朝天，钢琴伴奏团的组建和发展也不能落下。钢琴伴奏作为合唱指挥中不可或缺的组成部分，一直是我县合唱指挥事业发展的短板。在县兼职音乐教研员侯陆平老师和县进修学校向宏英老师热情务实的推波助澜下，钢琴伴奏团的学习也逐步开展，老师们相互鼓励、打气，让枯燥的钢琴伴奏练习充满了生机和活力。

2020年10月16日，时隔近一年，我们再度与亲爱的沈加林老师相聚。用一场依次指挥"双钢琴"的结业考核来接受检阅（用两台钢琴模仿合唱表演，其中一台钢琴弹伴奏部分，另一台钢琴则弹奏合唱的所有声部旋律）。钢琴伴奏团的8名音乐老师为19名参加考核的学员伴奏，大家顺利地完成了考核。虽说这个过程让学员"压力山大"，但"累并快乐着"的共识却在彼此坚定的眼神中达成。

学员依次上场指挥双钢琴合唱曲目《黄水谣》《大海啊，故乡》《游击队歌》《飞来的花瓣》。

沈老师现场指正学员指挥和伴奏中产生的各种问题，示范传授指挥技巧，现场不时响起阵阵掌声和声声叹服，其幽默风趣的教学在不经意间的欢声笑语中悄悄地蔓延。

随着"'快乐合唱3+1'音乐下乡行""班级合唱展演"等公益项目的层层铺开，加上德清公益引入的"芭莎·课后一小时""柯达伊音乐老学法培训"的落地，相信我县将会有越来越多充满活力的音乐老师团队异军突起，在沅陵这方热土浇灌出更加绚烂多彩的美育之花……

扬帆起航逐梦想

"行路难，行路难，多歧路，今安在？长风破浪会有时，直挂云帆济沧海。"——我们深知：一个人虽然可以走得很快，但一群人则可以走得更远。在这里，我们携手并肩以歌声为伴，背上行囊用脚步去丈量梦想的远方。紧紧依托"快乐合唱3＋1"项目的专业平台，以"用童声照亮童心"为使命，以"促进专业成长"为己任，为打造一支骨干音乐教师的先锋队而努力，为我县合唱艺术教育事业注入中坚力量，在这方乐土向下扎根、向上生长！这就是我，一个乡村音乐老师的中国梦！

柯达伊音乐教学法在中国乡村音乐课堂上放光彩

陈　欣①

北京匈牙利文化中心与北京德清公益基金会自2018年建立战略合作关系以来，已向800余名次乡村音乐教师播撒了"柯达伊音乐教学法"的种子，并把匈牙利民歌带给了中国乡村童声合唱团。

基于对德清公益的肯定与信任，2020年10月，北京匈牙利文化中心首次在线上推出了2个柯达伊音乐教学法"进阶班"培训，同期再次开设2个"初级班"，共21名骨干音乐教师参培。

下面，让我们通过部分参培学员的文字，一起来看看老师们如何学以致用，让柯达伊音乐教学法在中国乡村音乐课堂和合唱团排练中大放光彩。

我的孩子们也会创作旋律啦

江华瑶族自治县沱江镇第一小学　颜孜洁

很荣幸能再次参加柯达伊音乐教学法的学习。在2020年上半年的学习中，我学习到了柯达伊音乐教学法的几种教学方法，如：上课前的预备练习、听教法、后唱名教学法等，对柯达伊音乐教学法有了一个大概的了解。

本次"进阶班"的学习把教学法和实际操作结合起来了，每次学习后就将本次学习到的方法运用到班级，我任教的一年级孩子们非常喜

---

① 文字整理：陈欣，北京德清公益基金会项目工作人员。

欢这种教学方法，每节课孩子们都能学习音符、节奏、歌曲等。

经过一个学期的实际运用，我对柯达伊音乐教学法的运用逐渐熟练了，孩子们的音准、节奏、唱谱都有了很大的提高。特别是在一次课堂中，让孩子们模仿创作旋律，有两个孩子能大胆地将他们创作的旋律在黑板上写出来。把柯达伊音乐教学法运用到课堂中，音乐课除了让孩子们学习音乐知识，也让他们很享受、很快乐。

数学老师的音乐游戏是给孩子们最好的礼物

麻城市第一实验小学 蔡淑芳

2020年下学期，我报名到麻城市最边远的山区学校支教。因为支教学校工作需要，我这学期没有上专业音乐课，而是临时客串做数学老师。

我支教的山里的孩子们压根就没有音乐课。为了完成老师布置的作业，最开始，我找到我们一起支教的老师客串我的学生。后来，看到其他老师与学生互动的课堂视频，我羡慕不已。后来我想，没有音乐课，我自己用我的数学课来给孩子们上音乐课；孩子们没有音乐基础，我就降低要求，慢慢来。

于是，我就在自己班上给孩子们上课完成作业。孩子们给了我太多惊喜！他们一天天进步，越来越喜欢音乐课上跟老师一起玩的各种音乐游戏：节奏回声游戏、音节回声游戏、各种音乐表演、新的歌曲学习、旋律创作……在最后一次音乐课视频中，我的作业得到了诺拉老师的表扬。

她单独在微信里给我留言，在作业点评中给予我充分的肯定。说实在话，我的孩子们从不知道怎么整齐唱一首歌曲、不认识节奏、不认识唱名，到能在我的引导下创作歌曲旋律，这种进步，给了我莫大的惊喜！这是柯达伊给予我的孩子们最好的礼物！

柯达伊让合唱团的孩子们更好地与音乐相处

江华瑶族自治县思源实验学校　殷姗姗

本次柯达伊音乐教学法线上培训"进阶班"，我是怀着很忐忑的心情加入的，因为各项压力，起初内心很挣扎。在学习过程中有一段很困难的时间，11月底我既要准备赛课，又要准备艺术节合唱排练，每天时间都排得满满的，还需要准备柯达伊培训的作业，每一个作业都需要很用心地做，花的时间特别多。

不过我偶然发现，和合唱团的孩子们一起去完成作业视频录制会更顺利，因为平常有接触音乐元素，合唱团的孩子们比班上的孩子们更容易理解和掌握这些知识点，将这些方法用到合唱团的孩子们身上，孩子们吸收得更快。

孩子们对柯达伊音乐教学法这个新鲜的事物很感兴趣，比如视唱，拿音阶来说，我之前就是用常规唱法，有时用手比画音高，主要训练他们的音准，用柯达伊手势教学后，孩子们对音高的概念更加深刻了，对他们构建音程有很大的帮助。

柯达伊音乐教学法应用在合唱排练中让孩子们增加了幸福感，他们每次上完课都很开心、很满足。

我的合唱团开始了有效的音阶练习

慈利县零阳镇第一完小 刘 琴

在教学中，学生跑调的情况时有发生，以往我都会停下来给学生纠正音高，这样就影响了其他同学的演唱，也让音准不好的同学有点尴尬。自从运用了柯达伊音乐教学法后，当出现音准不好的情况，我会用手势来提醒同学，既不会打扰其他同学的演唱，也不会让音准不够的同学难堪，一个手势就拉近了我和学生的距离。

我把老师的教学方法充分运用到我的课堂教学中，从每周两节的音乐课，逐渐发展到每天一节的合唱团，零阳镇第一完小的皂角树合唱团通过柯达伊音乐教学法的训练，各方面都有了飞速进步。通过柯达伊手势进行音阶练习，学生不会觉得枯燥，大家学习都很专注；通过一段时间的学习，学生已建立了恒拍感，形成了内心的听觉感受……

手势教学让音乐课变成孩子们的期待

汝城县第六中学 何 琼

历时四个月的柯达伊音乐教学法培训课程随着我们的远程考核圆满结束了。回想这四个月来，不论是我还是我的学生都收获多多。这次培训是我觉得最直接反馈于实际课程的一次培训。学生从懵懂无知到得心应手，一次次的改变让我感觉到了柯达伊音乐教学法的魅力。

犹记最初我把柯达伊手势教给学生的时候，大家都不明白手势的作

用是什么，只是一味地模仿着老师的动作。说句老实话，开始我也是有点排斥的，因为在我看来，现在初中课本上的歌曲特别是中国民歌旋律的复杂性，决定了手势教学法根本就无法运用。但参加这次培训后，我才发现我所理解的手势教学是片面的，有的想法甚至是不正确的。柯达伊手势教学对训练学生的音乐素养有着重要的作用。

在兰迪老师的精心指导下，我渐渐掌握了手势教学法的真谛，看着孩子们对音乐课的期待及参与课程时的热情，我感到无比开心而且很有成就感。

第一张照片是孩子们在六步预唱练习课堂时拍的。在老师的引导下，他们跟着老师模唱旋律做手势，根据老师提示第一个音的音高，看老师的手势自己完成唱唱名做手势，整个过程一气呵成。大家可从图片中看出孩子们是多么认真，多么专注……

　　第二张照片是柯达伊手势教学法的课堂现场，经过预唱练习后，孩子们已经可以通过看老师的手势自己做手势唱出旋律了，经过老师对歌曲难点的反复训练后，孩子们很容易就把整首歌曲学下来了。

　　其实我最喜欢的教学法是听教法，它是我觉得最适用于初中课堂的一种教学法。听教法其实和我们平时教歌的步骤差不多，但唯一不同的是不能展示歌谱给孩子们，要让孩子们通过听老师的范唱，并和老师一起分析歌曲，把歌曲记住并学下来。

　　最后这张照片是我第一次运用听教法教学的情景，孩子们在认真听老师范唱，这堂课的效果还是不错的！

　　最后，我想说的是，衷心感谢德清公益为我们提供此次宝贵的学习机会，感谢兰迪老师的辛勤指导，还有战鸽老师的翻译。我们会尽最大的可能，把这次的学习内容分享给更多的音乐教师，让更多的老师和孩子因柯达伊音乐教学法而热爱音乐并喜爱音乐课堂。

音乐背包客，装着另一颗心栖息的地方

陈　晨[1]

　　身体与心灵，必有其一在路上。阿兰·德波顿在《旅行的艺术》中说："如果生活的要义在于追求幸福，那么，除却旅行，很少有别的行为能呈现这一追求过程中的热情与矛盾。"

　　在我看来，合唱排练等同于旅行，是心灵之旅，也是我生活中幸福感的来源之一。合唱陪伴我走过二十多年的时光，小学在校合唱团齐唱表演，大学加入 Tiankong 合唱团，再到现在生活离不开合唱。一直以来大多数人对中国合唱的理解是整齐、有气势，但真正的合唱艺术不仅是

---

　　[1]　陈晨，武汉光谷未来学校音乐备课组组长、曾任 Tiankong 合唱团团长。

这些，还有对"美"的追求。每个人所理解的合唱艺术之"美"大不相同，我所理解的其中之"美"是自然，是从心而歌。

有幸知道德清公益的音乐背包客活动是因为好朋友邵雅琴，我们在同一个合唱团一起唱歌 8 年，生活中的日常交流大都围绕合唱。她是德清公益的第一位音乐背包客，从她那里我初步了解了这个公益项目，一直想要参与支教的我早就跃跃欲试，终于在 2021 年赶上了。

经过前期沟通，我对即将辅导的白石坳小学晨曦合唱团有了一定了解。他们入选了米多多合唱夏令营，希望能在音乐厅的舞台上有更好的表现，所以我们来了！7 月 6 日，到达黄冈市英山县的第一天傍晚，来接我的音乐老师余婕热情地分享了他们在日常训练中的点点滴滴和面临的问题。走进白石坳小学的音乐教室，合唱团的孩子们满头大汗却坐姿端正地等候着，头顶几台电扇快速旋转，白炽灯照进孩子们眼里，相互映衬着纯净的光芒。

伴着窗外的蝉鸣声，第一天的训练开始了，问题也随之而来。孩子们唱的是《红星歌》和英山童谣《黄鸡公》。《红星歌》这首作品的合唱版本很多，歌谱和钢伴谱的匹配尤其要注意，到了现场我发现孩子们唱的版本和之前我拿到的版本不一样。《黄鸡公》是根据当地流传的童谣重新编创的二声部歌曲，在音域上其实有一点不太适合四年级的孩子们。由于这支队伍组建时间不长，孩子们虽然配合度很高，但歌唱状态、歌唱意识、音准都有待加强，对于旋律音程及和声音程的构建也近乎空白。根据作品和孩子们的状态，我们临时调整了训练计划，以示范教学，便于音乐老师们开展日常训练为主。

第一次课，我用模仿不同动物、不同身体动作以及更贴近孩子们日常生活的讲解方式帮助他们找到歌唱时的气息使用及歌唱状态，用柯达伊手势带他们建立音高概念。但由于排练环境炎热又嘈杂，加上第一次见面慢热的我和害羞的孩子们需要磨合，虽然两小时后我的嗓子都哑了，但除了孩子们精神面貌有改变，其他效果对于我来说并不太理想。

排练结束后，我和贾棋棋老师把这次需要排练的两首作品的钢伴谱和学校老师们确认后，就一直在思考，如何在有限的三天时间内尽量提高孩子们的基础，可以大致从这几个方向着手：

第一，加强孩子们的气息和歌唱意识训练；

第二，通过柯达伊手势训练建立孩子们的音高概念；

第三，和老师们一起修改部分旋律，让作品更适合孩子们演唱，一起分声部录制成音频让孩子们在家里聆听学习。

学校的领导为这次合唱排练做了很多支持工作，第二天上午我们换到了学校唯一一个有空调的教室，更安静舒适的环境确实对于排练更有帮助。五个小时的时间，从热身、练声到柯达伊手势教学，孩子们逐渐构建了合唱的基本歌唱状态和音准，虽然在演唱作品和高音时偶尔还是会回到以前的状态，但这一点点的进步足以让大家有成就感。

通过前两天的训练我了解到很多孩子在学唱歌曲时仅仅是跟唱旋律，并不认识乐谱，这样对歌曲音准的把握有限，也很容易被其他声部带跑。没有一定识谱基础的合唱团在训练的过程中面临的问题很多，排练进度也会更难推进。所以我在第三天的排练中，结合演唱的两首乐谱加入了简单的乐理知识讲解和简谱讲解，穿插视唱练耳练习，从旋律音程到分解和弦再到和声音程听辨，孩子们一点点用自己的耳朵抓住了那些可爱的音符。

上午三小时的训练对这些孩子来说很辛苦，在第三天上午排练的最后，我带孩子们进行了身体声势律动的游戏，听他们爱听的流行曲，并进行互动，在游戏中我发现他们对于音乐节奏的把握和旋律的灵敏也有了提升。所以童声合唱排练的方法不唯一，要因材施教，寓教于乐。

第三天下午应英山县教育局付洪生股长的邀请，我们来到英山县南河镇中心小学合唱团进行排练，依旧是没有空调的教室，汗水已经浸湿了孩子们的衣背，二十几个孩子站在合唱台上精神饱满地唱着《红星歌》，意外的是演唱到二声部部分时，音准比想象中要好。

可以看出学校的音乐老师们在平时的基础排练中很认真地下了功夫，在和学校音乐老师的交流中也感受到这些孩子对于音乐和合唱的热爱。今天原本是放暑假的时间，他们有其他的事情要做，但听到我们要来，就从各处赶来参加排练，在排练中他们对于音乐的渴望和自身干净的歌声，让我不自觉地有一种幸福感，是来自心灵深处的单纯的幸福感。

傍晚我们马不停蹄地赶回白石坳小学继续排练新作品《黄鸡公》，在有了前一天布置的听音频自己练习和唱谱的要求后，孩子们的音准提高了许多，但出于编曲原因，部分段落对他们来说找音依旧困难。另外，孩子们对于这首童谣的"熟悉"程度让他们在演唱时完全忘记了之前练习所要求的口腔状态，互相总被带跑，再演唱《红星歌》时，也影响了这首歌二声部和声色彩。这是两首风格不同的歌曲，需要孩子们多方位转变自己的演唱状态和音色，可是在短时间内以孩子们的基础很难达到，带着这个问题，我们结束了从早到晚不停歇的合唱训练。

第四天排练时我们采取了分声部重新巩固和解决声部音准、统一咬字等细节问题，并且重新手写整理了《黄鸡公》的二声部版本。草稿一张张地被撕毁，直到最后检查没有错误后，才满意地发给了老师重新打印。

这天晚上是我此次在白石坳小学的最后一次排练，英山县教育局领导以及白石坳小学、南河镇中心小学的老师们都过来观看排练，这晚的排练就像是一个汇报，对四天的成果进行总结，也给我这次合唱支教画上了一个完整的句号。

在为《黄鸡公》挑选了两个小领唱和加入了一点小动作后，我们开始尝试两首歌曲联唱，一次又一次，孩子们总说想再多唱一遍，合唱团的钢伴老师和指挥老师也认真地陪伴在旁边录像和学习，也许是知道我要走了，这一天大家格外认真。

在最后一次完整演唱后，领唱小姑娘说："老师，你明天要走了，我们一起合个影吧。"转身拿手机的那一刻，我的鼻子有点儿发酸，再转身看见一个小姑娘哭得稀里哗啦，我的眼眶里忍了很久的泪水也不自觉地流了下来，紧接着就像被传染，一个又一个的孩子哭了起来，合完影的孩子们围着我抱着不放。看着这些单纯的孩子们，我有点儿不想离开了，他们问我："老师，你还会回来吗？""我们还会再见面吗？""你会来长沙吗？""老师，我们会想你的。"我想说，我一定会回来，我们一定会再见。

相遇是世界上第一浪漫的事

许　薇　钟梦晖①

　　我是许薇，一位热爱童声合唱的小学音乐老师。在此之前，一直在 Tiankong 合唱团里唱歌，一唱就是十几年；后又有幸在 Tiankong 少儿团里任教，由此接触到童声合唱。在我心中，一直埋藏着想要走出城市去山野田间教书的念头，和那里的孩子们分享音乐的美好，而就在 2021 年夏天，这个想法竟意外地实现了。

　　我是钟梦晖，一位热爱表演的小学戏剧老师。在此之前，曾是一名青年演员，跟随剧团奔赴全国各地演出。2021 年的暑假大概是我近几

---

　　① 许薇，武汉英中学校小学部音乐老师，华中师范大学音乐教育硕士；钟梦晖，武汉英中学校小学部戏剧老师，毕业于武汉传媒学院戏剧表演专业。

年来正常生活里的一场"意外"。回想那短短的几天，好像是脱离了平凡生活轨道的一段时光。

我们成为音乐背包客啦

是的，我们去湖南龙山支教了。虽然从严格意义上来说，这种短短几天的音乐背包客公益行动谈不上"支教"，但这段时光也是无比令人珍惜的。2021年7月22日，搭乘经由武汉开往恩施的高铁，我们开启了这次短暂的支教之行。

从恩施到龙山，隔着一百多公里的山路，而这已是龙山县第二小学张莉老师为我们规划的最方便的行程，只是她来回需要驱车四个小时。当我们抵达恩施站时，张老师带着"95后"的朱颜老师早早就在站外等待，四个人一番相识，便驱车前往龙山县。

龙山，位于湖南湘西土家族苗族自治州。据张老师介绍，是湖南最偏远的县，与湖北的来凤县仅有一河之隔。藏在大山深处的龙山，近两年才通火车，开启铁路时代，交通也因此便利了许多。我们曾幻想，即将要前往的，会不会是一个需要翻越几座大山，学生需要在清晨五六点起床前往的学校，我们对乡村和县城的概念甚至还停留在十几年前电影中的印象。当抵达龙山后，才发现这里竟是世外桃源——马路通畅，商圈繁荣，丝毫不见印象中县城的样子。但谈起龙山县第二小学的学生，张老师有些感伤，这所学校是整个县城里生源最差的，由于学校建在落寞的工业老区，学生基本上是下岗工人子女，且大多是留守儿童。早在几年前，这里还是亚洲拥有班级人数最多的学校，一个班一百多个学生，直到这几年才稍稍好一些，即便这样，每个班也有六七十个学生。

问及这几日的训练时间，张老师说，龙山的教育抓得比较紧，平日里孩子们白天都要上各种培训班，所以训练只能在晚上进行，但考虑到我们来的时间比较短，因此，最后协商，每天排练时间由两个小时变为三个小时。

之前通过视频看过孩子们的排练，这次即将面对面，我们还是很期待的。走进教室，发现孩子们竟然穿着校服安静整齐地坐在那里等待，里面一位老师都没有，看到我们走进去，孩子们站起身鼓掌欢迎我们的到来。看到这么懂事的孩子，内心难免有些触动。在听完他们日常练声以及完整演唱两首歌曲——土家语《春雨沙沙》和《唱歌给党听》后，心中也对这几日的训练内容有了方向。

通过观摩训练，我们发现张莉老师本身是一位热爱音乐教育且一直保持积极学习状态的人，她的训练从气息练习、练声到唱歌，每个环节都比较完整。由此可见，她在自己的班级合唱中一直践行这些方法，但如果要说缺乏什么，我想大概是长期在合唱团里歌唱的经验，这种沉浸式的训练经验对合唱的声音具有非常深的影响。因此，我们将教学重点放在音准与歌唱状态，随后，支教生活也正式开始了。

我们遇到的可爱的人们

说到龙山县第二小学，不得不说说我们遇到的几位老师。

张莉老师，还未谋面时，就能感受到她的热情。从帮我们规划行程，到每日微信里沟通及反馈训练进程，这种真诚与信任感对我们来说无比珍贵。但是见到本人后，才发现我们从手机里感受到的热情还只是九牛一毛。她和善、谦逊、真诚、热情，对音乐饱含崇高敬意，对生活也充满热忱，与她相处是一件幸福且快乐的事情，她由内向外散发的快乐与幸福影响着身边的每一个人。而这些，是在大城市里很少能够感受得到的。

再说说拥有甜甜笑容和开朗个性的朱颜老师，她常常同我们聊起关于龙山的故事，以及这个地方的特点、人们的生活习惯等。她虽是音乐专业毕业，现在却兼顾着语文老师和班主任的工作，在几天的相处过程中，我们感受到她对音乐的热爱与向往，只是屈于现实，这份理想与热爱不得不埋藏在心里。即便如此，作为语文老师和班主任的朱老师，也是努力且优秀的。

因为是班级合唱展演，班主任曾玉梅老师也全程参与，她是一位"00后"，喜欢大家叫她梅梅。从梅梅身上总是能看到美好。我们总听人说要努力学习，从大山中走出去，到城市里生活，但梅梅却选择在毕业后回到自己家乡，并坚守在工作岗位上。我们时常能从她的言行中感受到真诚：她对孩子们的真诚，她对我们的真诚，以及对未来理想生活的真诚。

除此以外，我们还意外遇到北京德清公益基金会副秘书长李卫英老师，她在我们到达的第二天来到龙山，推进在龙山的各项工作。初次见面，李老师的优雅与知性令人如沐春风，但相处久了以后，她爽朗的性格、干练的作风也深深吸引着每一个人。虽是第一次见面，我们却像旧友重逢一样畅谈，对于有关龙山县第二小学合唱团的情况，她认真倾听，并根据基金会展演安排给予我们建议，这为我们后期的教学安排带来极大的益处。

紧张又快乐的排练时光

龙山县第二小学的学生，在熟悉后，逐渐从绷紧的状态中放松下来，脸上的笑容也越来越多，无论我们去得多早，每天总有来得更早的孩子等待着我们。为了让他们能更多地感受音乐与肢体的关系，能够更加自由地歌唱，每天的训练都从游戏开始，我们在游戏中融入达尔克罗兹体系的律动活动，进行情景式的呼吸训练，以及利用柯达伊手势进行音阶、音程与二声部和声训练。几天下来，孩子们逐渐脱离对钢琴的依赖，开始从听觉上寻找音高，并且在二声部练习中能够根据对方声部的音高来确定及调整自己声部的音。音准的问题不是一两天可以解决的，尤其在脱离钢琴后，我们发现学生几乎没有音高概念，甚至连大调音阶都唱不准，在经过几天的练习后，他们不仅能唱好大调音阶，并且能逐渐在手势下进行各项音程模唱。此外，我们也常常在练习中要求学生进行互评，通过相互的评价来探讨彼此的歌唱音准，这一方式也有显著作用。训练后期，我们还加入柯达伊体系中的 sofa 练习，通过模仿来训练学生的音乐记忆和乐句的歌唱等。在经过这一系列的练习之后，我们惊喜地看到了孩子们的成长和进步。

此外，歌唱声音状态的调整也是一个循序渐进的过程。孩子们没有经验，所以不知道好的合唱声音应该是怎样的。而在训练中所需做的，就是一遍遍地带领他们，从说话、咬字到歌唱，一句句地示范和纠正，并通过身体和游戏来辅助他们寻找高位置的声音状态。除了声音状态，另一个需要训练的就是真假声的转换。第一次训练时，发现孩子们练声最多到小字二组的 f，对于五年级的学生来说，这个音域有些偏窄（排除个别进入变声期的孩子），基本上是在自己嗓音条件下能唱出的最高音。因此，张老师将《春雨沙沙》这首歌曲由 D 调移到 C 调来演唱，而这首歌曲在原谱 D 调中，音域也仅在小字组 b 到小字二组 e 之间。经过协商，我们果断将歌曲转为原调演唱，通过两次训练，学生已从 C 调中转换过来，并能以较为松弛的状态进行演唱。

再者，在原来歌曲的编排中，两首歌曲都有领唱部分，领唱的孩子音准很好，嗓音条件也不错，但如果让其在音乐厅里唱，声音就会显得很单薄。在与张老师沟通后，又挑选了几个孩子加入领唱部分，形成一个领唱小组，这样一来，既可以增强领唱声部的声音，同时也避免了一些突发状况的出现。就这样，合唱训练在磨合中保持前进的势头，逐渐进入佳境。

对于龙山的孩子们，来之前我们曾自以为是地想着要把外面的世界，或者自己的所见所得带给他们，让他们能有更多走出去的力量。可是几天接触下来，我们完全颠覆了这个想法。排练之余，我们常常邀请孩子们聊天，聊一聊他们的心情、他们的理想以及他们的爱好，虽然这几分钟的聊天不能改变什么，但是希望他们知道，只要愿意表达，这世界上一定会有人愿意倾听他们的故事。因此，我们时常探讨与思考：支教的意义是什么？不是给他们描绘外面的世界有多美，不是仅仅引导他们走出这个县城，面对这些大山的孩子，更应该做的是让他们在自己的土地上体会到爱，毕竟有那么多为他们坚守的老师，有那么多为他们奔赴而来的人。只有在自己的土地上感受到爱，日后才有可能用同样的方式去爱别人，爱自己脚下的每一片土地。

五天的训练过得很快，我们的分工十分明确，我负责合唱团的排练，而钟老师则是记录和寻找合唱团背后的故事。因此，在后期对于整个节目的建构，钟老师提出做一点小小的调整，希望通过一个短片将合唱团引出来，并融合舞台的剧情，让孩子们更能体会和传达所唱歌曲的力量。由于我们在整个展演过程加入了视频和戏剧表演环节，经过和德清公益李秘书长、张老师沟通，决定将《唱歌给党听》放在前面，这样，可以经由视频进行人物介绍；而土家族歌曲《春雨沙沙》放在第二首，加入表演和身体打击乐来模仿下雨时人们欣喜的场景，歌曲第一遍用土家族语言演唱，第二遍将它翻译成普通话来演唱。在支教的最后一天，我们对两首作品的队形和表演进行了编排，并再次完整地演唱两首歌曲，就像来的时候那样，只不过此刻的心情多了些温暖与不舍。

如果说离别是世界上第二浪漫的事，那么相遇应该就是世界上第一浪漫的事吧。毕业多年后，曾一度忘却与身边的人正式告别的感觉，但是在这个夏天，再次体会了一次郑重其事的告别。人生第一次支教之行就这样结束了，不想说再见却也不得不拥抱着说再会。公益之行因这一群可爱的人而变得不同，与其说是付出，不如说更多的是收获了对生命的思考：留守儿童内心对爱与温暖的渴望，因为爱情坚守乡村教育15年的女老师，本可以走出去的年轻人却回到自己的家乡支援发展……龙山人的幸福感质朴而纯粹。

就像《是什么带来力量：乡村儿童的教育》这本书中所说："乡村留守儿童最缺少的不是钱，不是被接到一个陌生的世界，而是缺少一个属于自己的、像一个熟悉的家一样的地方。"而这一次龙山之行，我们已然看到，越来越多的人在为这件事努力着。

感恩相遇。期待着世界上第一浪漫的事情再次发生在我们身上。

站在巨人的肩膀上前行

陈小英[1]

　　我是来自汝城县第一完全小学的陈小英，是小学专职音乐老师。今年是我进入教师行业的第二十年，大学刚毕业的前三年我教过小学语文，也教过初中英语。但在之后十七年的音乐教学生涯中，我感受到了作为专职音乐老师的幸福。

初闻"快乐合唱3+1"

　　很早之前，我就在安仁县一个朋友的QQ空间看到她们参加"快乐

---

[1]　陈小英，汝城县第一完全小学音乐老师、体艺处副主任。

合唱3＋1"合唱培训的动态，当时我不知道这是什么培训，但感觉很高端，因为那时县里合唱培训很少。后来又听说安仁县组织学生进行合唱比赛，当时很吃惊，县里居然这么重视孩子们的合唱！于是我托在安仁县的同学找来了他们的比赛视频，看后的感觉是：安仁的合唱教育水平远远走在了我们前面。那时，我很羡慕他们，在安仁县做音乐老师真好！但感叹之后我就忘了这事。

2017年5月，学校通知音乐老师周末参加"快乐合唱3＋1"音乐教师业务培训会，我当时因为有事错过了。后来我的朋友圈被合唱专家周跃峰教授、湖南省教育科学研究院音乐教研员薛晖老师等名家的照片刷屏，原来他们来到汝城为我们基层教师传经送宝来了，我没能参加真的特别遗憾！

当我再回到学校时，收到了"快乐合唱3＋1——乡村中小学合唱艺术推广"公益项目启动仪式的文件，我知道了这是一个非常有意义的教育扶贫项目。我不禁思索起来：三年的项目推广下来我们音乐老师会变成什么样？应该会拓宽眼界，提升专业知识吧！

接触"快乐合唱3＋1"

近三年的活动中，由于时间关系，在"快乐合唱3＋1"项目组举办的大大小小的培训活动中，很遗憾我只参加了两次培训。接下来，我主要想跟大家分享一下我在这两次培训中的收获。

一、合唱训练营

2017年暑假我们县里派出45名音乐老师前往长沙参加培训。在这次培训中，我们兴奋地每天"晒圈"，因为上课的老师都是合唱界的知名人士。在此次培训中，我们白天学习合唱理论知识，晚上又参加雷永鸿老师的合唱排练。

在长沙培训期间，我打电话给我们学校分管教学的校长，将自己所学的知识转化成实战计划，非常兴奋地跟她规划我们学校的音乐课：要集体备课，我们的合唱团要成立起来，而且要进行梯队建设。低年级的音乐课要把好齐唱关，音乐老师要上好每堂音乐课。高年级的音乐课要做好课堂上的合唱教学训练……我们的教务主任也是个敢想敢做、积极乐观的人，我们一拍即合，新学期一开始就将计划实施起来。到现在，我们的音乐课堂质量也一直稳步提升。

二、音乐下乡行

2018 年 5 月我收到县教育局通知，"快乐合唱 3 + 1"项目的第二次音乐下乡行将在我们学校开展，雷永鸿老师来给我们上合唱指挥课，来自湖南省黎薇音乐名师工作室的黎薇老师团队要来传授音乐课堂教学的知识，而我需要上一堂音乐公开课，与黎薇老师团队"同课异构"。

同课异构，一上午共有三堂音乐课。第一堂课是我上的五年级下册合唱课《卢沟谣》，第二堂课是由工作室青年教师刘源带来的合唱课《亮火虫》，第三堂课是由工作室青年教师杨秋阳带来的合唱课《可爱的家》。三堂课同为合唱课，但是老师们的侧重点各不相同。刘老师的课堂轻松活泼，抓住了二年级孩子的身心发展特点，让孩子们在一次又一次与音乐材料关联、有趣的音乐活动中轻松掌握《亮火虫》的双声部演唱。杨老师针对四年级孩子的年龄特点来设计，由易渐难，由听音到节奏再到旋律，充分调动孩子的自主学习能力。我们第一次看到课堂里孩子们不用琴、清唱，老师用一个音叉就可以驾驭整个课堂，更没有播放音乐一遍遍教唱的模式。我的课堂里呈现的节奏教学，在长沙老师的课中都住进了爱心小房子，比如，一个爱心房子住一个四分音符宝宝、两个八分音符宝宝、四个十六分音符宝宝等。学生们就在老师的带领下学习着节奏旋律。

三节课结束后，黎薇老师带来了精彩的主题讲座《怎样让音乐课更有效》。黎薇老师的讲座呈现了十几个真实的片段教学案例，直观告诉老师们怎样高效地上好音乐课，怎样使孩子们在音乐课中有实实在在的收获。将理论与实践完美结合，现场互动热烈，老师们收获满满。

在此次培训后，我们学校几位音乐老师们一起探讨了我们的音乐课堂，一致认为我们要学习黎薇老师他们优秀的梯队进阶教学经验，从一年级开始给孩子们输入音准、歌唱等音乐系统化教学，让我们的孩子一年比一年厉害。

学习犹如逆水行舟，不进则退。身为一名音乐老师，也需要不断学习，不断提高自身专业技能，艺无止境，唯有站在巨人的肩膀上我们才能看得更远、走得更远。感谢"快乐合唱 3＋1"项目组每次用心地组织活动，我们一线的音乐老师有了这样的教育扶贫活动，提升了自我认知，转变了自身观念，之后才能当一个发光体，把更好的知识体系传播到课堂，改变每一堂课，守护好每一节音乐课的土壤，才能保证六年级的孩子毕业时达到六年级该有的音乐水准。

让音乐的种子在孩子心里发芽

胡安娜[1]

2019年暑假，我有幸参加北京德清公益基金会组织的"快乐合唱3+1"合唱训练营。我们同行的45位老师不仅向大师们学到了不少的合唱演唱技巧、合唱排练技巧，还给自己带回了几分要把自己的学生教好的决心和信心。

记得在一次大师课上，老师让训练营的孩子们唱了《四季的问候》，当时我就被孩子们清澈干净的声音吸引了，世界上怎么有这么美妙的声音？孩子们的歌声轻巧灵动，每一个音符都像透明的水晶一样闪烁着光芒。看着孩子们投入的演唱、淡定自若的表情、大方自然的肢体

---

[1] 胡安娜，湖北省麻城市第二实验小学音乐老师。

语言，我不禁被他们的歌声感染，他们不仅是在唱歌，更重要的是他们享受到了音乐带给他们的快乐，在童年时期有这么好的音乐体验，这是件多么美好的事情！

在长沙学习的那段日子，我每天如饥似渴地听课做笔记，用欣赏的眼光听着别的团的演唱。我很乐意做学员，仿佛也忘了自己的身份是老师了，直到有一天李克梅理事长动员我们回家后要做"传承者"，我才清醒认识到任重道远。

9月份开学，学校音乐教研组开会时，"快乐合唱3＋1"班级合唱比赛这一项活动被清楚地写在了学期计划中，这也是"快乐合唱3＋1"项目三年计划的第一步，全校学生要"人人开口唱，人人会唱歌"。我便在我的个人学期工作计划中，结合课本和教学实际把合唱纳入了学习重点目标。我心里想，如果不能做专门的合唱训练，我就要在常规的教学中把如何控制合唱时的音色、怎样看指挥、怎样听别人的声音、怎样让声音统一、节奏训练等要求融入进去。

因为暑假调动到了新的学校，我带的学生全部是新面孔。我所带的班级是二（9）班至（14）班、三（1）班、三（2）班，简单地了解了学生的基本情况，二年级六个班的孩子音乐基础比较薄弱，唱歌跑调明显，音准比节奏感要差很多，好在学生的学习热情很高，只要组织好应该没问题。三年级两个班的学生音乐基础好很多，很多学生能识谱、会唱歌，我甚至发现了一个唱歌的好苗子呢！

日常音乐课，缓缓图之，关注孩子

如果问我用什么方法可以让孩子们快速参与到音乐中，我想就是让他们感受节奏，随音乐做律动，而信手拈来的方式就是利用教材中的歌曲让他们进行练习。每节课从回声游戏拍手、拍腿、跺脚、弹舌等动作开始训练，既调动了孩子们的学习兴趣、锻炼了孩子们的节奏感，又能营造生动活泼的课堂氛围。随后，我便开始教孩子们演唱技巧，一次只教一个知识点，下一次课再进行复习和延伸。

腹式呼吸，用鼻子吸气，感觉腹部胀得圆圆的，再发出"si"的声音把气有控制地放出去，比比看谁的"si"拉得最长。我经常做诸如此类的练习，让孩子们感觉我们其实就在"玩"。随后我们开始学习新歌，我通常会自己范唱加上投入的表演，注意呼吸和情绪，尽量"完美"地演唱，让孩子们讨论歌曲包含的情绪，思考自己要用什么情绪去表现歌曲。我还会让孩子们尝试给歌曲分出乐句，分析哪里相似、哪里相同或者哪里不同，这样有利于孩子们演唱时注意到音高以及在哪里换气。通常一节课孩子们就能够学会演唱歌曲。

而第二堂课开始时，我会先让孩子们复习演唱技巧，腹式呼吸拉长音"si"，给学生提问："这样呼吸是不是在正式唱歌时不太好用？我们平时发现小狗喘气时有什么特点？有没有人可以模仿一下？"就这样自然过渡到了新的呼吸方法。随后我便让孩子们结合学习的演唱技巧将歌曲唱得更动听，这时我通常会带入一些合唱技巧，比如老师做什么手势是准备唱、什么手势是换气、学会听别人的声音、学会控制自己的音色等，同时鼓励一些不敢唱的孩子开口唱歌，表扬那些唱得好的、懂得倾听别人声音、控制自己声音的孩子，让他们带动其他的孩子。

随后，我们再一起复习节奏，让孩子们边唱边跟随音乐做律动，这一环节中，我总是尽量让孩子们根据音乐节奏和内容自己创编动作。后来，孩子们跟我配合得非常默契，他们知道我的一个手势、一个眼神想表达什么。我觉得孩子们进步很快，便自己购置了一套小打击乐器，教会孩子们每种打击乐器如何演奏，让他们徒手练习，再点名表现优异的孩子们上台演奏。

显然，每个孩子都想上台，他们表现得比之前更好了，眼睛总是齐刷刷地盯着我，虽是徒手练习，也总是认真对待。其实我是想让每个孩子都能到台上来边唱边演奏自己喜欢的乐器的，可惜条件有限，实在难以满足每个孩子。孩子被点到讲台前我总会问："你想演奏什么乐器？你可以把你的想法通过边唱歌边演奏乐器，演示给大家看看吗？"就这样，有时候一部分孩子唱歌做律动，一部分孩子唱歌演奏不同的打击乐这样的场景变成了我课堂中的常态。我常常能看到孩子们在课堂上灿烂的笑脸，而胆怯的孩子也越来越少了！

工作中我常常感觉我的课生成很慢，有时一首歌需要两到三节课才能完成，但是每个环节我都是精心设计，我觉得我不能忘记我的初衷，要尽量让孩子们去感受音乐带给他们的快乐，真真切切地做到音乐属于每一个人！我和孩子们，教学相长，相辅相成。我们就像一个同心锁，我的付出给他们带来了欢乐和进步，同时我自己也得到了提升。

那是让人无比兴奋的一天！我向孩子们宣布学校要举办班级合唱比赛："这可跟以往任何活动都不一样，所有同学都要参与！我们每个人都要好好表现，给班级争光！"孩子们开心得不得了！时间紧迫，我们只能选择课本上的歌曲了，而我们最熟悉的形式就是唱、跳、奏相结合。我给每个班都选择了一首适合的歌曲，有的整合了平时律动的动作，结合歌曲，有的班级推荐了打击乐，有的选择了头饰等道具。

合唱比赛，排兵布阵，精心准备

比如三（1）班的李好同学唱歌唱得很好，我让她担任领唱；二

（9）班的孩子们演唱的《乃呦乃》是一首土家族儿歌，在训练完歌曲演唱后，我给他们加上了摆手舞的动作，整个画面看起来就是一群可爱的土家族小孩在开心地唱歌；二（13）班的孩子们演唱了《彝家娃娃真幸福》，我给他们班推荐了男生在唱到"阿里里"时有节奏地摇串铃，女生有节奏地绕腕；二（11）班的孩子们演唱了《小麻雀》，我建议他们每个孩子戴一个小麻雀的头饰，边表演边唱歌，但时间太仓促，没有时间定制一样的头饰，老师只好让孩子们自己回家做一个小麻雀的头饰，结果每只小麻雀的颜色、大小、形态都不一样，整体效果憨态可掬，加上他们生动的演唱，非常吸引人……

诸如此类的歌曲设计还有很多，可能从专业、权威的角度来看，孩子们的演唱不是很完美，但这在他们幼小的心灵中埋下了音乐的种子。

班级合唱比赛结束了，我们又重新回到了课堂，有一次我刚进三（2）班教室，一个女生就告诉我："老师，小刚下课还让我们教他唱歌了，他说怕比赛的时候给班级拖后腿！"小刚平时上课可是"金口难开"的，常常一个人坐在旁边看着窗外发呆，只有看到老师在注意他，才目光躲闪、嘴巴动动，应付一下。我听了孩子们的反馈，欣慰地笑了，上课时表扬了小刚同学的集体荣誉感强，而且鼓励他要对自己有信心，我相信他会越来越棒的！这便是音乐的魅力，不知不觉叩开一扇心门！

教师晚会，良师益友，相伴共赢

一年一度的教师元旦晚会是学校的重头戏，虽然石生堂团长笑称我们学校的教师合唱团是"季节性教师合唱团"，但是一年一到两次成规模的训练，老师们的音乐基础还是很不错的。我本是合唱团成员，但是为了让我实践和学习，万能的石团长甘愿自己做钢琴伴奏，让我参与指挥，同时教我如何指挥。有一次合唱团训练时，他教我如何控制四个声部的声音和情绪的处理，我一下子束手无策了，然后忧心忡忡地说：

"现在我不会唱，也不会指挥了，怎么办？"石团长还用自己在合唱训练营学习时，江楠老师（2019 合唱训练营授课专家、深圳红岭学校金声合唱团指挥老师）在课上指导鼓励学员的口吻安慰我："没事，慢慢来，你没问题的，我相信你！"我觉得非常感动。在合唱团所有成员的共同努力下，演出非常成功！

工作已八年有余，我曾经更多地觉得不同的任务堆积在一起才支撑起了枯燥的工作，不曾感觉工作是有温度的。本来初衷是让孩子们去体验音乐的美妙，自己反而被他们灿烂的笑脸、自信的眼神、对我敞开的心扉所感染，让我带着笑容工作，更坚信音乐老师这个职业是多么幸福！我相信自己会带着音乐、带着快乐、带着爱和孩子们一起不忘初心，继续前进！

为什么要从中小学开始推广五线谱

周　锴①

在今天的课程开始之前，我想先和老师们达成一个共识：艺术教育——音乐在人的成长过程中不应该是一门选修课，而应该是必修课。

伟大的思想家康德在其巨著"三大批判"中，指出《纯粹理性批判》是针对自然而言，《实践理性批判》是针对道德而言，他发现二者之间存在巨大的鸿沟，知性与理性、自然与自由之间是割裂的，换句话说，"真"与"善"之间无法统一。怎么办？晚年的康德发现了《判断力批判》，通过"审美"在二者之间架起桥梁，弥补了知识与道德间的巨大鸿沟，实现了真、善、美的统一。所以艺术教育不应该是人生的选

---

① 周锴，江汉大学音乐学院老师、人文爱乐合唱团艺术总监、"快乐合唱3＋1"项目英山县指导老师。

修课，而应该是必修课。

柯达伊，20 世纪上半叶著名的匈牙利作曲家、音乐教育家。早在 20 世纪初，当他在匈牙利的音乐学院考察时，发现匈牙利的专业音乐教育竟然如此落后：学生不仅不能流利地读谱，对自己民族的音乐传统更是一无所知。不仅如此，整个匈牙利国民的音乐知识水平都十分低，全民的音乐素质很差，这一现状令他感到痛心疾首。他下决心要改变这个局面，于是他就在专业音乐教育领域开始尝试改革。在这一过程中，他发现问题不仅仅在于大学的专业教育，中小学的基础教育同样需要打下良好的根基，面对这种状况，柯达伊认为，普及和发展音乐教育是提高全民音乐素质的根本途径，而且这件事情越早实施越好，他甚至提出一个有趣的观点："如果有人问孩子的音乐教育应该从什么时候开始，我就回答，人出生前九个月。"也就是说在形成受精卵的时候就要开始接受音乐教育，听起来是不是特别夸张？

当今著名的匈牙利坎特姆斯合唱团指挥家萨博先生，来过中国两次，作为柯达伊音乐教学法的传播者和接棒人之一，他曾和记者们说自己年轻的时候也不理解为什么音乐教育要从出生前九个月开始，这个说法不是很夸张吗？但是他后来慢慢明白了这句话的实质——就是不管什么年龄，你都可以从当下开始，任何时刻都不晚。一是在当下，无论你年龄多大，只要你还在跟音乐打交道，你就会有所提高。二是只要你跟音乐打交道、你和音乐走得近，你的下一代就更有希望和音乐走得近。

有个奥地利的朋友，十几年前第一次遇到他的时候，他总和我说，"在我们奥地利，朋友们约在一起拉琴、唱歌可谓家常便饭"。他们把音乐当作一种生活方式。纵观音乐史，你会发现，17 世纪以来，欧洲音乐从教堂走向社会，从社会走向家庭，和我们的生活发生关联，慢慢成为学校生活的一部分，成为家庭茶余饭后的一部分。近代德国，诗人、文豪，还有其他中产阶级的人们常常聚在一起合唱，舒伯特、门德尔松、舒曼、勃拉姆斯等浪漫派的作曲家都写过大量的合唱歌曲，如果把这件事情放到历史层面来看，也是和我们的生活挂钩的。这就是我要分享的第二件事：音乐不应该仅仅是谋生手段，而应该是一种生活方式。

回过头再来说说柯达伊，他发现连胎教都关系到音乐教育，那在学校的音乐课堂上我们应该做什么？很显然，对于丰富的音乐种类而言，多声部音乐是音乐更为广泛的一种存在方式。哪怕我们是在练歌房唱一首歌曲，你会发现，没有伴奏，唱得再好似乎也缺了点什么，有伴奏烘托的时候你唱起来都会过瘾得多。伴奏是什么？不就是多声部的存在吗？假如没有伴奏清唱，会不会单调许多？所以柯达伊提出：在学习音乐、感受音乐的时候，应该去感受音乐的多声部。我想请老师们闭上眼睛感受一下身边的声音，你们是不是能听到孩子们说话、发动机发动、倒水和走路的声音，大家听到的声音其实就是多声部的，我们一直都处在多声部的环境之中。在音乐教育中，我们应该让孩子们更多地去感知多声部的存在，它不只存在于音乐中，也存在于我们的世界里。

合唱就是典型的多声部艺术，而承载这一艺术的五线谱却往往被我们忽略，"快乐合唱3＋1"项目在英山的这三年，我希望能够陪伴大家做好五线谱音乐教学的推广，从而逐步提升乡村中小学生的合唱水平及整体音乐素养。

为什么要读五线谱

在历史上有三大种类型的谱：文字谱、五线谱和简谱。

文字谱：我们古代的琴谱和武功秘籍一样，想学弹琴，就要有"琴谱秘籍"，你有而别人没有，时间长了慢慢你就成了大师。文字谱不直接展示作品的音高和节奏，而是用文字详细叙述乐器的操作方式，应该怎样演奏、按哪个弦、按哪个位置、怎样弹拨。我认识一位弹古琴的朋友，他不认识简谱和五线谱，而是按照师傅教的一步步学习弹奏。他总认为自己还弹得不到位，当我问他怎样能够弹得更好，他很玄妙地回答我，要更加注重内心的修炼。实际上，文字谱更多是在展示具体的操作方法，但是没有办法准确记录和发展音乐。

五线谱：中世纪早期的"格里高利圣咏"原来也是没有记谱的，

以口头的方式来传授。可是圣咏的数目这么多，怎样保证演唱的准确呢？于是8世纪人们开始运用纽姆乐谱加以辅助。然而，仅能指示圣歌曲调的方向，却无法标识实际音高，且有诸多不精确之处。怎么办？后来人们想到了用标记一根线的方式来表达一个相对固定的音高，音比线高就写到线上面，音低就写到线下面，这样一来，旋律的走向比之前相对清楚一些。随后，开始出现二线谱、三线谱等多种线谱。11世纪上半叶，意大利阿雷佐的修士圭多，首先确定了采用四条线的记谱方式来记写格里高利圣咏，后来也曾有过六线谱、七线谱的存在，但最终稳定在了五线谱记谱的方式上，加上有量记谱方法的不断发展，最终五线谱成为当今记谱的主要方式。

五线谱有两个主要作用：

第一，它可以相对准确地记录和传播音乐。

第二，它可以创新音乐的形式。音符可以在五线谱上进行排列组合，进行反复的试验，并且把它固定下来，更便于音乐创作发展。

简谱：简谱是老师们平时打交道最多的，那它是怎么产生的呢？发明简谱的是伟大的哲学家、思想家、文学家、教育家卢梭。他爱好音乐，认为音乐和语言之间有千丝万缕的联系，不同地区的语言有不同的韵律和节奏，形成了不同地区的旋律。比如说英山的民歌和湖南的民歌听起来就不一样，湖南民歌是另一种味道。

由简谱到五线谱

为什么要发明简谱呢？18世纪正是法国的启蒙时代，国民音乐素养有待提高，卢梭呼吁发扬数字简谱的优点，把阿拉伯数字运用到记谱上，能够让人们更容易地学习音乐。由于其简单易懂，简谱慢慢传到了德国、法国、荷兰、俄罗斯等国，后来又传入日本、中国等国。

由于简谱不能直观反映音高的关系，而五线谱可以让旋律线构成一个图形，通过音符的记谱指示音的长短，20世纪其他使用简谱的国家都逐渐抛弃简谱，改用五线谱，但简谱在中国还是继续沿用。

文字谱，只是告诉你如何去演奏一个定型的音乐，但很难产生新的东西。简谱，虽然可以告诉你唱名，但是不能反映音高和旋律的走向。唯有五线谱既能反映音高、旋律、节奏各个方面准确的走向，同时还能让人在此基础上进行再创作，产生新的作品。这就是我一直在推广、呼吁使用五线谱的原因。如果在座的老师们能够从中小学开始推广五线谱，每个人影响几十个、上百个孩子，则越来越多的孩子就能够享受更好的音乐教育。

五线谱的阅读难点

既然五线谱这么好，那为什么我们推行起来这么困难？我相信老师们在视唱练耳的时候也会遇到这种困难。一升一降、两升两降、四升四降，还有各种变化音让人头疼，我觉得很大的原因就是我们学习五线谱的步骤可能出了问题。五线谱有几个阅读要素：音高、节奏和音乐表情，我们的教学应该紧紧围绕这三个元素开展。五线谱最早产生的时候，就是为了精确音高，后来发现精确音高还不够，随着创作的复杂，发现歌词韵律不能够更准确地表达，于是产生了节奏。所以在五线谱的记谱里面，音高在前，节奏在后。音高和节奏是五线谱最主要的两个阅读要素。除此之外，五线谱上面还有各种音乐表情术语，这也是很重要的一个部分，用来表明音乐应该用什么样的情绪、什么样的表情来演唱、演奏。单独把这三项拆开都不难，难的就是合到一起。

如何让孩子们"快乐读谱"

问题来了，尽管艺术教育应该是必修课，可我也知道对老师们而言并不容易，尤其在乡村上音乐课，条件是很艰苦的。城市里的孩子们，有机会在好的音乐教室里学习、有机会接触各种乐器，可在乡村，音乐教学的条件并不好，硬件设施不齐全，该怎么办呢？

第一，要根据孩子的成长规律设置教学计划。小孩子，尤其是低年级的孩子，注意力是有限的，能聚精会神十几二十分钟已属不易。如果一个小时的课程，全都是唱谱、识谱，效果会大打折扣。对于低年级孩子们来说，一节课 15~20 分钟学习最重要的知识，其他的时间做游戏来辅助是比较理想的。另外请各位老师注意，我们在音乐教学里面一定要设定一个底线，或者说是一个前提：以基础最弱的学生为标准，千万不要以最好的学生为标准，我们不是培优班，在合唱团里面尤其明显。全团三十九个人，三十八个人很棒，有一个人不行，那就要陪最弱的那个学生排练，等不会的人会了才能推进。五线谱的教学同样也是这个道理，我们的难度设置，一定是让基础最薄弱的学生能够接受。如果都按照拔尖的同学设置标准，很难教好。这可能也是五线谱推行了这么多年，城市和乡村都出现的一个普遍问题，大学生里不识谱的、跑调的现象仍然存在。我希望三年以后英山县中小学校的读谱学习能够有显著的提升。

第二，要不断强化基础。心急吃不了热豆腐，不要急于求成。大家可以看到我刚刚给大家讲解的几个不同的教案都在强化基础。建议大家在音乐教学中不要乘胜追击，就是当学生把一个知识点学好的时候，千万不要想着马上开始下一个，而要对当下的知识点进行丰富和表达，见好就收。不要觉得一个知识点学会了就算过关了，要不断地重复。怎么重复呢？丰富地变换，即节奏、力度、表情各种方面的变换。这样算下来，可以有多少种可以变换的方式啊！哪怕一个音型、一个节奏也真的可以好好"玩"上一个学期，但我们往往是大而化之，赶紧进入下一环节，根本没有通过变换把它丰富起来，让学生进一步地掌握基础，这是五线谱不能深入下去的一个重要原因。美国在高年级以前，音乐教学都是以基础性、元素性教学为主。虽然我们现在可以更多地学习到世界上优秀的教学法，但我想说的是，即便教学法再先进，也得循序渐进，教学内容非常基础，老师们可能会怀疑还需要给学生们做练习吗？我可以很明确地告诉大家：太需要了，需要通过反复的练习，把八分音符、四分音符和各种音符的演唱方式变成习惯，这件事特别重要。

第三，要根据自身情况进行设计。比如说英山的老师，拿一个英文教案和学生比画来比画去，学生不懂，你也不懂，柯达伊的教育理念里面有句话很重要：要让音乐说母语。柯达伊、奥尔夫教学法在美国是以美国的歌曲为主，在日本以日本的歌曲为主，为什么在中国不以中国的歌曲为主呢？英山有这么多民谣，有这么多有趣的方言调子，为什么不和音乐结合，哪怕每堂课花十分钟去做，我都觉得特别好。对案例设计，变着花样来玩耍，愉快玩耍才是真本事。我们可以从日常生活中找到各种好玩的素材，比如说这堂课让学生去了解水果，有苹果、梨、火龙果等各种各样的水果，我们在念这些词的时候就有各种各样的节奏；或者有时候为了让班级的孩子相互熟悉，还可以通过音高游戏，给不同孩子的姓名编上符合读音的音高组合，并用钢琴做固定音型的伴奏，让孩子们在游戏中通过音高编组来识别自己的姓名，当他听到自己的音组时，让他蹦跶出来，这样多有意思呀。在一堂音乐课里让孩子既能掌握节奏又能掌握音高，只有通过不断设计案例，才能真正让课堂有效。

今天我跟大家简单分享到这里，后期我们按照课程规划逐步推进，让大家真正学会"如何教孩子们快乐读谱"。我今天的主要目的就是告诉大家五线谱不可怕，可怕的是对五线谱的错误认识，如果你们今天感受到五线谱可以循序渐进，一步一步把它搭建好的话，那在我们下次上课之前给大家布置一点任务，让大家尝试着自己做。刚才我也说了，每个人必须有自己心中的一套案例和教材才会做得更好，不要指望通读教材，这个用处不大，因为你的学生是什么样子的只有你自己知道，专家没有你了解的多，想知道的唯一方式就是深入你的课堂看一次，才知道学生们的问题在哪里，应该怎么去做。

总的来说，一定要有顺序、有规律地进行。如果你的学生是一、二年级的，请大家以游戏为主，以认识简单的音符和字母谱为主，在这个基础上做好基本音符的节奏组合就足够了；如果是三、四年级的学生，就以五声调式为主，在这个基础上做好节奏、和声，同时做少量的固定音型和卡农练习；如果是五、六年级，以做好七声调，以及简单的二部合唱为主。大家不要觉得教学内容很简单，打好基础、循序渐进才是真理！具体的操作方式还会在后面和大家逐步推进，也会在微信群和大家分享。五线谱教学真的是可以进行、可以操作的，我们不要觉得在县城、乡村开展会更困难，这不是关键，关键是你想不想做，愿不愿意做，愿不愿意把它做好，这比什么都更重要！

第二部分

合唱展演

坚持自己，在质疑中华丽"变声"

徐　江[1]

接下重任，开始排练

　　沱江中学是一所城乡交界的乡镇中学，学生音乐基础薄弱，大都没有接触过专业合唱，而且这届合唱队的成员都是新选拔的，也没有舞台经验。再加上学校去年在艺术节合唱比赛中取得的成绩也很不理想，在接到全县中小学生艺术节的安排后，两位专职音乐老师周敏、阳玲（两

---

[1]　徐江，江华瑶族自治县沱江中学专职音乐老师。

位老师均参加过"快乐合唱 3＋1"音乐下乡行和柯达伊音乐教学法公益培训。）面临的压力很大，但还是鼓起劲，根据比赛要求和学校学生的特点，选定了《青春舞曲》和《不忘初心》两首合唱曲目作为参赛曲目开始进行排练。

转变思维，注重声音的训练

　　合唱不是简单的个性表达，而是一种集体与协调性的配合，是一种整体的美，是一种和谐。但在很多人的潜意识里，合唱比赛就是看谁唱得整齐、唱得大声，而我们现在需要做的就是要改变这种思维，从合唱的整体性、协调性、技巧性和情绪表达等内在方面进行合唱排练，这不仅是改变学生的想法，也是转变自己的排练方向和训练模式。

　　在合唱排练之初，两位老师就把学生的声音训练放在了首位，先练气息和声音状态，然后才是教歌学歌。因为学生的音乐基础薄弱，唱歌的时候胆子小不敢唱，还有部分合唱队员存在走音跑调现象，所以针对性的声音和乐感训练非常重要。练声时规范"口型"，示范并要求学生"微笑，牙关打开"，让学生张大嘴唱，大声诵读找歌唱状态，另外要求学生学会"倾听"和谐的声音，避免出现"冒音"和"拼命唱"的问题。在声音状态的训练过程中，也根据存在的典型问题和学生声音特点做及时调整，采取科学的训练方法，让训练更有成效。

进退维谷，上下交困

　　从合唱排练开始，便有很多质疑的声音萦绕徘徊。

　　首先是对合唱选曲的质疑。有的老师认为排练三声部的《青春舞曲》对学生而言难度偏大，建议删掉一声部，排两声部的完成作品就好；有的老师认为歌曲太平淡了激情不够，建议换成激昂斗志的歌曲；还有的老师则认为学生唱得不够有气势，觉得《不忘初心》唱得太柔和，说声音不要"含"着，要大声喊出来，等等。

另外是对排练时间安排的质疑。因为五月初学校举办班级合唱比赛，使得合唱团排练和班级合唱排练发生冲突，学生如果参加合唱团排练就参加不了班级的合唱排练，有老师就建议合唱团停排，等学校合唱比赛之后再排练，甚至有老师直接把学生喊回班上排练班级合唱。

还有来自学生的质疑。学生们以前没有接触过专业的合唱训练，也不喜欢学唱这种类型的歌曲，还给自己"不行""唱不好"等心理暗示，慢慢地有些学生就兴趣锐减，排练时偷懒不张口，还经常出现排练迟到的现象。

这些质疑也许是大家出于对合唱团排练的关心，希望学校的合唱节目能够大放异彩，但无形中带来的质疑态度和各种堆积的意见让人很为难。

在"质疑"中坚持自己

世上最难得的便是能够听从自己的本心。在遇到质疑后，周敏和阳玲两位老师依然选择了坚持，顶住外部的压力，稳下心来继续排练合唱。"人如果不逼自己一把，就永远不知道自己的极限在哪。"虽然我们学校的学生音乐基础薄弱，但我们相信，只要认真去做，肯花时间、多花精力，我们的学生也是可以完成三声部合唱的。

　　在合唱排练过程中，很多班主任都全力支持工作，不仅理解合唱排练的不容易，配合让参加排练的学生请假，还帮忙做学生的思想工作，如陈蓓、姚娜新、邓社华等班主任老师还专门找班上厌学、不愿去排练合唱的学生谈话，让学生安心留在合唱团排练。

　　为了帮助合唱团成员们树立信心、感受合唱舞台，学校领导和两位音乐老师商定后，在学校举办班级合唱比赛时让合唱团成员们在全校师生面前"亮相"。这次"亮相"不仅提升了合唱团成员们的自信，让全校师生欣赏到合唱的魅力，同时也消除了很多老师和同学心中的疑虑。

白天与黑夜的相伴

　　排练都设置在学生没课的时候，或者是利用休息时间来排练。最开始，是利用下午最后的习会课加延长 20 分钟来排练，大家经常忙到来不及吃晚饭。后面因排练冲突和部分老师有意见，排练时间从下午改到了晚上，利用晚自习前的 40 分钟晚读进行排练。

　　为了排练合唱，两位音乐老师放学后都不回家，留在学校办公室，等晚读排练完合唱后才回家休息。阳玲老师为了合唱排练，把自己只有一岁多的女儿寄放在道县给外婆带，只有周末放假不排练了才能接女儿回来。

排练合唱虽苦犹甜，看着同学们渐渐进入状态，坚持读谱、读音、和声练习，能够一同倾听、发声，看到合唱作品逐渐成形，这是一件幸福的事。

赛前的抉择

我校五彩合唱团共有 60 名团员。比赛的前两天，接到艺术节组委会通知说我校合唱团人数超标，到时比赛按规定要被扣 0.2 分，这是一个我们不愿听到的消息。因为抱有"去年合唱比赛人数超标没有影响，那今年多一点人可能也没有问题"的想法，我们在日常合唱排练中没有进行合唱队的人员剔除选拔。

学校领导与组委会协商无果后，在"保成绩"和"保人数"二者选其一的问题面前，两位音乐老师和学校领导一致选择了"保人数"。虽然很可能会让这么多人长久的辛苦排练付诸东流，但与奖项名次相比，更重要的是我们希望为学生留下对合唱的美好回忆，希望在学生心中种下美好的种子，就如老师在课堂上说"不会放弃任何一个学生"。和名次相比，经历的过程和自身的突破才是最大的收获吧。

华丽变"声"

沱江中学是一所坐落在城区的乡镇中学，与县属学校和其他乡镇中学相比，无论是在生源还是学生的综合素质等方面，沱江中学无疑是"尴尬"的，所面临的问题和困难很多时候远比其他乡镇中学都要复杂。同时，作为和县属学校同赛区比赛的乡镇中学，虽然在排练之前就预想到结果，但改变现状和战胜自我的信心却从未缺少，尽自己最大的努力去追寻合唱梦想。

在比赛当天，同学们自信地走上舞台，律动和美的歌声、饱满的精神面貌、层次分明的演唱，让我们看到的是一个不一样的沱江中学，是让人耳目一新的沱江中学。

从去年的不尽如人意到今年的华丽变"声"，不再是大白嗓子，也不再过分追求音量，这是不断学习、不断改变的结果。沱江中学的合唱团第一次达到这样的合唱声音状态，这是一个新的开端，"路漫漫其修远兮，吾将上下而求索"。

瑶歌合唱，不一样的风景

赵 娟[①]

童谣留梦

缺牙耙，挑根耙，

种颗瓜，攀上松树叉，

摘个吃，摘个留着过家家……

　　童年时期的这首歌谣时常在我耳边回响。一张张天真可爱的笑脸，一个个活泼的身影，一声声稚嫩的嗓音，青山、绿水、瑶歌、瑶舞，还有那绣满了花边的瑶族服装……我的童年就在那充满神秘感的美丽的大

---

① 赵娟，沱江镇第一小学瑶文化传承办公室主任及政教处副主任，专职音乐老师。

瑶山中度过。

一转眼我参加工作已 20 年，小时候一起读书的朋友们大部分都没有考出大山，我就像大瑶山里飞出来的金凤凰一样，考出了大山，又回到家乡当上了一名人民教师。值得庆幸的是，工作后我一直从事音乐教学工作，并且在学校一直开展瑶歌、瑶舞的教学，能让孩子们都会唱我们瑶族的歌曲、会跳瑶族的舞蹈，让瑶族歌舞能够代代相传，我特别有成就感。

德清助梦

我一直身在大瑶山，以前认为孩子们会唱歌、会唱瑶歌，对作为音乐老师的我来说就是一种幸福、是一种成就。直到有一天，我搭上了"快乐合唱 3 + 1"公益项目的专车，来到了省城长沙，参加了合唱训练营，才知道，原来指挥还有这么多讲究，原来合唱可以这样训练，原来合唱可以这样美妙，原来合唱可以这样让人感动……一周多紧张的学习，真的让我受益匪浅，我学到了很多合唱训练的专业知识，领略了很多专家名师的风采，见识了大城市孩子们的合唱水平。有了这些见识，才认识到差距真的很大，让我有一种马上回校组织训练的冲动，真想我们大瑶山的孩子也能唱出这种美妙动听的歌声。

下乡采风创作

回到学校，我就开始实践各种方法，很想让孩子们有一个质的提升。我还有一个想法，让我们的孩子在舞台上用合唱的形式来表演自己民族的歌曲——瑶歌。我利用暑假和双休日的时间，跟着县里民宗局和文化部门的工作人员下乡采风、录像录音、收集和整理瑶歌，白天扛着摄影机跋山涉水收集采访，向民间歌手学习，向瑶歌专家请教，晚上在

家里用简谱记录，大约用了一年时间，我整理记录了全县各地的过山瑶歌、平地瑶歌和山歌有几十首，合作出版了《江华民歌民舞集》一书。看到这本书，我特别激动，我可以在孩子们当中进行瑶歌教学了。

探索瑶歌与合唱的结合

这个学期，通过我们传送的在教室里和舞台上的合唱视频，我们这个瑶山里的瑶娃合唱团幸运地被选中参加全国最高级别的合唱比赛——第七届中国童声合唱节！全校上下一片欢腾。教育局领导和学校领导都非常重视，组织我校音乐老师全力以赴进行排练。在高兴的同时我也非常着急，去参加全国的比赛，我们还有太多的不足，还需要努力提升。两首歌曲，有一首开学不久后我们的颜孜洁老师就开始排练，之前的瑶歌大部分都是我收集上来的，只是有一些小小的改动，我认为不太适合这种高规格的比赛。于是，我开始了瑶歌合唱曲目的创作，采用了过山瑶曲调里的《长先拜》元素作为歌曲的引子和尾声，并加入了合声，来体现瑶山云雾缭绕的清晨；用我儿时的童谣《缺牙耙》作瑶歌的读白部分，来体现瑶山孩子的天真无邪；中间部分，我采用了瑶歌中的讲歌腔为创作元素，自己加入了和声。经过不断修改、不断完善，并请专家老师帮忙指导，最后足足 9 页的瑶歌曲谱终于创作完成，拿到曲谱的那一刻，我激动了好久。

全力以赴，备战童声合唱节

真正的考验是瑶歌的排练。现在的孩子很多已不会讲瑶语了，之前学习的瑶歌派不上用场，对于这首新歌，孩子们首先要学会歌曲中瑶语的发音。我是在大瑶山中长大的，讲瑶话可是我的强项，可到孩子们口中的瑶语就变味了，这让我很着急，每天课间操、中午以及下午放学后，我们都组织孩子们进行排练，孩子们也都非常努力，一曲瑶歌唱下来需要足足6分钟，为了能在全国大舞台中一展风采，大家都铆足了劲！这首瑶歌开始没有任何伴奏，是真正的原生态瑶歌，这对孩子们的音准要求特别高，开始训练时还经常出现跑调现象，经过一段时间的训练，孩子们在音准方面有了很大的进步。最后，我找来了瑶山里最原始的打击乐器——掏空的大树筒、小树筒以及大竹筒为我们的瑶歌伴奏，校长马永生和政教、教务处主任谢中平、周海平以及颜孜洁老师亲自为瑶歌伴奏，大家每天齐心协力，准时排练，虽然每天都很辛苦，但也很快乐！在接下来的排练中，我们也请了专家许孔轩老师为我们作进一步的指导，进行更加有效的排练，争取在合唱节上展现江华瑶族娃娃精彩的一面，让瑶歌在第七届中国童声合唱节上大放异彩！

450天，安化县东坪完小方正米多多合唱团蜕变记

陈 欣[①]

"哎哎山歌子好唱，口又难得开，杨梅子好呷树难栽，树难栽哟……"2020年7月22日上午，安化县东坪完小响起了安化山歌的美妙合声，"快乐合唱3+1"项目组周跃峰教授、易松教授、李卫英副秘书长、张斌总监和安化县教育局刘唐业局长、龙冬梅副局长、县青少年活动中心唐祁安主任、东坪完小卢涛副校长以及十余名观摩学习的安化县各中小学校音乐老师共同聆听。

湖南师范大学教授、博士生导师、湖南省音协合唱学会（合唱联

---

① 文字整理：陈欣。

盟）会长周跃峰教授和湖南城市学院艺术学院副院长、"快乐合唱3＋1"项目安化县合唱指挥指导老师易松教授对合唱团进行了现场点评和排练指导。孩子们的演唱让周跃峰教授很激动，他表示："安化县东坪完小方正米多多合唱团是'快乐合唱3＋1'项目启动以来，我现场看过的最好的童声合唱团之一，孩子们的音乐素养非常好，指挥老师周宝玉的手势很规范、很漂亮，非常不错！"此次活动还开通了线上直播，吸引了十余个"快乐合唱3＋1"项目县的音乐老师观看。

合唱团指挥周宝玉老师说："我们合唱团现阶段的目标是争取在2021年能举办一场县级合唱专场音乐会。"那么，让周跃峰教授高度评价，以合唱专场音乐会为目标的合唱团，是如何"养成"的呢？

合唱团蜕变历程

第1天——2019年4月，"快乐合唱3＋1"项目落地安化县，安化县东坪完小把握契机，迅速组建了合唱零基础的"小百灵合唱团"。

第30天——5月，湖南方正证券汇爱公益基金会出资5万元，与北京德

清公益基金会合作支持安化县东坪完小学生合唱团建设。小百灵合唱团正式更名为安化县东坪完小方正米多多合唱团。

第90天——7月，合唱团指导周宝玉和赵思老师到长沙参加了"快乐合唱3＋1"两营一会培训活动，通过排练、听课、观摩、演出等活动，对合唱团努力的方向和目标有了一个清晰的认识。

第150天——9月，参加安化县"我和我的祖国"大型合唱比赛，

并荣获三等奖。

第 240 天——12 月，参加安化县"快乐合唱3 + 1"班级合唱展演活动，荣获特等奖。

第 390 天——2020 年 5 月，合唱团恢复日常排练。

第 450 天——7 月，合唱团累计排练了 8 首合唱作品，其中包括三声部的作品《济公》，二声部的作品《大鱼》《音阶歌》《银色马车天上来》《兰花花》《四季的问候》《爱是我的眼睛》，以及由易松老师改编的本土合唱作品《安化山歌》。其中合唱团的孩子们熟练掌握的作品有 3 首。

450 天的时间里，安化县东坪完小方正米多多合唱团一直坚持每周二晚 7：00—8：30 进行常规训练，不定期进行集训，完成了合唱零基础到能唱三声部作品的"准专业"合唱团的蜕变。

合唱团蜕变经验

安化县东坪完小方正米多多合唱团有哪些经验值得我们学习呢？我为大家总结了以下四点：

（1）音乐老师团队给力。东坪完小的音乐老师团队善于抓住机会，乘着"快乐合唱3＋1"项目的东风迅速组建了校合唱团。她们勤奋好学，为了提高合唱团水平，合唱团指挥周宝玉老师专门报了培训班，学习合唱指挥专业知识技能；赵思、雷晓雯老师则在行政方面倾注了大量的心血。三位老师除了日常的排练之外，还充分做好宣传工作，让各位领导、家长们关注学生的动态；设立奖励制度，设计合唱团专用团徽和谱夹，给学生营造团队归属感，合唱团成员现稳定在50人左右。

（2）德清＋方正＋安化县教育局三方有机合作。安化县东坪完小方正米多多合唱团是湖南方正证券汇爱公益基金会（以下简称"汇爱公益"）、北京德清公益基金会、安化县教育局三方有机合作的产物。

德清公益在专业上积极推进：给予合唱团音乐老师参加"快乐合唱3＋1"音乐下乡行、合唱训练营等专业培训活动的名额；邀请周跃峰教授到学校现场指导合唱排练，提高合唱团专业水平；邀请易松教授担任合唱团艺术指导，长期线上线下为合唱团指导老师答疑解惑。

汇爱公益在资金上大力支持：捐资5万元，支持合唱团音乐老师外出参加培训，聘请专家现场排练指导，为合唱团添置了合唱台、多种鼓类乐器等硬件设施。汇爱公益陈济沧秘书长非常关注合唱团的发展，时常与德清公益行政总监张斌线上线下沟通，了解合唱团的相关情况。

安化县教育局从行政上给予支持：县教育局刘唐业局长、龙冬梅副局长亲临东坪完小聆听孩子们的歌声；安化县青少年活动中心唐祁安主任、音乐教研员陈红多次到学校了解合唱团各项工作的开展情况，指导合唱团排练。

（3）东坪完小学校领导支持。陈秀丽校长充分支持合唱团工作，引导合唱团指导老师制订详细的建团和排练方案；组织召开家校沟通联系会，做好家长的思想工作，让学生无忧无虑地在合唱团里唱歌。

（4）改编安化本土合唱作品。为打造团队特色，传承安化本土音乐文化，特邀易松教授为合唱团改编2首安化本土民歌《安化山歌》《呜哇峒》，让合唱团的孩子们会唱家乡的歌，爱唱家乡的歌。

树立标杆，未来可期

450 天不长不短，但是安化县东坪完小方正米多多合唱团却从一支合唱零基础的合唱团，蜕变成了能唱三声部作品的"准专业"乡村童声合唱团。不管是专业水平展示，还是组团过程和训练方法，它都给安化县乃至其他边远薄弱县所有中小学校合唱团树立了榜样。

一位"菜鸟"的合唱经

李　芸[①]

　　2017 年，还在读大三的我接到中学老师罗伟琦的电话，她兴致勃勃地告诉我，家乡组建了一支成人业余合唱团，缺少一名钢琴伴奏老师，邀请我加入。暑假回家，我怀着紧张又期待的心情参与了每周六晚上的合唱排练。

　　排练过程中，我发现伴奏与自己弹乐曲不同，既要看指挥又要跟着歌唱处理情感，于是我不仅要自己把每个声部的旋律都唱会，课下还要跟指挥讨论歌曲的情感处理。从此我像发现了新大陆，对合唱的热爱一发不可收。

---

　　① 李芸，江华瑶族自治县水口镇中心小学音乐老师。

　　2017 年 9 月，我开始在江华瑶族自治县沱江镇第一小学实习，正好县教师合唱团也成立了，迷迷糊糊中我又成了教师合唱团的钢琴伴奏老师。这时我才知道"快乐合唱 3 + 1"项目，是由北京德清公益基金会联合湖南省其他 4 家机构共同发起的乡村中小学合唱艺术推广公益项目。在这个项目的推进下，江华瑶族自治县合唱教育事业快速发展，县教师合唱团得以成立，云集了县内众多优秀的音乐人才。能有幸跟这么多专业的音乐老师在一起排练，我受益匪浅，对合唱指挥知识技能的掌握进步飞快。

　　在县教师合唱团的排练中，我认识了唐平波、许孔轩老师等湖南省内优秀的合唱指挥专家，通过他们的教学排练，我又学到了非常多的合唱排练技巧，提高了排练效率，增添了趣味。

　　2018 年 9 月，我被分配到江华瑶族自治县水口镇中心小学担任音乐老师。同月，"快乐合唱 3 + 1"江华瑶族自治县县级合唱比赛暨第二届乡村中小学合唱教育研讨会在江华举行，中国教育学会音乐教育分会原理事长吴斌、中国合唱协会副理事长兼秘书长李小祥、国家一级指挥家孟大鹏、中国合唱协会常务理事周跃峰等全国知名的音乐教育及指挥名家纷纷来到了我们这个小县城。那段时间，身为 6 个合唱团钢琴伴奏的我吃也吃不好、睡也睡不好，就怕在台上出差错。

还好，经过大家不断的排练磨合，最终顺利完成了演出。从此，我对合唱更加自信，心中也萌发了一个梦想：组建校合唱团，通过训练，培养合唱人才，展示瑶山学子别样风采。我的合唱训练故事也由此展开……

初为人师，打开孩子的音乐之门

水口镇中心小学地处秀美的瑶山腹地，这里环境优美，孩子纯朴聪明，好学上进。在这里任教，我时常感到非常幸福。初次登台上课，我发现同学们普遍存在声音"白"而"扁"，气息浅，位置低，口腔打不开，下巴紧的问题。通过了解才知道，学校一直没有专职且专业的音乐老师对孩子们进行正规的音乐辅导，但是孩子们都喜爱唱歌，在每年的艺术节也都组织校合唱团参加合唱比赛，然而声音的问题一直得不到解决。

我到来之后，通过精心设计课堂教学流程，增强音乐课程的趣味性和吸引力，使同学们逐步爱上了音乐课，唱歌跑调的现象逐步得到了矫正。这时，"快乐合唱3＋1"项目合唱指挥指导专家唐平波老师的一番话便在我的耳边回响："如果只是为了比赛而从高年级抓一批学生出来，临时排练两首歌曲，唱完就解散了，这样年复一年，没有任何进步。最好是从一、二年级开始进行长期的基础训练，那么到了中高年级排练作品时才会有提升。"于是我边教学边思考，就有了组建一支长期的校园合唱团的想法。

在这之前，我从来没有参加过"快乐合唱3＋1"项目培训，但罗伟琦老师参加过多次，她常常与我分享经验，我也经常在网上搜罗合唱资源自学。我要把这些经验和在县教师合唱团学到的知识传授给学生，让学生通过音乐课堂和合唱排练，发展综合音乐能力，提升个人的综合素质。同时，我也想在学校带出一支像样的校园童声合唱团。

精心选拔，保证合唱团品质活力

我没有想到的是，组建校合唱团这个想法正切合了学校的办学思想。当时学校行政正在准备积极推进各项社团活动，并把校合唱团作为一个重要的社团，要求我和负责学校瑶文化的黄文娟老师抓好落实，并加强训练，准备参加 2019 年的全县中小学生艺术节合唱比赛。于是我决定选择三、四年级的学生先进行基础训练，让他们逐步达到演唱完整音乐作品的水平。

思路定下之后，我就进行了紧锣密鼓的声部选拔。我首先要求取得家长同意和支持的学生才来参加选拔，选拔时用钢琴弹两个小节旋律，学生用"啦"音模唱。这样我就选出了家长支持且乐感好的学生。再经过一次训练，将爱讲小话、爱开小差的学生淘汰，这样，我的合唱团成员就定了下来，并且保证了品质和活力。

专业入手，抓实合唱团基础训练

在校合唱团开始训练前一个月，我并没有直接让学生学习比赛歌曲，而是对学生进行了一些基础训练。

首先是气息的训练，我从八秒合唱团排练的气息操中挑选了几节操给学生们做，大家觉得非常有趣，练习的积极性也高。几次训练后，大家的气息运用就明显好了很多，于是我趁热打铁，马上开始训练合唱中特有的循环呼吸，强调"弱进弱出""音色统一""无声换气"。

接下来是声音的训练，在之前的音乐课上或者合唱训练中，大家最大的问题就是声音太"白"。于是我带学生们一起欣赏了几个优秀的童声合唱视频，让学生们初步体会到什么是"美"的声音，再来教大家练习如何发声，这样他们就能在学习中慢慢向"美"的声音靠拢。

然后是节奏、音准与五线谱的结合练习。在训练中我用到了在唐平波老师的微信公众号中所看到的几首简短的四声部轮唱歌曲，如《焰火》《枝头小鸟》。因为曲子简短有趣，学生能快速学会，在训练中，学生不但掌握了节奏，还对五线谱与合唱有了初步的认识，并从中体会到音乐的美妙及合唱的趣味。

在教学中，我还运用到了在德清公益组织的柯达伊音乐教学法公益培训中学到的一些练习：学生一边唱，一边根据不同的节奏做不同的动作。这样在游戏中学习，学生不仅积极性更高了，还能在玩乐中掌握节奏，提高反应能力。

讲究方法，教学力求精益求精

经过一段时间的基础训练之后，我根据合唱团每个成员的特点，将高音区发声轻松、音色清亮的成员划为高声部，将低音区发声坚实、宽厚自然的成员划为低音部。声部划好之后就是排队形了，将音色相近的学生排在一起，声音较小的排在前面。这样我们就开始进行比赛曲目的排练，由于 2019 年是中华人民共和国成立 70 周年，我在与学校领导汇报后最终选择了《我是中国的孩子》《祖国在我心窝里》这两首歌曲，既适合学生演唱，又切合比赛主题。

合唱的魅力在于声部的配合，我认为只会唱自己的旋律声部是不行的，所以我要求学生会唱每一个声部。只教词不教谱的歌曲学生很容易跑调且节奏不准，我要庆幸开学一个月扎实的基础训练，两首歌曲四条旋律，学生只花了一个星期就全部学会了。再将两个声部合起来唱谱时，学生竟然一次就合上了，这让我松了一口气，悬着的心也放下了。

但问题马上又出现了，学生在唱词的时候咬字特别用力，练声时的感觉一下子就没有了。通过研究歌词，我发现在《我是中国的孩子》这首歌曲中，大多数字都归在了元音"a"，且有大量的长音，于是我在排练这首歌曲前，先带学生用"a"练习连贯的练声曲，再用"a"带入歌曲旋律，找到感觉之后再唱词，这样学生慢慢地也学会了正确的咬字方法。另一首歌曲《祖国在我心窝里》是一首活泼轻快还带有跳音的歌曲，我让学生用"i"练习唱跳音之后再演唱歌曲，也收到了很好的训练效果。

实战训练，在比赛中收获喜悦

训练工作紧锣密鼓地进行着。在训练最紧张的时候又不能耽误孩子们的文化课，孩子们又要上课又要参加排练，每天看到他们一副疲惫的样子，我真心疼，心里很不是滋味。为了不影响孩子们的学习和午休，我把排练时间从课间改到了午休，又从午休改到了晚上放学后。虽然每天要因为排练延迟自由活动时间，但孩子们还是很开心。

在训练中我欣喜地看到，合唱团成员之间互相尊重、互相学习，在学习的过程中互相合作，处理个人和集体关系的能力也在逐步提高。合唱团由这样一群孩子组合而成，就变成了一支富有战斗力的队伍。

由于要参加合唱比赛，时间紧、任务重，在各科老师、学生家长和学校领导的关心和支持下，在不影响孩子正常上课的前提下，我和孩子们利用点滴时间，倍加热情、满怀信心地投入了高强度的训练当中。最终在 2019 年全县中小学生艺术节合唱比赛中取得了小学组第一名的好成绩，为学校赢得了荣誉，孩子们也在比赛中享受到了成功的喜悦，每个孩子的脸上都呈现出了灿烂的笑容。

上下求索，与孩子们一起成长

合唱比赛刚结束，2019 年 3 月，我又接到了县教育局通知，参加"'快乐合唱 3 + 1'我的快乐课堂"赛课活动。课堂内容我考虑了很久，最终定下了《太阳出来啦》这首二声部合唱歌曲，一是我想把合唱教学放入常规课堂中，二是这首曲子是一首云南民歌，正好可以结合我们的瑶族民歌，让学生更多感受到民族音乐的美。

　　参赛录像课交上去后，"快乐合唱3＋1"项目组织了专家评委进行评审。结果出来了，我的课获得了小学组一等奖，还得到了湖南省教科院音乐教研员薛晖老师的点评。她指出了我课上的一些问题，让我明白课堂不是老师表演，而是要实实在在让学生学到东西；课堂不要花里胡哨地让别人觉得氛围热闹有趣，而是用学生最容易理解的方法让他们达到上这节课的学习目标。

　　更惊喜的是，我受邀在同年7月到长沙，在"快乐合唱3＋1"合唱训练营中进行现场音乐示范课展演，并且全程参与培训活动，聆听大师授课，参加音乐会展演，还能接受专家研课，面对面与薛晖老师交流。按照薛晖老师的指导，我进一步对课堂的教学流程进行改进，最终在现场展示时得到了在座各位专家及音乐老师们的肯定，这也进一步让我对自己的音乐课堂充满了热情与信心。

　　光阴似箭，不知不觉中我组建的校合唱团坚持常规训练快两年了，孩子们由不会唱歌到爱上合唱，作为孩子们的合唱指挥老师，一个步入职业生涯不久的师范毕业生，我感到无比自豪和欣慰。虽然有些辛苦，但更多的是快乐。能和这样一群可爱的孩子在一起，我感到很幸运、很幸福。"路漫漫其修远兮，吾将上下而求索。"尽管前路漫长，但我相信有爱就有阳光，相信音乐的力量，我愿继续与孩子们在享受音乐中一起成长！

听！合唱童话县城传出动听的匈牙利歌声

易美玲①

"诺拉老师走吧，跟我回家。""今天下午我们不排练吗？我还想学匈牙利的民歌，还想自己编歌词呢。""几天时间，我家孩子居然会唱匈牙利民歌，还会哼英文小调了！"展演结束，孩子们依依不舍，家长们充满惊喜。

2020 年 29 日上午，"'快乐合唱 3 + 1'音乐背包客"汇报演出在安仁县玉潭学校举行，来自北京匈牙利文化中心的诺拉、兰迪、战鸽老师和安仁县实验学校和城关中心小学的孩子们一起为安仁的父老乡亲们

---

① 易美玲，北京德清公益基金会项目总监、三一集团总裁办运营管理经理。

带来了一场别开生面的演出，匈牙利的歌声在安仁孩子们的演绎下分外动人，这场特别的演出要从久远的故事讲起。

在很久很久以前，匈牙利出现了一位叫佐尔丹·柯达伊的音乐教育家，他四处收集匈牙利民谣，以此为基础创作了许多儿童合唱作品，并创立了柯达伊音乐教学法，希望能让音乐融入每个孩子的教育中，提升国民音乐素养。

几十年过去了，柯达伊音乐教学法已经成为世界三大知名教育体系之一。2015年，匈牙利的文化使者宋妮雅在中国建立了"柯达伊"音乐教学点；几乎同时，中国乡村中小学音乐教育普及使者李克梅发起了"快乐合唱3+1——乡村中小学合唱艺术推广"公益项目，为湖南、湖北乡村中小学的孩子们送去美妙的合唱歌声。

魔法在平行时空慢慢发酵，2018年，"柯达伊"和"快乐合唱3+1"项目相遇了，他们合作，先后对700多名乡村音乐老师进行了柯达伊音乐教学法"线下+线上"培训。

"柯达伊"音乐背包客来到安仁

2020年8月23—29日，"柯达伊"音乐背包客——宋妮雅、诺拉、兰迪、战鸽老师来到了"快乐合唱3+1"项目发源县——湖南省郴州市安仁县。

1. 好玩、高效

7天时间里，音乐背包客们带着安仁县实验学校和城关中心小学的孩子们在互动游戏中循序渐进地学习，欢快地歌唱，完成了三首练习曲和两首完整的演唱曲目，开开心心、轻轻松松完成目标！

2. 轻松、愉悦

"时间过得飞快，怎么一上午又过去了，不管是做观摩者还是伴奏，都是这样的感受，课堂一点压力也没有，让人觉得很舒服。"安仁县实验学校的钢琴伴奏刘彪老师说。

3. 温柔、专业

安仁县实验学校陈晨曦说：这次观摩学习让我深深地感受到两位老师的魅力。合唱排练专业技巧不用说，我受益匪浅。但更让我印象深刻的是，她们排练时从没发过脾气凶过学生，一直都是柔声细语，她们真的很有办法。在孩子们吵嚷的时候，通过手势交流，告诉孩子们在老师

说话的时候"只带耳朵和眼睛，不带嘴巴，如果你明白老师说的，就比 okay 的手势，不明白就举手"。都是一样的孩子，我的嗓子都吼哑了，效果也不见得好，这次我学到了，也马上就用起来了，老师们可以说是我的"嗓子救星"了。

4. 敬业、爱心

"原以为暑假期间报名人数少，没想到合唱团报名人数出乎意料的多，比原计划超出了二十多个，由于集中上课没法保证效果，兰迪老师又不忍心看着孩子们失落地回去，只能给我们加小课，利用额外的休息时间给低年级合唱团'加餐'，还让孩子们也登上了展演的舞台，替孩子们郑重地向您说声感谢！"城关中心小学副校长何黎黎感慨地说。

此次音乐背包客合唱排练指导吸引了 62 名安仁县音乐老师观摩，郴州市苏园中学龙怡莹和李娜、益阳市安化县东坪完小雷晓雯和周宝玉老师也前来全程观摩学习。

郴州市苏园中学龙怡莹说：为什么孩子们的声音会好听到让人感动？我想这是有方法可循的。活泼好动是小学生的天性，诺拉老师在排练开始先让孩子们跳热身操，然后做节奏游戏，等孩子们欢快一阵后，才开始呼吸和声音训练、歌曲教唱，等到孩子们开始蠢蠢欲动坐不住了，老师就开始让他们玩音乐游戏，短暂休息后再继续歌曲排练，动静结合、适合学生身心发展的教学方法才是最科学、最有效的教学法。而且低年级每节课的教学内容不能太多，要适应学习者的接受能力。

益阳市安化县东坪完小雷晓雯说：兰迪老师说，教室里的每一个孩子都是会唱歌的，要发现他们的潜力，把他们放在正确的位置，柯达伊手势教学给了我们一个和孩子们拉近距离的机会。以前在音乐课上，每当听到有的孩子唱跑音的时候，我都会停下音乐给孩子纠正音高，那样影响了其他孩子的演唱，也使音不准的孩子很尴尬。学习了柯达伊手势各种形式的教学之后，这个问题就很好解决，我会把他唱不准的音用手势表示出来，这样音乐继续播放，孩子继续演唱，既不会打扰其他孩子的演唱，也不会让这样的孩子难堪，我认为手势使抽象的音乐变得具体形象，使孩子们更容易理解。这点我也迫不及待地想把它融入我的课堂教学，我相信孩子们会越来越喜欢我。

合唱童话县城

"安仁就像一个理想的合唱童话县城，校园里歌声悠扬，稻田里欢声笑语，老师们激流勇进，孩子们快乐成长。"宋妮雅参访后由衷感慨地说。

1. 校园合唱氛围浓厚

在县教育局、教育基金会、德清公益三方推动下，安仁县连续 7 年举办合唱节活动，全县中心小学以上学校均组建校合唱团，有 48 支童声合唱团能够坚持长期排练。

2. 老师学生机会多多

"德清基金会从 2013 年开始关注安仁合唱教育，引进了一大批国内外合唱指挥和音乐教学专家，教育局也多次组织音乐老师外出培训和学习，这次更是把匈牙利的老师请到了安仁！"安化县周宝玉老师一脸羡慕地说地说。

2016 年，三一帕尔菲格特种车辆装备有限公司董事长 Hans 先生为安仁县中小学生赞助维也纳男童合唱团音乐会门票，安仁学子观看音乐会后与维也纳男童合唱团合影。

"德清基金会每年还会选送童声合唱团到省级、国家级舞台展演，听说他们 2021 年还要在长沙音乐厅举办中小学合唱音乐会！从上到下，凝成一股力，让孩子们能够快乐歌唱，这就是我心中的合唱教育理想土壤了。"

七天的"音乐背包客"旅程结束了，无论是参加这个活动的组织方还是参与者都不约而同地用"愉悦、完美"这两个词来形容此次活动，诺拉和兰迪老师用匈牙利民歌 *Bodzavirág* 结束了这次"音乐背包客"的汇报演出活动。诺拉饱含热泪地说："这首歌对我非常重要，它陪伴我从小长大，我能把它从匈牙利带到中国，带到安仁，非常不容易。这次来到安仁，过了几天童话般的生活，跟小朋友们的交流让人很开心，老师们带我到乡间玩耍，我仿佛回到匈牙利一样，特别亲切，希望下次还能有机会再回到我们的合唱童话县城，一起唱歌。"

共赴一场青春、合唱的盛宴

陈　欣[①]

2021 年 7 月 16—19 日，第十一届魅力校园合唱节在上海保利大剧院盛大举行。江华瑶族自治县阳华中学唯爱心米多多合唱团作为 50 余支参赛团队中唯一的一支乡村童声合唱团，一路披荆斩棘，拿下中学组二等奖！今天的故事，由阳华中学合唱团参演魅力校园合唱节 40 名团员中的 23 名同学共同抒写，记录了他们共赴的一场青春、合唱的盛宴，让我们一起来看看吧。

---

① 文字整理：陈欣。

惊　喜

我因为喜爱唱歌而进入合唱团，如今它给了我一个大惊喜。以前，我对上海的印象仅停留在东方明珠塔。7月，我有幸跟随合唱团参加第十一届魅力校园合唱节，我真真切切地看到了、触碰到了现实中的上海。（左芊　1903 班）

6月的一个晚上，排练结束后，老师宣布了参加第十一届魅力校园合唱节的团员名单，共40人，团员大多是七年级和八年级的。当我听到老师念出我的名字，得知我拥有去上海参加国家级比赛的机会时，我的内心久久不能平静。这是一个非常好的机会，意味着我要登上更大的舞台。（陈瑶　1906 班）

同学们在欢呼后陷入了漫长的沉思，每个人都清楚，机遇的赠品是挑战。但是我们真的有这个实力，代表学校、县、市甚至是湖南省去参加比赛吗？解散后，我站在门口准备关灯，在昏暗的过道上，我隐约看见每个被灯光照亮的坚定的目光。（刘致恒　1911 班）

排　练

离正式比赛还有一个多月的时间，为了能在比赛中取得较好的成绩，正值期末的我们开始了紧张的排练。上学期间，我们会利用吃完晚饭到晚自习开始前的时间排练一个多小时，到了暑假，我们每天都会排练三个半小时甚至更长的时间。说句心里话，别说我了，合唱团里每个人也许都有那么一瞬间想过放弃。我们每天八点就要排练，和上学没什么两样，更难受的是排练时为了充分理解和运用气息发声和气息控制的方法，我们常常站着或者半蹲着排练。因为日常生活习惯不良，常常又累又困又饿，还要坚持排练，有时候回到家也会向家长诉苦埋怨。（张慧依　1905 班）

排练时有人发脾气闹情绪，有人不服管理开小差，有人不舒服头晕，但从头到尾老师们一直尽心尽力地为我们做好一切准备，会关心不舒服的同学，会体谅很累很饿的同学，会教育不认真的同学。同学之间关系也很融洽，会互相理解、互相帮助、互相学习，每当我坚持不下去的时候，我总会告诉自己，看看辛苦的老师们和那些坚持下去的同学们，大家都是一样的，别人可以，你凭什么不行？你不比别人差。（张慧依　1905 班）

我的妈妈也鼓励我："台上一分钟，台下十年功，排练总归是苦的、是累的，但如果坚持下来，结果不会不尽如人意。加油，我相信你可以！"（吴雨辰　2002 班）

除了我们学校的音乐老师谭菲菲一直带着我们排练，衡阳师范学院音乐学院合唱指挥专任老师、江华瑶族自治县"快乐合唱 3＋1"项目合唱指挥指导老师许孔轩也多次来学校指导，他适时给我们做发声练习，让我们及时调整到最佳状态，能够更好地发挥出水平。县教育局音乐教育微团队的罗伟琦老师、颜孜洁老师也来帮忙指导吐字、表情、动作、技巧等小细节，让我们的歌声和笑容更美，我们也逐渐达到菲菲老师想要的效果。有了这些优秀老师的指导，我们对合唱比赛有了一定的信心。（吴雨辰　2002 班）

排练期间，虽然老师们的要求我们无法做到完美，但是我们一遍一遍地唱，一次次严格地走台，力争做到最好。（陈叶菁　1911 班）

启　程

"我们是江华瑶族自治县阳华中学唯爱心米多多合唱团，第十一届魅力校园合唱节，我们来啦！"7 月 17 日下午，我们如期乘坐火车前往上海，这意味着我们在经过了几十天的紧张排练后，终于要奔赴"战场"，一展歌喉了！合唱团的团友们早已经按捺不住内心的兴奋了！（岑鼎拓　1810 班）

上了火车，一种新鲜感涌上我的心头：原来坐火车是这样的啊，这是我第一次坐火车呢！在车上，我和团友们一边欣赏沿途的风景，一边谈天说地，大家有的看书，有的写作业，有的玩小乐器，大家对此次"上海之旅"充满了期待，十几个小时的火车根本不会觉得无聊。（盘悦　2008 班）

"哇哦！""好美呀！"一声声的感叹，一声声的赞美。这是我们对上海发出的信号：上海，我们到啦！（钟敏　1908 班）

大家在酒店一起吃完晚餐后，就各自回到房间休息。按老师通知的时间，我们 6 点准时到酒店楼下的广场，站好队伍，开始排练。我们动听的歌声，引来了许许多多的听众，大家还为我们鼓掌。我们之前在县里时，已经在广场上公开表演很多次，所以我们现在不会感到害羞，更不会紧张。（蒙宸　1901 班）

晚上，我双手托腮，凝望夜空。微风温柔地拂过脸颊，灯火通明，座座高楼屹立在云雾之中，若隐若现，无比美丽。街道上的人渐渐少了许多，汽车悄悄驶过，带走一片灰尘……这就是那饶有韵味的"魔都"——上海。（蒋然　1908 班）

登　台

7 月 19 日上午，我们早早地赶到比赛的场地——上海保利大剧院进行彩排。拿到了大剧院的演员证，异常开心。（张婷　1902 班）

下午，正式比赛开始了，我们在过道上排练着，旁边的合唱团都在为我们鼓掌，还呐喊着，为我们加油打气。（蒙宸　1901 班）

在候场的时候听到了一首首好听的歌，我不由得对自己没了信心。真的很怕自己会破音。（罗子嫣　2006 班）

怀着忐忑的心情上台后，我为了让自己站在那里显得精神点，双腿有点用力过猛，稍微有点抖。随着音乐的响起，心里的嘀咕也慢慢小了，看到同伴们都很认真，我也就慢慢放松下来，一放松就感觉轻松了不少，不紧张后发挥明显好多了。（陈皖　1911 班）

　　我因为有点紧张，导致后面唱英文歌时少跺了一次脚，想起老师之前跟我们说过"即使做错了也没关系，后面的继续表演就行"。于是我调整好状态，后面的动作都做对了，下台时松了一口气，之后还跟妈妈微信聊天问她有没有发现我少跺了一次脚。妈妈说看不出来，希望不会因为我的失误影响评委打分。（吴黄皓懿　1910 班）

　　在台上，我们始终记着菲菲老师反复强调的，要唱好，要微笑。（彭瑞　1911 班）

　　在优美的钢琴声中，在菲菲老师的指挥下，我们将自己最好的一面展现给观众，我们的阵阵山歌传到四方，传到观众的心坎里，歌声里是对家乡的热爱和赞美。（梁韦丹青　1905 班）

　　在晚上的颁奖典礼上，听到"江华瑶族自治县阳华中学唯爱心米多多合唱团获得中学组二等奖"时，我们所有团员和老师们脸上都洋溢着幸福的笑容，一时欣喜若狂！（赵婉婷　1905 班）

　　颁奖的时候我们真的很激动和自豪！我们坐在二楼看台都在大喊、挥手："阳华万岁！谭菲菲老师棒棒的！"（张唐燊　1910 班）

　　比赛不在于输赢而在于过程。为了此次合唱比赛，赛前一个多月的时间里，我放弃了一大部分可以自由支配的时间，不过我不后悔，我感到很庆幸。训练过程中，我领悟到合唱不是一个人的事，我们是一个团体。唱歌不仅要用力，也要用心；只有有恒心、有毅力，不畏辛劳的人，才能有收获、有成长。要知道，先天天赋很重要，但后天努力更重要。我自豪，我为自己和合唱团伙伴们的努力而自豪！（庄婕　1908 班）

游　学

　　接下来的几天，我们迎来了在上海的快乐游学。我们来到中华文化宫，让人惊叹的艺术作品映入眼帘，每一件作品都向我述说着它的故事，带我体会它的情感、感受它所在时空的历史。（赵文姬　1905 班）

　　在世博会展览馆里，我们看到了世界先进科技的发展，看到了中国一步步繁荣起来，2012 年的上海世博会，展现了中华民族的经典文化，让我们看到了祖国日益强盛，我们骄傲、自豪；在上海科技馆里，在惊叹于各种先进技术的同时，我们也学到了不少数学、物理、化学等方面的知识，还感受到了大自然中光、电、水等自然元素的魅力，它们变幻莫测，引人入胜，让人流连忘返；在上海外滩……（蒋子晴　1905 班）

感　谢

几天的上海之旅给我们留下了珍贵的记忆。在备战第十一届魅力校园合唱节的过程中，除了领会合唱的精神，学习合唱技巧，更重要的是，我们学会了感谢。（尹一诺　1911 班）

我们合唱团的全称为江华瑶族自治县阳华中学唯爱心米多多合唱团，"唯爱心"是指广东省唯品会慈善基金会，"米多多"是北京德清公益基金会的标志。（庄婕　1908 班）

我们要感谢广东省唯品会慈善基金会和北京德清公益基金会的鼎力支持。他们让在瑶山的我们有了一个共同的音乐梦，远隔千里来到上海。德清公益行政总监张斌老师对我们说的话让我受益匪浅："希望音乐能为大家的生活带来快乐，也希望大家能够延续公益力量，传递合唱，传递爱。"要特别感谢县教育局和学校的领导以及指导老师们：改编歌曲、妥善解决各种问题、每天坚持和同学们一起练习进步、关心大家的身体状况、强调安全工作、设计定制平地瑶演出服装……我们带着很多份沉甸甸的感激，尽情地享受着曼妙的音乐。（尹一诺　1911 班）

夏风掠过田野，烈阳映照少年人脸庞，仲夏夜之梦盛开满树繁花。旅途告一段落，少年们也将奔赴属于自己的未来！（张婷　1902 班）

第三部分

成果展示

"米多多"，让乡村教育变得如此美妙

唐晓宝[1]

　　今天我分享的主题是"'米多多'，让乡村教育变得如此美妙"，下面这张照片我引用自"音为有爱"公众号中一位老师的文章，这位年轻的支教老师扎根乡村教育，深爱音乐，深爱学生，与孩子们打成一片，脸上洋溢着幸福的笑容。乡村教育因为有像她这样乐于奉献的老师而变得美妙。

---

　　① 唐晓宝，湖南省教育基金会副理事长、长沙民政职业技术学院校党委委员、副校长。

"米多多"让快乐荡漾在乡村孩子的脸上

2018 年 3 月 23 日，中美贸易摩擦爆发，中兴、华为首当其冲。全国上下都在热议这一话题。华为董事长任正非先生在一次接受采访时谈到对贸易战的认识，说教育是他最关心的事情，因为社会最终是要走向人工智能的，华为生产线规定 20 秒钟制作一部手机，从无到有，基本由机器全程完成，从企业的缩影看国家，国家也要走向人工智能这一步，如果没有从乡村和一层层的基础教育抓起，我们国家就不可能有竞争力。把教育做好，国家才有未来，好的教育是国家的底气，我们再穷不能穷教育，要提高老师待遇，让最优秀的学生愿意学师范、愿意当老师，让最优秀的人培养更优秀的人，让孩子在最美好的时候得到最适合的培养。

个人总结目前乡村教育的问题主要体现在四个方面：

理念不足：教学仍停留在以分数为先，忽略孩子们综合素养的培养。

条件不足：学校老师资源和硬件设施跟不上，教学条件差。

课程不足：由于缺乏老师，学校的课无法开齐。

生活不足：家庭条件限制，学生的生活水平普遍较低。

而乡村教育的不足必将带来社会问题！

"快乐合唱3＋1"关注乡村地区音乐教育的发展，给孩子们带来了欢笑。

孩子们参加中小学合唱展演，登上长沙音乐厅、中国国际合唱节等大舞台，倍感自信，也在心里种下梦想的种子，"米多多"让乡村孩子们过上了有品质的教育生活。

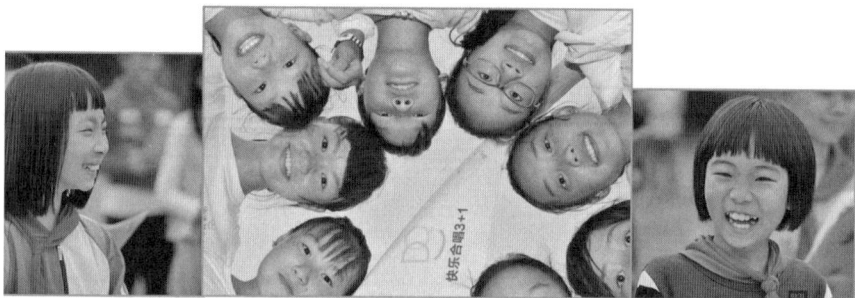

"米多多"让乡村孩子存储了竞争力

1. 新时代的特征

新时代背景下，云物大智（云计算、物联网、大数据、智能化技术）是新时代的技术特征，它催生出新产业、新业态和新岗位，从制造业、医疗卫生产业、消费方式、智慧生活等多方面开始变革，造就新生活，新生活必将带来职业的变化，很多传统行业将被淘汰，新兴产业要求员工具有更强的竞争力。

什么是有竞争力的教育呢？我们看看发达地区的优质教育是怎么做的。

当一般人的孩子早上六点还在温暖被窝里时，他们的孩子在跑10公里；当一般人的孩子每天在吃各种垃圾食品的时候，他们的孩子吃着健康的有机食品；当一般人的孩子每天沉迷各种电子游戏的时候，他们的孩子在研究社会现象背后的深层本质；当一般人的孩子在讨论假期去哪里旅游的时候，他们的孩子正在某处徒步数百公里；当一般人的孩子考虑选择什么热门专业的时候，他们的孩子学习如何创造公共价值；当一般人的孩子每天为文凭而刷题的时候，他们的孩子正在研究世界上最成功的那批人的思维与行为模式。

思考：过去 40 年，中国富起来了一批人，形成了一个财富阶层，但很多人是被动地、偶然地富起来的。未来 40 年，他们会走向哪里？2020 年，中国完成脱贫攻坚，这批普通人又该何去何从？

2."快乐合唱 3＋1"的深度影响

（1）"快乐合唱 3＋1"通过美的相遇，为学生打下美的底色。教育就是启迪学生发现美、享受美、理解美、创造美的过程，教育就是与美相遇。在"快乐合唱 3＋1"合唱教育活动中，学生与学生相遇，收获友谊。学生与老师相遇，收获成长。一个学生能遇上一个能读懂他的老师，是件多么幸运的事情，这就像点灯者找到了那盏灯的灯芯，拂去上面的灰尘，将灯芯扶正，挑立起来，给它一个火源，把它点亮。生命与环境相遇，收获能量，活动让学生感受自然和乡土文化，同时为学生打造高级舞台，让学生能够展示自我内心。心灵与快乐相遇，收获阳光，"快乐合唱 3＋1"为学生带去歌声和快乐。

（2）"快乐合唱 3＋1"通过专业的音乐课程，培育学生的求知意识。通过大师的讲座、老师的教学、指挥的训练，让学生认识到音乐的必要性，师生们被节奏所打动，被情感所感化，被和谐所震撼。

（3）通过艺术熏陶，培育学生宏大的格局和远大志向。夏令营与合唱比赛活动，让学生学会赢，也学会输；学会去领导，也学会被领导；学会做极致的自己，也学会做团队的一员；学会什么时候去竞争，也学会怎么接受失败。这些都是我们人生的必修课。掌握了这些，就不会因失败而痛苦，不会因挫折而迷茫。学生接受了合唱理念的熏陶，学会安静、倾听、合作、服从、尊重、分享，我们的学生就会有宏大的格局，学会如何面对不确定的未来。

再看合唱的歌曲，都与地方传统文化及特性紧密相连，学生在歌声中领略到家乡的历史和美丽，热爱乡土，热爱自然，心生梦想，走向未来，回过头来，再建设家乡。

合唱教育对学生有理念的熏陶非常重要，"米多多"让乡村教育变得令人神往。乡村教育有前景，乡村教育有美景，乡村教育有快乐。

"米多多"让乡村教育令人向往

"快乐合唱3＋1"活动让乡村教育变得具有魔力。

合唱唱响了地方名片。"快乐合唱3＋1"活动结合项目县民族特色，充分吸取地方文化精华，唱响地方传统歌曲，通过合唱向全社会传送和唤起了强烈的民族精神，提升了当地民族风格和气节。

输出了湖南教育智慧。"快乐合唱3＋1"活动自开展以来，已成立学生合唱团和老师合唱团457支，其中有97支合唱团能长期坚持日常训练，27支合唱团已登上过"快乐合唱3＋1"公益音乐会、中国童声合唱节、中国国际合唱节等省级、国家级大舞台。活动已延伸到湖北等地，充分展示了湖南在乡村推广合唱教育的实践成效及经验。

担当了教育扶贫的重任。开展"快乐合唱3＋1"活动数年来，面向贫困乡村学校培训音乐老师3012人次，举办5场"快乐合唱3＋1"公益音乐会，在10县454所中小学9247个班级开展了中小学合唱展演，惠及498396名乡村中小学生。

启迪了乡村教育的初心。乡村老师的初心不应该定位在谋求一份职业、找一份工作，教育的初心应该是让孩子们过上幸福生活，"快乐合唱3＋1"为老师们实现这一初心提供了条件和平台。

项目凝聚了社会对乡村教育的关注和支持，来自全国各地四十余位专家名师的指导、十余家公益伙伴的支持、151名志愿者的积极参与就是最好的体现。

我相信，"10元钱一台电脑"的时代会很快到来，教育将发生翻天覆地的变化，未来教育的意义不再是培养学生去找一份工作，而是培养他们度过美好人生。

将来你的工作环境不是由你的薪水决定的，而由你传播出去的快乐和赋予的意义所决定。

"快乐合唱3＋1"项目正在被社会认同，并被赋予相当高的价值。

最后我想跟大家分享英国创造力研究专家富兰克林的观点：世界上有三种人。第一种人雷打不动，得不到是因为他们不想要，他们力求不变；第二种人伺机而动，他们认识到改变的必要性，准备去做；第三种人先发制人，他们主动让事情发生。如果我们可以鼓励更多的人去做，那将会成为一场运动；如果这场运动有足够的执行力度，将会是一场革命，而这正是我们所需要的。

习近平总书记指出，教育是国之大计，党之大计。我们相信好的教育是国家之底气，乡村教育是振兴乡村的强大基础。"快乐合唱3＋1"主动参与其中，让改变发生，并一直在行动！

公益的力量

蒋桃生[1]

自我退休以后，从事公益事业已有十余年，近几年应北京德清公益基金会的邀请，我参加了许多次"快乐合唱3＋1"项目的活动，有诸多感受，本次研讨会我主要想谈一谈对项目的认识，以及对公益和公益项目力量的感悟。

"快乐合唱3＋1"是面向贫困地区开展的普及艺术的项目，通过"音乐下乡行""两营一会""音乐背包客"这3个子项目培训乡村音乐老师，同时通过组织中小学合唱展演，推行普及中小学音乐合唱教育。

从初级的歌曲、乐理学唱，到国内国际的展演比赛，项目搭建了一

---

① 蒋桃生，郴州市教育基金会理事长。

个乡村音乐教育普及与提高的阶梯舞台，内涵十分丰富。

2013年11月，习近平主席在湘西十八洞村调研后，提出并领导全国精准扶贫。精准扶贫是我们党和国家当前和今后一段时间的中心任务，同样也是社会组织当前和今后的重要任务。

扶贫先要找到贫困之源，扶贫工作就能做得更精准。我认为教育落后是贫困之源。贫困要根除，教育必须发展。在一定意义上说，教育高度发展之时，就是贫困彻底根除之日。而教育落后的地区，音乐教育更落后，这是国情。

北京德清公益基金会及其发起人李克梅女士有远见、有卓识，他们以"让每一个乡村孩子都能接受有质量的音乐教育"为愿景，设立"快乐合唱3＋1"公益项目，走进落后边远地区的乡村学校，开展点对点的乡村音乐老师培养、培训和中小学生合唱教学普及活动。他们牵住了乡村中小学音乐教育帮扶的牛鼻子，是教育扶贫的精准行动。

"快乐合唱3＋1"项目先后在我市（郴州市）安仁、汝城两个贫困县落地，适应了基层学校的需求，很接地气，且项目落地后他们又做了大量的卓有成效的工作，对我市两个贫困县的农村中小学音乐教育发展起到了较大的推动作用。今年，我们尝试着将活动放在市里进行，是想借助这个公益项目的力量带动全市中小学音乐教育的发展。

古希腊伟大的科学家阿基米德说："给我一个支点，我就能撬起整个地球。"撬动地球的支点目前暂未找到，但是，撬动乡村音乐教育发展的支点，我认为德清公益找到了，至少是其中的途径之一。

从今天会场国内外音乐教育专家齐聚、各方来宾云集、高朋满座中，我们欣喜地看到了这一点。是谁引凤来仪？是"快乐合唱3＋1"这个项目。

"快乐合唱3＋1"项目吸引了包括著名合唱指挥家在内的各级各类音乐教育志愿者深入乡村中小学校，与乡村音乐老师面对面交流，并进行手把手指导，给乡村中小学校学生面对面授课，真正地让每个乡村中小学生享有了公平而有质量的音乐教育。如果不是这个项目的实施，对于边远贫困地区中小学校来说，要做到这一点是很困难的。这就是公益的魅力，是"快乐合唱3＋1"项目的魅力。

一个科学设置的项目，具有鲜活的生命力，凝聚了巨大的公益力量。我相信，随着"快乐合唱3＋1"项目内涵的不断充实和发展，它将进一步显示其公益的魅力，不断放大公益的力量。

无独有偶，我们郴州市教育基金会的"爱心传承"项目，在理念上与"快乐合唱3＋1"的"音乐背包客"是相通的。"音乐背包客"通过公益带动公益、传承公益。爱心传承是组织曾经和正在接受资助的学生，开展力所能及的社会公益活动，用行动感恩、回馈社会，是公益精神的培养和传递。扶贫扶智又扶志，让受助者感到资助是社会对他奋斗的认可而不是施舍，这就是我们公益人的主旨所在，也是公益意义的所在，是公益力量的源泉。

我想，只要我们科学设置撬动公益项目的力量支点，公益的力量是可以呈几何倍数无限放大的。

2014年9月9日，习近平总书记到北京师范大学与师生座谈时指出："一个人遇到好老师是人生的幸运，一个学校拥有好老师是学校的光荣，一个民族源源不断涌现出一批又一批好老师则是民族的希望。"

本次（第三届）乡村中小学合唱教育研讨会，郴州来了很多专家、学者、老师，是不是可以说，这是郴州人的幸福、郴州学校的光荣、郴州的希望所在？我看是！

将艺术课视同语数外主课，让歌声陪伴留守学生快乐成长①

刘 英②

　　湖南省安仁是农业大县，农村学校占学校总数的80%以上。近年来，安仁县教育局从实际出发，把着力办好农村中小学艺术教育作为推进城乡教育均衡发展、办好人民满意教育的重中之重，被教育部评为"全国学校艺术教育先进单位"，尤其是合唱活动。在北京德清公益基金会的支持下，安仁县先后有7支童声合唱团登上"快乐合唱3＋1"公益音乐会的舞台，3个米多多合唱团分别获评中国童声合唱节A组银

---

　　① 本文原载于《中国教育报》，2021年6月15日。
　　② 刘英，湖南省安仁县教育局原局长。

奖、中国国际合唱节 C 级合唱团和第十届中国魅力校园合唱节二等奖。2021 年，安仁县还在长沙举办中小学合唱专场公益音乐会。

依托本地资源转观念

安仁县艺术底蕴深厚，近年来先后涌现著名雕塑家周轻鼎、著名国画家东方人、陶艺大师周国桢、军旅歌唱家刘一祯等艺术英才。安仁教育人抓住这一个个鲜活人物事例，努力改变家长对艺术教育的偏颇认识，把抓好学校艺术教育作为促进城乡教育均衡发展的有力抓手，科学规划、扎实推进，让学校艺术教育的田野"百花齐放"。安仁县逐渐形成了"全民共办学校艺术"的浓厚氛围，县财政每年拨付 10 余万元用于学校开展艺术教育活动；安仁县教育基金会每年安排 6 万元支持"永乐江之声"中小学合唱展演。陶艺大师周国桢设立专项基金资助困难艺术特长学生，并支持县三中挂牌"周国桢艺术学校"。军旅歌唱家刘一祯支持县二中开设"艺术家家乡艺术支教班"，免费为学校培训教师，并定期邀请知名艺术家开展讲学活动。

师资培训强队伍

2009 年以来，安仁县为农村中小学配备了 192 名音乐、美术专业教师，占招聘教师总数的 23%，为农村学校艺术教育提供了坚实的人才保障。从 2013 年举办"德清杯"中小学合唱节活动开始，连续 8 年安排优秀音乐教师外出培训，并常年联系湖南省合唱协会副理事长、中南大学建筑与艺术学院刘宇田和中国音乐家协会声乐考级高级考官、湖南省音乐家协会少儿音乐学会副会长徐文等专家对合唱活动进行指导，经常对师生开展线上、线下培训。每年的县级优秀教师评选中有 10% 以上的名额分配给艺术类教师，先后有 100 余名艺术教师获得市级以上荣誉。陈晨曦原本是安仁县牌楼中心小学的音乐教师，这些年通过积极参与培训修炼了一身本领，她带领的乡村中心小学合唱团是安仁县第一支走出去、站上国家级舞台的合唱团。出色的能力为陈老师迎来了新的工作机会，她从原来的学校调到了县实验学校。如今的她，已经是安仁县的合唱指挥名师了。

抓实课堂夯基础

将艺术教育课程视同语数外主课一样对待，开齐、开足艺术课程，是安仁县教育局评价学校工作时实行一票否决的一项硬性指标。教育局经常检查督导，保证音乐、美术等艺术学科教学落到实处，不断完善艺术教师日常教学评价机制，要求各学校充分依托音乐课，教授乐理知识、乐器弹奏，培训各类歌曲演唱、舞蹈表演等人才，努力培养学生的音乐才能、综合文化素养、自我表现力及乐观开朗的性格。坚持用艺术教育唱响新课程改革的主旋律，通过举办"永乐江之声"中小学合唱展演、"快乐合唱3＋1"安仁工作坊、合唱社团等内容丰富、形式新颖的活动，展示学校合唱艺术发展成果。为中心小学学生搭建起班级合唱、片区合唱、县级合唱梯级舞台，促进学生学习合唱艺术。全县学校已经形成了"人人开口唱、班班有歌声、校校有特色"的良好合唱氛围。从2013年开始，"德清杯"中小学合唱节、"永乐江之声"中小学合唱展演已经连续举办8年。县教育局要求各校严格组织校赛，一方面以比赛促进学生广泛参与，赛后各校上传相关视频；另一方面，组织局机关干部下乡督促学生现场比赛，巡回评选。决赛外聘评委，保证比赛公正，并且每年选送优秀童声合唱团外出展演，为全县农村学生提供了更为广阔的学习、展示舞台。

近两年，县级合唱展演还增加了新颖的线上直播形式，家长透过屏幕观看孩子的表演，合唱展演成了家校共育的纽带。2020年第五届"永乐江之声"中小学合唱展演在线观看达43.5万人次。"看孩子唱得那么动听，心里还是很激动的。以前孩子说喜欢音乐，我满不在乎的，觉得只有成绩最重要。现在看到合唱带来的变化，我观念转变了。"一位家长说。2021年结束的第六届"永乐江之声"中小学合唱展演，共有26支中小学合唱团、千余人参与，其中超过80%的团员都是留守儿童，他们的脸上洋溢着自信，朴素的语言里散发着幸福。合唱团现已成为学生们处理人际关系、融入集体生活、健康快乐成长的重要平台。

豪山中心小学五年级（1）班的小雪（化名）喜爱唱歌。她说："以前我不敢在别人面前唱歌，加入合唱团后和一群同学站在舞台上表演，我变得自信了。"去年，小雪所在的豪山中心小学蒲公英合唱团在"永乐江之声"中小学合唱展演上取得了不错的成绩，这一份成绩背后的成长更为珍贵。"我们学校没有专业的钢琴老师和声乐老师，有时候因为排练抽不出时间写作业，我也有过放弃的念头，但老师和小伙伴们的坚持让我觉得不能轻易放弃。"小雪说，"虽然有困难，但这些困难让我更加体恤老师的辛苦，也收获了友谊"。现在的安仁县校园里，班班有合唱，校校有歌声，教师有活力；放学路上，乡间稻田，歌声若隐若现，音乐回响在安仁县的广阔天地间。

三方联动，合作"唱好一台戏"

陈和欢[①]

安仁县中小学合唱教育，2019 年已进入第七个年头，回顾走过的历程，我感受颇多。最深刻的是，我们县教育基金会、县教育局有幸与北京德清公益基金会牵手合作，三方联动，共同唱好全县合唱教育推广这台"大戏"。下面，我从三个方面与大家进行经验分享：

目标同向，用音乐帮助中小学生扣好人生第一粒扣子

习近平总书记曾说，人生的扣子从一开始就要扣好。怎样打好基

---

① 陈和欢，安仁县教育基金会理事长。

础，扣好人生第一粒扣子？我认为就是要坚持中央提出的"德、智、体、美、劳"全面发展的方针。

现在的中小学生，基础打得怎么样？实话实说，不尽如人意，突出的问题是中小学生成长的营养不均衡，有的方面严重缺失，亟须补短板。

对于补短板，各地很重视，如何补短板，大家都在探索。所以在2012年，当李克梅女士提出在安仁开展中小学合唱教育活动时，县教育局和县教育基金会几名同志都是眼前一亮，一拍即合，欣然接受。因为我们在多年的工作实际中深深感受到，现在的中小学生太需要音乐了，在中小学推广合唱教育很有发展前景，很有意义。

后来在组织开展合唱教育活动的实践中，我聆听了许多场合唱音乐会，受到熏陶。包括本次活动在内，共参加了三场乡村中小学合唱教育研讨会，听了许多专家学者的合唱点评和讲座，受到启迪。原来合唱有那么多知识和功能，那么美妙、神奇和魅力无穷。不知不觉中，我们对合唱教育的认识深化了、提升了。

现在，我们可以自信地说：在教育公益项目中选择实施合唱教育推广是对的，是有眼光的，因为中小学生在成长的过程中打好基础确实需要音乐，音乐确实可以帮助中小学生扣好人生第一粒扣子。

工作合力，共同搭建合唱教育平台

合唱这样一个涉及面非常广的教育公益项目，在一个县的范围内深入持久地开展下去绝非易事，靠单方面的力量是不行的，必须依靠多方面的力量共同努力才能实现。

在我县（安仁县）开展合唱教育推广的实践中，县教育局、县教育基金会与北京德清公益基金会注重发挥各自优势，实行良性互动，齐心合力，为全县合唱教育搭建平台。

北京德清公益基金会在顶层设计、信息沟通、专家下乡指导、师资培训、组团参加国内外交流比赛等方面发挥独特优势和引领作用；县教育局发挥教育行政主管部门的优势，在人力、物力、时间和组织领导方面给予强有力的支持和保证；县教育基金会在协调服务和资金募集方面发挥重要作用。三方同唱一台戏，相互给力，相互补台，实现了 1 + 1 + 1 > 3 的效果。

有一个例子可以说明这个情况：2015 年，北京德清公益基金会根据"快乐合唱 3 + 1"项目整体布局安排，准备将已举办了三届的"德清杯"中小学合唱节移交给安仁方主办。县教育基金会考虑到合唱节与合唱教育关系紧密，毫不迟疑地主动把合唱节接过来继续举办。这样做，不仅确保了合唱教育的开展一张蓝图画到底，而且增加了三方之间的信任，使合作更加巩固。

成果共享，教育行政主管部门和社会公益组织各得其所

通过几年的艰苦努力，安仁县的合唱教育结出了丰硕果实。

合唱教育的良好氛围已经形成。每个学校开展班级合唱活动，并组建校合唱团；每年开展"永乐江之声"中小学合唱展演；每年组织音乐老师赴长沙等地培训，邀请专家下乡指导，推荐优秀合唱团参加国内国际比赛，派学员参加合唱教育研讨活动。

合唱水平大大提高。众多专家认为，我县中小学合唱整体水平已进入全省（农村学校）前列。同时，2017年至2019年，连续三年选派合唱团参加全国和国际比赛，夺得两枚银奖，一枚铜奖。中小学合唱教育也有力地促进了群众性合唱活动的开展，我县群众合唱团在郴州市合唱比赛中取得三连冠，在全省夺得第一名。

社会赞誉度高。对合唱教育，学生积极参与，教师、家长支持，社会各界普遍赞誉，认为合唱教育等公益项目具有基础性、前瞻性，坚持推广下去，安仁教育大有希望。

与此同时，组织开展合唱教育的教育行政主管部门和社会公益组织在艰辛付出中也有收获，可谓各得其所。

对于教育行政主管部门来说，一些长期困扰的难题得到了一定程度的破解：音乐课得到了较好落实，音乐教师业务水平提升，队伍稳定，学生综合素质有所提高。

对于北京德清公益基金会来说，"快乐合唱3+1——乡村中小学合唱艺术推广"是其主导的核心公益项目，该项目在一个县取得成功，得到社会的普遍认可，这是最大的奖赏，激励其矢志不渝，向更高更远目标迈进。

对于县教育基金会来说，领导及工作人员通过参与组织合唱教育活动，开阔了视野，学习积累了一些先进经验，客观上拓展丰富了教育公益项目的内涵，在教育公益项目的发展上起了一定程度的引领作用。

在开展合唱教育推广中，我们进行了一些探索，取得了一些成效，但这些都是初步的，以后要做的事还很多，要走的路还很长，我们将义无反顾，继续前行。

教育基金会在"快乐合唱3+1"项目中的作用

邓尧忠[1]

　　研讨会开始前，组委会组织大家一起观摩了郴州市中学生建制班合唱展演暨"快乐合唱3+1"展演，孩子们的演唱让人动容，勾起了我对"快乐合唱3+1"项目的回忆。

　　2017年11月23—28日，由湖南省教育基金会主办的湖南省首届省、市（州）教育基金会公益慈善项目交流展示会在长沙召开，"快乐合唱3+1"项目是展示项目之一。浏览项目展示板时，我停留了很久，将"快乐合唱3+1"项目的内容仔细看了又看，第一感觉是这是一个

---

① 邓尧忠，宁远县教育基金会理事长。

很创新的教育扶贫公益项目，深思熟虑后，希望能够争取把这个项目引进宁远县，助推宁远县音乐教育的发展。

于是我向省教育基金会提出申请意愿，并找到了德清公益的发起人李克梅理事长，三方进行了深度交流，交流过程中让我更加了解了"快乐合唱3＋1"项目的理念和模式，也更加坚定了将项目引进宁远县的决心！

后来了解到，"快乐合唱3＋1"的新项目县每年增加两个，而2018年的新项目县已有两个县申请：湖北黄冈市英山县和湖南张家界市慈利县，我们积极递交申请资料，并多次与项目组交流沟通，几经波折，2018年5月，项目终于正式落户宁远县。

项目落地后，宁远县教育基金会积极配合教育局开展项目，承担协调沟通、后勤保障等工作，确保"快乐合唱3＋1"项目在宁远稳步推进，有序发展。

一年多的时间，288人次通过"音乐下乡行""合唱训练营""柯达伊音乐教学法公益培训"等一系列项目活动，学习了专业的合唱指挥和音乐课堂教学知识，进一步提升了音乐老师们的专业水平。2019年5月，宁远县举办"快乐合唱3＋1"班级合唱展演，在此基础上，组织44支优秀班级合唱团，约2600名学生参加县级合唱展演，那个时候，县里面处处都飘荡着孩子们清脆的歌声。

宁远县举办的有关"快乐合唱3＋1"项目的活动我差不多都参与了，也参加了很多德清公益组织的项目活动，体会颇多，结合宁远县音乐教育的情况，我想谈三点：

首先，乡村音乐教育的现状表明，需要体制机制创新。

我们宁远县户籍总人口近86万，辖4个街道办事处、16个乡镇、4个少数民族乡以及4个国有林场，全县共689个行政村，19.27万农户。但是现在县内能够成规模的中小学乡村学校，仅有59所，而这59所乡村学校中，属于从音乐学院第一批出来的学生、毕业后在那里教书的音乐老师，只有11人。由此可以看出乡村音乐教育的第一个现状：音乐老师的比例少，专业师资缺乏。音乐老师这样少，普及音乐教育又从何谈起呢？音乐老师的严重不足，是乡村音乐教育发展的一个瓶颈。

第二个现状是乡村学校音乐教学设备非常匮乏。上面说的59所乡村学校，基本上什么乐器都没有，就算有，也只是非常简单的乐器，像钢琴这类乐器根本见不到。中国有句古话：工欲善其事，必先利其器。音乐老师连最基本的设备都没有，怎么能上好音乐课呢？

第三个现状是乡村音乐教育的环境不尽如人意。乡村音乐教育的环境，有硬环境，有软环境，有校内的环境，也有校外的环境，"硬环境"就是刚刚说的师资、设备等；"校外的环境"就是音乐老师的社会地位，普遍没有其他的老师高；"软环境"就是校内的环境，在评定职称和给予奖励的时候，对音乐老师考虑得太少了，没有给他们更多更大的职业发展空间。

我上面说的这些现象，只是一个方面，这些现象、这些问题，严重地影响了乡村音乐教育的全面普及，急需通过体制机制的创新来破解。

其次，如何通过多渠道、多形式、全方位的方式来全面普及乡村的音乐教育。

我觉得至少要从下面两个方面努力：

一是多渠道整合资源，支持、资助乡村的音乐教育。比如"快乐合唱3＋1"项目是由北京德清公益基金会、湖南省教育基金会、湖南省音协合唱学会（合唱联盟）、湖南省教育学会中小学音乐教学研究专业委员会以及湖南师范大学美育发展与研究中心五方发起推动，从专业、资金、行政等不同的方面出力，整合不同的资源，惠及广大音乐老师，这是一个很好的引领作用；

二是要多形式、全方位地推动乡村音乐教育。"快乐合唱3＋1"就是一面很好的学习旗帜，它的子项目众多，有音乐下乡行、音乐背包客、中小学合唱展演等，通过不同的形式，全方位地去推动乡村音乐教育。

从宁远县出发，我认为可以从下面三个方面去推动：

第一，要举办培训。对音乐老师进行培训，是提高他们综合素养的直接手段。

第二，要开展活动。开展活动可以整合资源，包括政府的资源、社会的资源。有一个例子可以说明这个情况，宁远县每年都要举行公祭舜帝大典的活动，每次大典活动的时候，县内要组织1200多名学生跳祭祀舞、唱南风歌，整个活动的经费都是政府负责，我认为这个活动可以加入更多音乐、合唱的元素，助推县内音乐教育的发展。

第三，要举行展演。展演最重要的不是结果，而是一个准备的过程，而这个过程可以激发、提高老师和同学的积极性，让大家更愿意去参与音乐、合唱活动，更喜欢唱歌。

最后，教育基金会发挥自身的优势，为乡村音乐教育的全面普及贡献力量。

教育基金会在筹款、资助等各个方面，接触面非常广，涉及的人员也非常多。我认为我们的教育基金会，除了在项目和资源的引进上发挥桥梁纽带、搭建平台的作用、在项目的管理上发挥协调沟通和后勤保障的作用外，还可以在资金、人手等方面发挥补缺的作用，为乡村音乐教育的全面普及贡献更多的力量。

期待通过教育界、公益界、合唱界的共同努力，促进全省乃至全国乡村教育的全面普及和提高，让每一个乡村孩子都能接受有质量的音乐教育，用童声唱响童心！

让乡村校园到处飘扬快乐的歌声

黄治民[①]

非常荣幸应邀来参加本次研讨会，"快乐合唱 3＋1"项目 2018 年才在黄冈市启动，我们起步比较晚，经验不足，所以这次来的主要目的是学习其他项目县的推广经验。

黄冈市从 2011 年开始，在李克梅女士和北京德清公益基金会的大力支持下开展了很多合作项目，借这个机会，将我们做的一些工作和思路，做一个简单的汇报：

（1）"宏玉助学"项目。2011—2017 年，德清公益与黄冈慈善总会合作对黄冈 10 个县市区贫困学生进行资助，累计捐资 120.4 万元，资

---

① 黄治民，黄冈市教育局党委委员。

助 602 名学生。

（2）"爱飞翔·乡村教师培训"项目。2015—2018 年，德清公益与我局、北京永源公益基金会合作，每年选送黄冈 10 个县市区的优秀乡村教师去北京、上海进行为期 10 天以上的培训，4 年累计出资 35 万元，培训了 80 名教师。

（3）"快乐合唱3＋1——乡村中小学合唱艺术推广"项目。①英山县。2018 年正式选定英山县作为黄冈市第一个"快乐合唱3＋1"项目县，4 月 10 日，在英山县思源实验学校举行了"快乐合唱3＋1"项目启动仪式，224 人参会。到目前为止，共开展 4 次"音乐下乡行"培训活动，在 34 所中小学开展了"班级合唱展演"活动，有 450 个教学班级、27000 名学生参与活动。②麻城市。2019 年通过推选和网络报名的双向选择过程，正式选定麻城市作为黄冈市第二个"快乐合唱3＋1"项目县，麻城市教育局和北京德清公益基金会牵手，签订协议，出台文件，开展了系列活动。2019 年 4 月 3 日，在麻城市思源实验学校举行了"快乐合唱3＋1"项目启动暨音乐下乡行培训活动，麻城市所有乡镇中心学校、市直学校校长、中小学音乐老师及周边县市科长，共计 300 余人参加。7 月初，麻城市派中小学音乐老师 45 人到湖南参加"两营一会"的培训学习，此次培训由德清公益承担培训、住宿等费用，共培训 9 天，老师们在专家的精心培训下，进步很快，收获满满。

（4）创建黄冈市城区音乐教师合唱团工作坊。由黄冈市教育科学研究院骆丽丽老师牵头，于 2017 年 10 月 16 日创建了黄冈市城区音乐教师合唱团工作坊，78 名教师参培，每周日下午 2：30—5：00 定为活动时间，大家自觉遵守。2018 年 4 月中旬，"快乐合唱3＋1"项目的专家团队专程到黄冈为合唱团进行专业指导。2018 年暑期团队应邀参加"快乐合唱3＋1"合唱训练营，在训练营中得到了国内知名合唱指挥和音乐教学专家的精心指导。

（5）"黄冈中学米多多合唱团"项目。2019 年 2 月，李克梅女士向北京德清公益基金会捐款 100 万元，定向支持黄冈中学合唱团。

（6）柯达伊音乐教学法公益培训。2018 年 9 月 27—30 日，湖南江华瑶族自治县承办"快乐合唱 3 + 1"第二届中小学合唱教育研讨会，同时开展柯达伊音乐教学法公益培训，我市共有 9 名老师参培。本次研讨会，我市又选送了 18 名音乐老师参培。

（7）合唱工作坊培训。2019 年 1 月，我局特推选 5 名音乐老师到长沙，参加湖南省第六届合唱艺术工作坊培训。

湖北省黄冈市地处大别山南麓，长江中游北岸，下辖 10 个县市区，版图面积 1.74 万平方公里，总人口 750 万，现有学校 1989 所，共 100 万名中小学生，5.8 万名专职老师，其中音乐老师800 余人。这是我们黄冈教育的基本情况。

音乐教育的重要性，在主旨演讲环节中专家们

讲得非常透彻，我不再多说。我们市、县教育行政部门，如何在公益组织的支持下，更好地开展"快乐合唱3+1"项目，推动中小学合唱艺术及音乐教育的普及和发展呢？我们的想法和努力的方向，概括来说就是：围绕一个目标，抓住两个关键，做到四个必须。

围绕一个目标。我们开展工作的一个目标，或者说一个宗旨，就是"快乐合唱3+1"项目的愿景："让每一个乡村孩子都能接受有质量的音乐教育。"

抓住两个关键。指的分别是教育管理者和音乐老师。

第一个关键是"教育管理者"。从我们推进高考制度改革这项工作中，我深切体会到，任何一项改革，甚至任何一项重要工作，要想持续推动并取得好的成效，首先就是要抓住管理者。比如县市区教育局局长、分管局长、各个学校校长，要对他们进行针对性培训，提高他们的认识，明确他们的责任，指导他们的方法，让他们行动起来。

第二个关键是"音乐老师"。黄冈市音乐老师严重不足，所以首先是补充专业老师，其次通过培训提高老师的教学水平，最后就是健全对音乐老师工作成效的考核评价机制，激发音乐老师的工作积极性，承认音乐老师的劳动和创造性。

做到四个必须。

一是必须开好音乐课程。从小学到初中、高中，包括职业学校，必须按照国家的要求，开齐、开足、开好音乐课。

二是必须开展合唱团活动。每一所学校至少要有一个合唱团，并坚持常规排练。

三是必须开展中小学合唱展演。"快乐合唱3+1"项目中，一个很重要的部分就是班级、片区、县级的三级合唱展演，从黄冈市来看，我们还可以组织开展市级合唱展演，后期联合德清公益推选优秀童声合唱团，参加省级、国家级合唱展演。展演活动不仅可以给全市合唱团树立标杆，还可以调动全市10个县市区师生的参与积极性。

四是必须为在音乐上有天赋、有特长、有发展潜力的学生打造一个继续学习的通道。我们的做法是创建一批艺术教育特色学校，组织艺术特长考试，降低艺术特长生升入普通高中的录取分数线，一般为统招生录取分数线的 75% ~ 80% 。

相信在北京德清公益基金会的大力支持下，通过学习湖南省各项目县同仁们的成功经验，我们黄冈市的中小学音乐教育工作、我们的"快乐合唱 3 + 1"项目一定能做好，做出理想的成绩，让快乐的歌声在我市广大乡村学校校园的上空飘扬！

四声校园，让孩子们快乐成长

鱼宗肆①

　　我们江华瑶族自治县在湖南省的最南端，位于湘、粤、桂三省（区）交界处，县情可以用"老、少、边、穷、库、大"六个字来形容：

　　"老"是指革命老区；

　　"少"是指少数民族聚集地，主要是瑶族；

　　"边"是指江华瑶族自治县素有"省远"之称；

　　"穷"是指 2018 年以前是国家级贫困县；

　　"库"是指湖南省 1 号水利工程——涔天河水库；

---

　　① 鱼宗肆，江华瑶族自治县教育局副局长。

"大"是指湖南省面积第二大县。

相信在湖南省多数人的心目中，江华瑶族自治县的教育是贫穷落后的。但是近几年，江华的教育事业得到了快速发展，这得益于我们遇到了一个好局长——唐孝任局长。2013年，唐孝任局长来到江华瑶族自治县教育局任职，他任职后提出了"一、二、三、四、五、六、七"工程建设，下面我围绕该工程建设做简单阐述：

"一"是提出一个梦想：实现美丽校园，幸福师生，理想教育，建设江华民族品质教育工程。

"二"是要实现这个梦想，那么要着力于两个要点：（师生）安全和（教学）质量。

"三"是要发展到农村地区的孩子也能得到公平而有质量的教育，那就需要去培养校长、老师。所以唐孝任局长又提出了"三个第一"：教育局把校长放第一，校长把老师放第一，老师把学生放第一。

校长的最大职责就是把老师培养好，老师的主要职责是把学生教育好，一切教育建设活动都着力于如何更有利于学生的身心健康发展和快乐成长。

为了实现"让学生快乐成长"的过程，唐孝任局长经过反复思索和寻找平台、载体，提出了要建设"四声校园"：嘹亮的歌声、悠扬的琴声、琅琅的读书声、快乐的欢呼声。同时学校的硬件建设，要实现"五"型"六"化。校园建设目标，要推行"七"项改革。

江华瑶族自治县的音乐教育，也就是"四声校园"建设，追求让农村的孩子们也能够唱出内心的声音，让江华瑶族自治县每一个中小学校的师生，都要喜欢唱歌、敢唱歌、会唱歌。那么，我们县教育局如何去推动落实呢？总结为三个方面：底层设计、高位推动、搭建平台。

如何让歌声在校园响起来呢？

首先，从"底层设计"出发，要求各个学校一定要开齐、开足所有国家规定的课程，尤其是音体美的课程。

我们将课程的开设情况纳入常规的教学管理，采取"四不两直"的方式，教育局的工作人员到学校去检查，一经发现课程没有开齐、开足，就与学校校长约谈沟通，并直接将检查情况记入对学校的年终管理考核。同时，要求各班每节课课前唱歌。

从 2013 年到 2015 年，两年时间的落实，初步实现了"让歌声在校园响起来"的目标。那么，如何让嘹亮的歌声响彻校园，达到一个新的境界呢？

当我们县教育局在找门路的时候，2016 年 5 月，幸运地遇到了德清公益，遇到了"快乐合唱 3 + 1"项目。该项目与县"四声校园"的理念不谋而合，合唱项目在我们县适性落地，助推了"四声校园"的理念更新和质量提升。

"快乐合唱 3 + 1"项目的理念之一是让乡村所有的中小学生都有机会上台展示自己，结合项目推广模式，县教育局提出了每个学校每年都要举行以班级为建制的班级合唱比赛。再将县内 16 个乡镇划分为 7 个片区，每年举办片区合唱比赛，每个学校都要组建校合唱团参与。然后片区赛出第一的学校，到县里面参加县级合唱比赛。

这样一种方式，真正实现了让每一个学生都唱起来，形成了"人人会合唱，班班有歌声，校校有比赛"的良好局面。

"底层设计"有了，如何让它落实、落地呢？我们县教育局采取的是从行政的角度，由考核考评的方式来"高位推动"。从 2016 年开始，不再单纯只看期末考试文化课成绩，而是将对学校教学质量的评比划分为三个方面：文化课成绩占 60%，音体美课程占 20%，德育占 20%。

关于音乐这一学科，我们同时进行期末测试，五年级及以上的学生都要参加。从 2018 年起，开始进行现场测试，由县教育局体卫艺股的工作人员在全县范围内抽调专业教师，组成评委小组。临近期末前一个月，按照现场抽查课程标准的要求，到部分学校去抽查"学生会唱歌"的情况，对于学科开设情况不好的学校，实行教育教学质量评价一票否决制。也就是说其他的文化课质量再好，如果体育课与艺术课质量不过关，都不能被评为教育教学质量先进单位。

再者就是"搭建平台"。我们县教育局借助"快乐合唱 3＋1"项目的平台，把大量的音乐老师送出去培训，短短的两三年时间，我们江华的乡村学校，即使没有音乐老师，也培养了一大批"音乐老师"。

作为优秀项目县，2018 年 9 月，吸引了"快乐合唱 3＋1"项目组将第二届乡村中小学合唱教育研讨会放在江华瑶族自治县举办，研讨会开始前，各界嘉宾实地观摩江华"快乐合唱 3＋1"推广成果及"四声校园"推广经验。同期举办"柯达伊音乐教学法公益培训"，优先推选江华瑶族自治县音乐老师参培，这是给江华的极大的福利！

在"快乐合唱 3＋1"项目组的大力支持下，在江华瑶族自治县教育局强有力的措施下，"快乐合唱 3＋1"在江华推行四年，可以说是硕果累累，江华瑶族自治县的学校合唱团参加市级、省级、国家级的合唱比赛，都取得了很好的成绩。

例如：2018 年 7 月，沱江镇第二小学梦飞翔合唱团到长沙参加"快乐合唱 3＋1"合唱夏令营；2019 年 7 月，沱江镇第一小学米多多合唱团参演第七届中国童声合唱节，并获 A 组铜奖；2019 年，江华二中在湖南省中学生建制班合唱比赛中获二等奖；2019 年，江华二中、沱江镇第二小学的合唱与舞蹈获湖南省第六届中小学艺术展演活动二等奖。

2019 年江华瑶族自治县的教育工作思想"十个毫不动摇"中，其中一个就是毫不动摇地推行"快乐合唱 3＋1"项目在江华教育的继续发展，相信"快乐合唱 3＋1"会在江华瑶族自治县生根发芽，长成参天大树！

结合"快乐合唱3＋1"，传承红色文化基因，弘扬"半条被子"精神

邓启平[①]

　　汝城县文明瑶族乡沙洲村是温暖了全中国的"半条被子"故事的发生地。2017年5月，"快乐合唱3＋1"公益项目正式落户汝城，在汝城县教育局及县教育基金会的大力推动下，县内各中小学校自发在项目活动中加入"红色"元素，传承红色文化基因，弘扬"半条被子"精神。

---

　　① 邓启平，汝城县教育局副局长。

2017 年 11 月，汝城县举办了班级合唱比赛，共有 34 所中小学校，812 个教学班级，43242 名学生参与活动，众多学校活动方案中规定了演唱的曲目必须要有一首革命歌曲。

2018 年 12 月，举办了片区合唱比赛，共有 34 支校合唱团，1280 名学生和 150 名教师参加活动。许多校合唱团自发选择演唱积极健康的革命歌曲，其中汝城四中沙洲合唱团演唱的《半条红军被》采用了合唱＋情景剧结合的方式，生动形象的表演和深情的合唱让观看比赛的领导、嘉宾、评委和学生家长们都感受到了《半条被子》故事背后所传递的温暖。

到目前为止，县内已形成了每逢五一、国庆等节日及庆典活动，学校都会自发组织学生进行合唱

比赛，演唱革命歌曲的良好氛围。

　　自"快乐合唱 3＋1"项目落户汝城以来，县教育局、县教育基金会和德清公益三方联动，形成强劲合力，共同推动项目在汝城县稳步实施，并取得了很好的成绩。下面将相关工作情况与大家进行简要分享：

领导重视，为做好工作提供了组织保障

　　汝城县人民政府高度重视项目，县长亲批 6 万元活动经费（每年 2 万元），从资金上为项目推广提供保障；县教育局和县教育基金会积极配合，出台了《汝城县开展"快乐合唱 3＋1"中小学合唱艺术推广三年（2017—2019）活动方案》，又分年度制订了班级赛、片区赛、县级赛实施方案，多次组织召开校长会议，安排部署项目工作，确保项目顺利执行。

专家指导，提升校合唱团及全县音乐教师专业水平

　　"快乐合唱 3＋1"项目实施两年多，我县共有音乐老师 157 人次参加音乐下乡行、合唱训练营、柯达伊音乐教学法公益培训及德清公益的其他合作单位举办的培训活动，提升了合唱指挥和音乐课堂

教学水平。本次研讨会和柯达伊音乐教学法公益培训，我县又推选了 13 名音乐老师过来学习，这很好地促进了我县音乐老师特别是非专业、兼职老师教学能力的提升。

2 名高校志愿者到我县顺利完成了 3 个学校校合唱团的"音乐背包客"志愿服务活动。其中，武汉音乐学院研究生田崇尧老师指导汝城县第二完全小学青草尖儿合唱团进行合唱排练；湖南师范大学学科教学（音乐）专业研究生汤艳云老师指导泉水中心小学中央 c 合唱团和土桥永丰中心小学百灵鸟合唱团进行合唱排练。

2019 年 7 月，我县思源实验学校天使之梦合唱团受邀到长沙参加为期 9 天的合唱夏令营，全程接受湖南省歌剧舞剧院合唱团常任指挥雷永鸿老师一对一指导，并在长沙音乐厅进行汇报演出，合唱水平直线提升，为全县合唱团树立了标杆。

硕果累累，提升了学校的音乐教学质量

我县教育局和县教育基金会组织音乐老师参加了一系列活动，并取得良好的成绩：

（1）"'快乐合唱 3 + 1' 我的快乐课堂视频课"赛课活动。5 名音乐老师参加了赛课活动，获得 1 个一等奖（汝城县思源实验学校何玲娜）、2 个二等奖（汝城县第一完全小学陈小英、汝城县思源实验学校朱玉翠）、2 个三等奖（汝城县大坪镇中心小学何燕、曹会成）。其中，2018 年 7 月"合唱训练营"举办期间，汝城县思源实验学校何玲娜老师作为优秀课代表，受邀到长沙进行音乐课堂现场课展演，接受专家现场点评。

（2）参加市级比赛获奖，并代表郴州市参加省级展演。2019 年 9 月，由雷永鸿老师编排指挥，以县音乐老师为主体的合唱团演唱的《半条被子》《没有共产党就没有新中国》在"我和我的祖国"湖南百万职工同声唱活动中获郴州市一等奖，并代表郴州市到长沙梅溪湖大剧院现场展演获铜奖。在今年的郴州市艺术节中，汝城县第一完全小学向阳花合唱团获得了合唱组全市一等奖。

得益于德清公益牵线搭桥，2018 年 12 月，广东狮子会岭南服务队

雷建威、彭少梅、毛朝英、章淑贤、杨汉姿等一众狮友来到汝城县，观摩了汝城县"快乐合唱3＋1"片区合唱比赛，并向汝城县教育基金会捐赠音乐教室配置物资款49360元，由县教育基金会对口支援了5所中小学校的音乐教室建设。同期，狮友杨浩文先生个人捐赠钢琴1台。2019年2月，广东诺臣律师事务所党支部向汝城四中累计捐赠900张床垫、350条棉被和2万元爱心款项，（价值）合计约18万元。两次爱心捐赠金额（价值）达24万元。

　　两年多的时间，"快乐合唱3＋1"项目为汝城培养了大量音乐专业老师，让音乐老师有了施展才华的平台，学生有了放飞梦想的舞台，校园各个角落都洋溢着欢快的歌声。

　　2019年是汝城县开展项目的第三年，11月份，我们在全县举行县级合唱比赛，验收项目三年成果。今后，我们将继续把"快乐合唱3＋1"项目组织好、实施好，办出汝城特色，推动汝城音乐、合唱教育事业全面健康发展，让美妙的歌声响彻全县乡村校园，使贫困的山区学子享受到最美好的音乐教育。

米多多的未来画像

唐晓宝[1]

　　今天我跟大家分享的主题是"米多多的未来画像"。米多多为贫困地区学校推广合唱教育而生，希望让每一个乡村孩子都能接受有质量的音乐教育。五年时间，每年都会有新增项目县，每年都会有新的项目活动变化，每年都会有新的收获与成长。推广的过程中，社会在飞速地变化，米多多也为所在地区带来了许多惊喜：

　　（1）孩子收获了天使般的快乐学习与生活。孩子们热爱艺术是天性，他们在音乐中非常快乐，这从日常音乐课堂就能看出来。

　　（2）老师收获了做好老师的动力与梦想。做好老师必须要有平台，

---

　　①　唐晓宝，湖南省教育基金会副理事长、长沙民政职业技术学院校党委委员、副校长。

米多多就为老师们提供了发展平台。如果没有米多多，老师们在学校可能不一定受到重视，可能音乐课会被看成一门可有可无的"杂课"。

（3）学校收获了应有的满园歌声与春色。学校里的春色不是高楼大厦、林荫大道的数量，而是歌声与读书声交融，带给人心灵的愉悦。米多多的出生不同凡响，她给乡村师生们带去了音乐和快乐，那她的未来会长成什么样呢？

当今社会，信息化对未来教育的影响非常大，米多多的成长是不是也会受到影响呢？

首先我们先来了解一下未来中国社会的主要趋势特征

1. 科技将颠覆我们固有的思想与传统

"云物大智"（云计算，物联网，大数据，智能化技术）的人工智能时代已经盛行，我们生活的每个角落都将会有人工智能的存在。随着信息技术、无线网、生物、物理等领域的指数级增长，人工智能的发展每 18 个月就将翻一倍。预测到 2045 年，机器人将在很多方面超越人类。人类利用科技从帮助手脚到帮助大脑，再到有一天超越人的大脑，这是机器人不断学习的结果。

当人脑与机器人信息对接传送时，基因大数据分析还可以预测孩子的天赋领域。例如，当你想知道你的孩子是否有可能成为爱因斯坦或者歌唱家莎拉·布莱曼时，人工智能可以通过检测孩子的基因，用大数据去分析他/她在这方面是否有天赋，也可以把机器脑和人脑对接，弥补人脑缺失的部分，通过虚拟世界的操作，实现个体的科学家或歌唱家梦想。

虚拟的并不一定是假设的，梦游或者做梦其实就是虚拟生活的一种，它产生的记忆和通过物理空间行为产生的记忆都会留在大脑中，只是获取的途径不一样。

虚拟歌手"初音未来"就是科技发展对音乐影响的一个体现。米多多可不可以成为或者超越初音未来呢？这值得我们思考。

面对科技的发展，教育要先行，那我们教育工作者应该做点什么呢？人工智能时代的教育将不再是泛泛而谈的教育，精准教育、终身学习是大趋势，如何把握这一趋势，需要我们来思考。李开复曾提到，未来十年，人类一半的工作将被人工智能所取代，五秒内，你能不能为工作中需要思考和决策的问题作出决定？如果能，你的工作就有很大可能性被人工智能替代，这些工作包括翻译、助理、保安、会计、司机、家政等。

2. 中国社会进入老龄化

我国的老龄化趋势将越来越严峻，在 2040 年我们就将达到日本现今的老龄化水平，老年人口占比 23.3%。老龄化社会对产业冲击、社会要求越来越高，反映在教育上有哪些体现呢？我们一起来看看日本是怎么对待教育的。

为提升中小学生身体素质，日本的体育教育早已纳入政府监管，他们的中小学每天都有体育课，学生放学后，还有规定的 1 小时锻炼时间。我们可否效仿，在米多多所在的学校，把孩子们的作业变成 1 小时的合唱（艺术）练习作业？

3. 中国精神文明的红利期正在到来

工业化已经将社会各项硬件设施布局完善，物质野蛮生长期已经过去，制度红利和人口红利逐渐消失。柔性内容开始增长，新文化行业、精神文明是一个极大增长点，如工匠、程序员、设计师、编剧、作家、艺术家、慈善家等逐渐成长为社会精神文明的引领者，文化红利期正在到来，中国的竞争力正逐步从依靠自然资源、依靠制度转化为依靠文明。"快乐合唱 3 + 1"就是文化红利期的典型产物，米多多吸引了大批慈善家、合唱指挥和音乐教育专家来到乡村，作为精神文明的倡导者参与公益，践行公益，用音乐的力量感染乡村中小学师生。

未来学校的新图景（3.0 时代）

智能时代加速到来，改变了人类大脑。世界各国都将教育发展放在制高点，视为国家战略、国家基础。教育改革在发生量变，学校必须迎接质变。

1. 将来的学校每一位学生都有一个数字画像，数据驱动学校进化和教学转型

大数据可以跟踪记录学生学习的全过程，根据学生的行为（去图书馆频率、听课状态如何、参与公益频率等），分析推理出学生的数字画像，它有助于老师调整教学策略，加强教学管理，帮助学校和政府开展教育治理。

2. 每一个老师都有一个人工智能助手，面向学生因材施教成为可能

教育从字面意思可以拆分为两块：教学和育人。未来，人工智能将进入课堂替代"讲授型"老师（教学）。人和老师将重新分工，许多环节会完全"去人工化"，人机协同课堂，老师更多的是做学生学习的动力激发者和情感的呵护者（育人）。

3. 每一所学校都是虚拟学校的组成部分

未来，实体学校将不是学生受教育的唯一场所，学校的物理地点和时空概念都会淡化，学生可能不知道自己属于哪所学校，跨校、无校学习、泛在的线上服务与就近的实体体验学习结合将成为常态。虚拟学校将成为社会教育系统的大脑，与实体学校配合，组织学生进行深度学习，开展实践、体验、创造、合作、沟通交流等。

4. 每一种教育装备都趋向智能化

技术和资源将深度嵌入学习系统，数字化、智能化、集成化、人性化将成为教育装备现代化的核心特征，教育装备不再仅仅是一件器物，

而是会把教育的理念、技术、资源等深度嵌入，从而改变学习方式。智慧产品嵌入学习系统，学生借助智慧产品及其背后的云平台直接获取任何所需的学习资源，实现自适应学习，使每个学生都能接受高质量的教育成为可能。比如通过佩戴头环，学生即可体验原子弹生产、制造及爆破的真实场景。

5. 每一所学校都被隐性课程所环抱

学校里都有一系列规定的显性课程，而另一部分各校特色隐形课程的设计和治理，将成为未来学校治理的一个核心问题。比如在米多多实验学校中，音乐教育探索隐形课程就将是非常重要的一点，通过个性化的培养达到育人的目标。

科技使得教育改变有无限可能

1. 米多多要善于用人工智能，改变被传统价值预设的"乡村教育"

2020 年，米多多五岁了，她会一直成长，我们要善于用人工智能技术改变被传统价值预设的乡村教育，振兴乡村才有希望。传统价值认为城市的孩子就应该多才多艺，而乡村孩子毕业后能够找到一份体面的工作已经很好了，米多多在乡村音乐教育中种下火苗，搭建连接小乡村和大艺术的桥梁、平台和导航。

2. 米多多要善于做"初音未来"，为乡村孩子建构美好生活

用"初音未来"式的虚拟链接，利用人工智能技术为他们建构美好生活，比如通过"虚拟合唱"，让乡村孩子与全国甚至全世界连线，让孩子们能够加深对艺术、对美的感知能力，提升他们对幸福生活的感知能力。以前大家都说"学好数理化，走遍天下都不怕"，参与米多多后，我想跟大家分享"从小热爱艺术，长大成功幸福"。

3. 米多多要善于互通互联，让学校弥漫着无限艺术气息

校园文化是学校环境、活动、秩序、精神和制度的综合体现，是全面育人不可或缺的重要内容。校园文化需要"环境养眼""内功养神"

"人文美心"和"艺术养魂",学校的灵魂在艺术,它让学生一进校就怦然心动,让学生身处学校,冥冥之中感觉有一种更高的东西在召唤他,并一生愿为之努力,这就是米多多要做的事情,未来的米多多要善于联动更多公益组织来参与、助力项目。

艺术可以表达学生的深层次需求,对老师和学生都至关重要,为营造更好的校园艺术氛围,我们的校长们需要做出巨大的努力。

米多多的初心不是培养音乐家、歌唱家,不是艺术尖子的选拔与培育,而是源于儿童天性的自由发挥,注重艺术欣赏力与艺术情怀的培育。

"快乐合唱3+1"将引领学生以超乎想象的方式成长,老师和他们的关系将越发稳固、牢不可破,这份联接将鼓励学生有更好的表现,更认真读书,也更快乐。

我认为米多多有两个特质:善良的米多多,藏着孩子们的未来;智慧的米多多,忠于孩子们的独一无二。米多多的理想就是要做好乡村音乐教育的服务工作,做好价值的提供者、整合者和放大者。要"让每个孩子都有人生出彩的机会",米多多就要努力担当这种责任,改变乡村孩子缺乏对美感的鉴赏和对艺术的感知力这块短板,米多多的到来一定会增加乡村孩子人生出彩的机会。

谢谢大家!

路再远，也要抵达合唱的彼岸

赵元胜[①]

偏远的凌江完全小学

江华瑶族自治县贝江乡凌江完全小学是江华瑶族自治县规模最小的完全小学，地处瑶山深处，环境优美，青山绿水，宛如美丽的世外桃源。但它也是年轻教师望而生畏的地方，原因无他，交通极其不方便，学校离当地乡政府70多公里，离县城120公里。因为水库扩建，原有的道路损毁，去一趟县城，按山路、水路、再山路辗转下来，路途上就

[①] 赵元胜，江华瑶族自治县贝江乡凌江完全小学校长。

要花上将近一天的时间，条件的艰苦不言而喻。

2020 年全校 6 个教学班级，仅有 47 名学生，包括校长在内在岗老师 5 人，我们笑称是微型学校。实行撤点并校、集中办学以来，本来要撤掉这个学校的，但为照顾边远山区留守儿童上学，才得以保留下来。由于老师们的尽职尽责，学校教学质量考核名列前茅，经常受到县教育局的表彰。

学校没有专职音乐老师，每个班级的音乐课都是班主任上的，学校仅有的 5 个老师都是兼职音乐老师。我们条件太艰苦，但我们很坚强。我们利用互联网边教边学，尽自己所能上好音乐课，开展艺术活动，让学生在音乐中快乐成长。

我们一定要去

从"江华教育"公众号，以及县内其他参加过合唱比赛的老师谈论中我们知道，这几年在"快乐合唱 3 + 1"项目组的大力帮助下，江华的合唱活动开展得如火如荼，听说有几个合唱团还在省、市参赛并获奖。前两年，县教育局考虑到我们条件艰苦，地处偏远，没有要求我们一定要参加。但是孩子们都喜欢唱歌，每周上音乐课都是他们最开心的事情。他们聪明、活泼，我们想要让他们走出大山见见世面，去接受合唱的洗礼和音乐的熏陶。

2018 年，接到县教育局关于合唱比赛的通知——5 月份在全县艺术节期间举行"快乐合唱 3 + 1"片区合唱比赛，我们决定要去参加。这一次，即便没有条件，我们创造条件也要让孩子们去见识见识，证明深山里也能飞出金凤凰。

那个叫"操场"的音乐厅

因为每个年级学生人数太少，要想达到合唱要求的人数，必须从一至六年级的学生中选拔。听说要参加合唱比赛，同学们都特别积极踊跃地报名，最后一共选出了 32 人组成校合唱团，占全校学生总数的 58%（2018 年全校学生总数为 55 人），年龄最大的是 13 岁，最小的只有 6 岁。

战前先练兵，我们选择了每天中午和晚上排练。因为教室太小，我们便利用操场练习。就这样，操场成了"音乐厅"，台阶成了同学们的合唱台，每天操场都飘扬着同学们嘹亮的歌声。中午，我们在太阳下排练；晚上，我们在月亮星辰的注目下排练。

每天晚饭后，学校的李彩英老师和车力维老师就组织合唱团的成员进行排练。由于大瑶山里的住户居住比较分散，山路不好走，大部分学生都是寄宿的，只有附近的学生跑通学，附近的学生吃过晚饭就由家长们送到学校。天气渐渐热起来，沟边草丛里的虫子、蛇也多起来，家长们常常是一手牵着孩子，一手拿着打蛇的棍子将孩子送到学校，一直在操场上陪着孩子们练完又再接回去。

晚上一练就是两三个小时，李彩英老师要求非常严格，稍有不对就要重来，唱累了，喝一口水，解解乏，动作不一致就又重新来一次，实在疲倦了就在台阶上坐一坐。如此反反复复，训练了一个多月。

排练期间，李彩英老师嗓子一直嘶哑，但依然每天坚持着，车力维这个刚参加工作的新老师，也以高涨的热情投入合唱排练中，家长们也从排练开始到结束都全程陪伴。老师在坚持，学生在坚持，家长在坚持，不管再苦再累都不在乎，他们只想让孩子们走出去看看。

时间总是那么短暂，转眼就到了比赛那天。

车上传出清脆的歌声

5 月 21 日下午 2 点，江华瑶族自治县第二十二届中小学艺术节暨"快乐合唱 3＋1"片区合唱第二赛区的比赛在小圩中学举行。上午 10 点，一辆中巴客车载着 32 名学生从凌江完全小学出发了。"等下演出你会紧张吗？我好紧张啊！""第一次参加合唱比赛，昨晚我兴奋得一夜没睡！""你快帮我看看头发乱了没？衣服皱了没有？"……在去参加合唱比赛的车上，孩子们叽叽喳喳兴奋地交谈着，整辆车的空气都变得热烈起来。

"孩子们，我们再把《我的中国心》《童年》复习一下。"李彩英老师大声地喊，"河山只在我梦萦，祖国已多年未亲近，可是不管怎样也改变不了我的中国心……"孩子们清脆的歌声从颠簸的车里传出，飘过蜿蜒的小路，飘过密密的树林，飘过潺潺的溪水。

这些孩子来自江华瑶族自治县凌江完全小学，这是他们第一次参加近 2000 名包括师生、观众和志愿者齐聚一堂的隆重的合唱"盛宴"。

坐车坐晕了

孩子们平时坐车坐得少，担心他们晕车，上车前，我们给每位合唱团员都准备了晕车药、葡萄糖、塑料袋等。

沿着崎岖的山路，一路颠簸，一会儿上山，一会儿又下山，车子穿行在山溪间、深林里，司机得非常小心翼翼，一路鸣笛，一路踩刹车。孩子们坐在位子上身体不受控制地左右摇晃，虽然胃里翻江倒海，脸色苍白，但对登台演出的兴奋感和喜悦感让他们坚持住了。有的孩子坐着难受就闭上眼睛，嘴巴也闭得紧紧的，只期盼快点到达目的地，有两个孩子实在忍不住吐了一地。

中午 12 点了，车仍在山路上穿行。孩子们早上 7 点 20 分吃的早餐，此时早就饿得饥肠辘辘，但得坚持到水口新镇才有饭吃。下午 1 点钟终于到达了新镇饭馆，我们安排了四桌，每桌点了十个菜，孩子们拿起筷子迫不及待地吃起来，看着他们狼吞虎咽的样子，让人看在眼里，疼在心上。

合唱，让人生变得闪亮

下午 2 点 5 分，终于到达小圩中学，此时比赛已经开始。操场上早已人山人海，我们的座位早已被其他人占领了。孩子们就站着看演出，脚麻了就蹲下来，太热了就用小手当扇子，克服一切困难等待演出的到来。他们目不转睛地欣赏着每一个节目，认真倾听每一首合唱，一张张小脸既兴奋又紧张，但眼睛却是亮晶晶的。第 13 个节目是我校的合唱，一首爱国歌曲《我的中国心》在鲜艳的国旗下唱出了对祖国的深情的爱，另一首校园歌曲《童年》唱出了快乐的校园生活。孩子们整齐的动作、响亮的歌声，赢得了观众热烈的掌声。

李彩英老师说："虽然我们唱的是齐唱，但是这次带孩子们出来看看，让他们知道什么是真正的合唱，什么是真正的舞台，也让我们看到自己学校的合唱和其他学校的差距，将来和孩子们一起继续学习合唱，让合唱点亮孩子们的心灵。"

合唱，是至少两个声部的集体艺术行为，它的根本价值和意义在于"合"。开展合唱活动，可以让孩子们学会互相倾听，互相配合；合唱排练过程中，也可以培养孩子们的忍耐性、坚持性和专注力，引导他们身心健康发展。合唱也为我们瑶山深处的孩子们打开了一扇通往山外的窗，不管山再高，路再远，也要抵达合唱的彼岸，让孩子们学会用执着和坚持去追寻美好，让他们在克服种种困难后的人生旅程变得闪闪发亮。

大刘老师说：我们的教学观念发生了改变，唱歌教学更加注重以情感人，以美动人，让学生充分体验音乐中的真善美，欣赏教学增加了很多体验式学习方法，以听、唱、动、视等联觉培养感知、表达、想象、创造、交流与合作等音乐活动能力。

娜娜和丫丫老师说：说实话，以前对合唱不是很感兴趣，但通过在合唱训练营的学习，再到自己排练合唱，明白了音乐属于每一个孩子，合唱中每个人都是主角。以前教学时只强调音准，现在也开始重视声音表达，重视和声的美感。排练过程很能磨炼孩子和老师的毅力，当大家一起齐心协力让声音达到和谐统一时，那种成就感爆棚。

小姣（化名）同学说："最开始老师要我参加合唱队我很犹豫，因为觉得一个人唱歌更自在。但参加合唱团之后，我总是特别期待每周的训练，我发现，合唱的和声之美是独唱无法体会的，而且在合唱队我还认识了很多好朋友。"

这就是"快乐合唱 3＋1"在我校绽放的魅力，它唱醒了老师，唱响了童心，唱美了校园！

乡村校长来了！看他们如何通过合唱把校园变美

杨童[①]

　　隆回县地处湘中，是国家扶贫开发工作重点县，近些年，因教师严重缺编，综合学科老师很难得到保障，大部分新聘的音乐老师来到各学校后，除了在临时性文艺活动中发挥出音乐老师特长，日常教学却很可能被迫改教其他学科。

　　很长一段时间，隆回县的音乐学科教研活动几乎处于三无状态：无学习、无赛事、无交流。缺少了专业引领，音乐老师工作积极性难以调动，学校对此也是心有余力不足。直至 2017 年 3 月，"快乐合唱 3 +

---

① 杨童，隆回县万和实验学校小学部校长。

1——乡村中小学合唱艺术推广"公益项目落地隆回，我校也迎来了音乐教育的春天。

理念变了，老师热了

教育是一朵云推动另一朵云的事业，要想使学生得到好的发展，首先老师要有好的发展，作为学校，首要任务就是发展老师。隆回县万和实验学校是一所12年一贯制学校，有教学班级108个，在校学生6000余人，专职音乐老师12名，相对县城内其他学校，这个师生比例已相当优越。为了更好推动"快乐合唱3＋1"项目工作，促进学校音乐教育及合唱教育的发展，对音乐老师的管理我们做到三有：

1. 学科有保障

随着二孩政策放开，学校随时都面临教师空缺的现象。尽管如此，近几年我们没有挪用过一位音乐老师，老师们有了专业归属感，便能静下心来钻研音乐教学。

2. 专业有引领

"独学而无友，则孤陋而寡闻"。创造条件让音乐老师外出学习、开阔眼界，是提高老师工作热情的重要途径。学校借助"快乐合唱3＋1"项目组提供的"音乐下乡行""合唱训练营"等学习平台，并创造其他条件，督促全体音乐老师积极参加各级各类培训学习。

近三年，学校的12名音乐老师分批到北京观摩"顺序性音乐教学法"和"新体系音乐教学法"。到长沙参加湖南省第六届合唱艺术工作坊活动，暑假参与了为期7天的"快乐合唱3＋1"合唱训练营，聆听中国合唱协会李培智理事长、中国乐坛著名作曲家陆在易老师等名家的合唱与指挥、音乐课堂教学专业知识技能培训讲座，参加合唱排练，并在长沙音乐厅登上"快乐合唱3＋1公益音乐会"的大舞台。

与此同时，在音乐下乡行活动中，"快乐合唱3＋1"项目组邀请薛晖老师、唐德老师、黎薇老师及其团队将合唱与指挥、音乐课堂教学的专业培训送到了隆回。

经过一系列培训，老师们顺利找到志同道合的战队，打开了教育视野，更新了教育理念，激发了教育热情，大大减少了在音乐教学道路上的弯路。

同时通过每周一下午开展集体备课、每年举行音乐老师公开课比赛、外出学习者返校后必利用集体备课时间在音乐组内分享学习收获等校内教研活动，达到相互促进、共同成长的目的。

3. 人人有特色

为了最大限度调动音乐老师的工作热情，在理念发展的同时，学校还根据其特点，为每位老师量身规划个性发展并创设有利条件，使老师们在县内发挥各自领军作用。

大刘、小刘老师是音乐组的夫妻档，家庭组合获中央电视台神州大舞台月冠军；娜娜老师被大家尊称"一姐"，在第 19 届全国推新人大赛通俗组比赛中获得邵阳赛区冠军、湖南赛区亚军以及全国最佳十强选手称号；超超老师是县里公认的舞蹈王子，代表隆回到首都博物馆参加多彩中国全国展演；丫丫老师不仅音乐素养高，还在全国演讲比赛中获得过第五名的好成绩；立安老师是县铜管乐队主力军；媛媛老师是乐队小提琴手；娟子老师常被邀请为全县各类合唱做钢伴；玥琴老师的表演一个比一个出彩……这种个性发展，看似与教学工作没有直接联系，但随着老师们区域内地位高了，心中格局也大了，平时工作责任心更强了。

老师变了，学生乐了

音乐老师找到了音乐教育工作的意义，就会衍生神圣的工作使命感，这种变化最直接受益的一定是学生。

"快乐合唱 3＋1"项目进驻隆回县后，在县校外活动中心的指导下，学校对合唱工作进行了三年有梯度的规划，即 2017 年以班为单位实施，达到全面普及合唱的目标；2018 年以年级为单位发现苗子，组建年级合唱团，提高学生的合唱水平；2019 年以学部为单位强化训练，打造合唱精英团队。最终建构各学部合唱目标、合唱内容、合唱实施、合唱评价的长效机制，使之课程化。

三年来，老师们将所学知识学以致用，有序推动着规划的落实。孩子们从刚开始接触合唱时的羞涩到如今的自信，快乐在脸上洋溢，音乐审美能力和表现力大幅提升，从开始合唱简单的曲目到现在能唱家乡本土歌曲，民族自豪感和家乡情怀油然而生。在全县已举行的"快乐合唱 3＋1"班级合唱展演和片区合唱展演中，我校合唱队两次均获特等奖。合唱校本课程也正在筹划编写中。

教生变了，校园美了

一所学校美不美，不是看房子、看花草，而是要看学校的老师、学生，他们才是校园里最重要的风景。

"快乐合唱 3＋1"项目，让音乐老师有了方向，有了目标，也有了成就感；让孩子们有了回忆，有了陶冶，也有了快乐，真正实现了教学相长的完美统一。

披荆斩棘的校长，
用歌声点亮孩子们的童年

张万林[1]

　　合唱是古老、高雅的艺术，同时也是年轻、活泼、易于普及的艺术。2013 年，"德清杯"中小学合唱节拉开帷幕，城关中心小学春之声合唱团应运而生，取名"春之声"，就是希望用春天般美丽的歌声吹动学校艺术教育这池春水，用歌声点亮孩子快乐自信的童年。

　　流转的光阴，不变的音符。七年来，我们致力于强化育人理念、提升师资素质、打造优质课堂、丰富活动载体、保障活动经费等，学校合唱艺术取得了骄人成绩。春之声合唱团连续三年在县"永乐江之声"

---

① 张万林，安仁县城关中心小学校长。

中小学合唱展演中获特等
奖，2018 年入选米多多
合唱团，代表"快乐合唱
3＋1"参加第十四届中国
国际合唱节，荣获 C 级铜
奖，得到了专家评委的一
致肯定。

强化育人理念

合唱艺术有着独特的育人功能，合唱活动丰富了学生的课余生活，营造了和谐文明的校园文化氛围，为学生提供了展示艺术才华的舞台，还有利于培养团队合作精神。学校以德育为先导，以体艺为特色，开设了几十个校级、班级合唱社团，做到人人参与，实现了"人人开口唱、班班有歌声、校团上水平"的合唱目标。

学校还成立了"体艺教育活动"领导小组：张万林校长任组长，何黎黎副校长为副组长，蔡爱国老师担任艺术处主任，管理学校艺术教育工作，做到层层抓落实，保证合唱工作有计划、有措施、有效果。

提升师资素质

教育大计，教师为本。为打造强有力的音乐老师队伍，我们首先是加大补充力度。学校共有学生 3776 人，在多方努力下，我们目前共有10 位专职音乐老师，有力保证了音乐课程实施和合唱团工作的顺利开展。其次是加强培训培养。坚持"走出去、引进来"，积极组织老师去外地高校观摩学习，组织参加片区公开课等学习交流活动，邀请校外艺术专家（如湖南师范大学周跃峰教授、中南大学刘宇田老师、台湾音乐家王夏俪等）来我校培训，对合唱团学员进行悉心指导。最后是健全评价激励机制。不断完善艺术老师教学评价机制、指导奖励机制，每学期期末对学生音乐素养进行检测，并纳入学期音乐老师的教学质量评价，学校还利用评先评优、绩效发放、提高合唱指导津贴等杠杆，充分调动老师投身合唱事业的积极性。

打造优质课堂

课堂是学生提高音乐素养的主阵地。第一是坚决落实国家课程。按要求开足、开齐艺术课程，做到每班每周两节音乐课，要求老师在音乐课堂中渗透合唱基本功，让每一位学生都掌握合唱的基本技能。第二是改革课堂教学模式。要求老师改变"一堂课一支歌"的传统教学模式，运用现代化教学手段，既教授学生基本的乐理知识，又观看音乐民俗等视频，提升学生音乐素养，为后期开嗓唱歌奠定坚实基础。第三是坚持开展教研活动。对专职音乐老师的教学同其他学科一样，开展持续的常规教研活动，以教研为抓手，力促打造高效课堂。

丰富活动载体

首先是抓梯队建设促成长。学生合唱社团活动的内容和形式由学校统筹安排、规范，定计划、定内容、定时间、定场所、定指导老师，保证社团的活动效果。对合唱团成员，我校分阶段梯队建设。在一、二年级学生中，由任课老师筛选出有一定乐感的孩子，组建初级合唱团，主要以培养学生兴趣和乐感为主。在三至六年级，分年级选拔优秀苗子组建成四个中级合唱团，以加强发声、音准训练为主。

其次是抓比赛促进步。学校定期开展班级合唱比赛，积极参与县里一年一度的合唱节，筹备参加国家级、省级、市级的合唱比赛。通过不同层次的比赛，促进老师和学生音乐素养的提高。

最后是抓交流促提高。每年组织校级合唱团去兄弟学校进行交流演唱，或赴省市级等大型合唱节参与学习观摩，或参加县里的春分节展演等活动，为学生合唱提供了多样化的发展平台。

完善保障机制

在学校公用经费相对紧张的情况下，我校想方设法从教育局申请补助、向社会拉赞助，从少年宫专项经费、学校公用经费中挤出资金，支持合唱活动的开展，让合唱团免除后顾之忧。第一是配足设备设施。为合唱团配备了钢琴和电钢琴、合唱表演站台、简易舞台，就地取材，把风雨运动场改造成简易音乐厅，被"快乐合唱3＋1"安仁县合唱指挥指导老师刘宇田称为"最简易天然的音乐厅"。第二是保障老师培训经费。第三是确保比赛经费。充分保障参加县级比赛及市内合唱交流赛的经费。

当然，学校合唱艺术活动的开展并不是一帆风顺的，家长的不理解是一大难题。很多家长觉得唱歌跳舞这些活动影响学习，没有意义，因此并不赞同自家孩子参加艺术社团。五年级学生小慧（化名）是合唱团成员之一，最初她的家人反对她来唱歌。她性格开朗，很爱唱歌也很喜欢用音乐表达自己。四年级上学期，她鼓起勇气邀请家人来观看合唱团的比赛，看到在舞台上初绽光芒的她，爸爸妈妈终于正式同意她加入合唱团。因为歌唱，学校的孩子更加阳光自信。那些曾经被贴上"五音不全"标签的孩子，几年后凭借自己的努力，成了优秀的小歌手。那些曾经注意力不集中、调皮捣蛋的孩子，如今已成为团队中最有凝聚力的成员……

合唱现在已经成了我校艺术教育的品牌，也是我校学生追逐七彩梦想、享受金色童年的生动写照。一块块奖牌、一份份荣誉，特别是在北京获奖的高光时刻，几位老师每当想起无不热泪盈眶、感慨万千……大家知道，这背后是我们、是学校全体教师上下一心、无怨无悔六年坚守的成果。

千年潮未落，风起再扬帆。未来的路，我们要做的还有很多，我们会凝心聚力，锐意进取，努力奔跑，继续用歌声唱响孩子自信的童年，用歌声点亮孩子灿烂的人生！

乡村校长告诉你如何提升 学校办学品位

朱志凯[1]

汝城县第一完全小学始建于 1975 年，具有丰厚的人文底蕴。多年来，学校领导注重充分挖掘艺术教育的潜力，拓展艺术教育的空间和方向，培养学生健康的审美情趣和良好的艺术修养，营造向真、向善、向美、向上的校园文化。

---

① 朱志凯，汝城县第一完全小学校长。

　　2017年5月，"快乐合唱3+1"项目落户汝城县后，我校以该项目为契机，以"提高师生艺术素养，提升学校办学品位"为目标，充分发挥各种教育资源，因地制宜地开展艺术教育活动，探索一条靠内涵求发展的办学之路。下面，就我校开展"快乐合唱3+1"项目情况，从更新观念和实施整体推进两个方面作简要介绍。

更新观念，走特色办学之路

　　我校各项工作的整体推进思路是：整体设计、分步实施，全员参与、有效推进。

　　1. 更新领导观念，转变教育管理模式

　　在其他学校狠抓教育教学质量的时候，我校致力于从人文的角度发展，实践"经典引领，文化立校"，培养学生特长，形成学校特色，走艺术办学特色的教改新路。

2. 更新教师观念，转变教学管理模式

平等参与、同伴互助的新课堂，要求师生的角色要转变。一言堂、满堂灌的注入式教育严重扼杀了学生的天性，阻碍了学生的全面发展。这就要求广大教师要认真研究教育规律，掌握学生心理生理特征，重新定位师生角色，探索创新课堂教学模式。

我们将"快乐合唱"融入每一个学科、每一个课堂教学管理中，如在中低年级的课中操中，我们有丰富多彩的"师生喊歌""学生对歌""小小合唱团亮歌"等课堂组织管理模式；在高年级的课前候课5分钟中，我们也有形式多样的"快乐合唱"课堂管理模式。

每一个学科、每一个课堂，都伴随着美妙的歌声，课堂不再枯燥，学生不再觉得乏味。这种独特的课堂教学管理模式，深受学生和老师的青睐，成为我校课堂教改的一大亮点。

3. 更新学生观念，转变评价考核模式

近几年来，我校在评价考核学生的模式上做了大胆的尝试，其中就有将学生艺体能力水平纳入考核。每个学生除了都要参加音乐课的期中、期末考核，平时参加兴趣小组、参加校级、县级以上表演的学生还可以获得不同等次的评价加分，彻底打破了以学科考试成绩直接评价学生的考核模式。

整体推进，提艺术教育质量

我校在推广"快乐合唱3＋1"项目的三年中，在校内分别设置不同层级的比赛，来促进项目工作的开展。第一年以"快乐合唱·唱起来"为主题的校园班级合唱比赛活动，营造"会唱歌、唱好歌、好唱歌，人人开口唱"的校园合唱文化氛围。第二年，以"快乐合唱·赛起来"为主题的年级合唱比赛，帮助各年级组建校合唱队。第三年，以"快乐成果·亮起来"为主题的校级合唱比赛，为学生搭建一个大的舞台，展示三年的项目成果。同时，我校在以下三个方面做了大量的努力：

1. 课堂优化

我们在音乐课堂教学中做到了"两个优化"。一是优化学科性艺术教育。首先是改变教学内容上的"音乐课就是唱歌课"，做到唱歌、唱游、欣赏与器乐相结合，如今的音乐课堂，学生能在愉悦的气氛中，闻乐而起，闻歌而舞，寓音乐教学于唱游之中。学生能在欣赏中学习技能技法，寓音乐教学于创作之中。

学校还以班级为单位，积极组建合唱团，2017 年成立合唱团 59 个，2018 年成立合唱团 77 个，2019 年发展到 82 个。各班又根据自身班级情况和学生的意愿自由组建小小合唱团。力求将合唱活动深入师生群体，在学生中全面铺开，做到了快乐合唱，人人参与。

二是优化渗透性艺术教育。即寓艺术教育于各学科教学之中，寻找各学科教学与艺术教育的结合点与渗透点，充分利用艺术美的形象、情感、愉悦的特点优化课堂教学。如在美术课上用音乐做背景进行作品创作，在音乐课上利用色彩和线条进行即兴创作，在语文课上尝试课本剧表演，在英语课上用英语歌曲来演唱、朗诵等，在体育课上学生跟随音乐模仿小鸟飞、企鹅走、小熊爬的可爱动作，营造了良好的校园艺术文化氛围。

2. 课外特训

为了更好地开展"快乐合唱3＋1"活动，进一步丰富学生的校外文化生活，激发学生学习音乐的兴趣，弘扬学生个性化发展，学校专门组建了合唱兴趣小组，即学校向阳花合唱团。每周三、周五下午，由多次参加过"快乐合唱3＋1"合唱训练营、音乐下乡行、柯达伊音乐教学法公益培训的陈小英、何曼、李凤群等音乐老师进行合唱排练指导。近三年来，校合唱团的活动一直在顺利、高效地开展。

3. 辐射下乡

我校为了积极发挥学校优秀音乐老师的辐射带动作用，促进城乡教师互动交流、推动农村音乐课程改革，与暖水镇中心小学、延寿瑶族乡中心小学、田庄中心小学、土桥中心小学几所农村兄弟学校积极开展送课下乡活动。

并在每周二、周四与濠头学校、卢阳镇中心小学开展音乐课网络联校，利用网络，与农村兄弟学校共享音乐教育资源，给兄弟学校的师生带来了一堂堂生动的音乐示范课，为广大音乐老师搭建了一个互相交流、共同提高的平台。

成果分享

近几年，我校在大力开展"快乐合唱3＋1"活动的过程中，艺术教育取得了良好的成绩：向阳花合唱团于2017年参加郴州市艺术节获得一等奖；2018年参加汝城县"快乐合唱3＋1"中小学片区合唱展演获城区片组第一名；2019年9月参加郴州市中小学生建制班合唱比赛暨"快乐合唱3＋1"合唱比赛获得小学组第三名；同年11月参加"快乐合唱3＋1"县级合唱展演获一等奖；在郴州市第十八届中小学艺术节活动竞赛中，中华诵《长征组歌》荣获艺术表演类一等奖；情景剧《半床被子》获郴州市十九届中小学艺术节表演节目一等奖……

回顾过去，几年艰辛，成果颇丰，我们将以此为新起点，不断努力和进取，开创汝城县第一完全小学艺术教育特色建设的新篇章。

我和孩子们带着瑶歌走向国家级合唱舞台

马永生[1]

2019 年 7 月 23 日—26 日，在第七届中国童声合唱节上，江华瑶族自治县沱江镇第一小学米多多合唱团演唱的原生态瑶歌《湖南江口插条牌》喜获 A 组铜奖。

"二十九年的教学生活，我当了四年教导主任、二十四年校长，这是第一次带孩子们参加全国比赛，虽然我们只取得了铜奖，但对于我们大瑶山里的瑶娃娃们来说，能够登上国家级舞台唱我们自己的瑶歌，能够向全国的观众展示自己，我们很自豪。"

---

[1] 马永生，江华瑶族自治县沱江镇第一小学校长。

江华瑶族自治县位于湘、粤、桂三省交界处，是全国最大的瑶族自治县，被誉为"神州瑶都"，传承瑶文化，是每一个江华人应尽的责任，是沱江镇第一小学全体师生的责任。

以传承瑶文化为己任，打造瑶都特色学校

沱江镇第一小学位于江华瑶族自治县县城东面豸山脚下，依山傍水，环境优美，有着六十多年的办学历史和深厚的瑶族传统文化积淀。我们大力推进瑶文化进校园，为全校师生定制瑶服和长鼓，开发瑶文化校本教材、将长鼓舞改编融入校园课间操……先后被教育部评定为全国中小学"首批中华优秀文化艺术传承学校"、"湖南省少数民族文化传承示范基地"。

2016 年，"快乐合唱 3＋1"项目落户江华瑶族自治县，与江华瑶族自治县"四声校园"活动高度契合（动听的歌声、朗朗的读书声、悠扬的琴声和愉快的欢呼声），我校以此为契机，结合合唱活动，创新进行瑶文化传承，打造瑶都特色学校。

整体方向确定后，专业的事交给专业的人。我校派赵娟老师和颜孜洁老师到长沙参加了"快乐合唱 3＋1"合唱训练营，她们领略了专家名师们的风采，学到了专业合唱知识，见识了大城市孩子们的合唱表现，认识到自己与别人的差距，精心制订了三年规划，决心一步一个脚印，让孩子们爱唱瑶歌、唱好瑶歌。

第一阶段

2016 年，集中对全校音乐老师以及班主任进行培训，普及合唱与指挥的知识；全校开展班级合唱比赛，让所有学生参与到活动中来，重在参与，感受快乐，初步组建校级合唱队。这个阶段，我们主要注重抓好音乐课堂，扎扎实实地上好每一堂音乐课。以前由于专职音乐老师紧缺，每个班上音乐课不规范，备课也很简单，学校开会特别要求音乐老师上好每堂课，组织音乐老师随堂到班听课，期末组织全校学生进行音乐歌唱测试，并组织全校性的合唱比赛，让每一个学生都参与进来，享受歌唱带来的乐趣。

第二阶段

2017 年在班级合唱的基础上，学校组建校级合唱队。加大校级合唱队训练，每周坚持常规训练，积极参加片区比赛，组织学校音乐老师讨论训练方法、筹备比赛事项等，在片区比赛中取得优异的成绩。

在音乐教学上，学校还开展了"青蓝工程"师徒结对活动，有经验的音乐老师带一个新老师，指导上好音乐课。在赵娟老师的指导下，2018 年 7 月，颜孜洁老师参加"快乐合唱 3＋1"我的快乐课堂音乐教学展示活动，获得了一等奖的好成绩，并到长沙参加"合唱训练营"进行优质课现场教学展示。"青蓝工程"师徒结对活动还要求师傅指导徒弟开展班级合唱训练等，通过举行校园合唱比赛，提高了全校的合唱水平。我们在进行合唱教学的时候，每个学期要教授 1 首瑶歌，每年让每个学生都会唱 2 首本地瑶歌。

第三阶段

2018 年到 2019 年，学校建立行之有效的长效机制，要求各班把合唱纳入班级常规工作之中，且每年在全校要举办一次班级合唱比赛或瑶歌合唱比赛。经常组织老师开展研讨活动，继续送老师出去学习深造，请专家到校指导。开展音乐课外活动，校级合唱队的成员实行老带新的机制，每周开展常规的合唱训练，比赛前加大校级合唱队训练，在县级或更高级别的比赛中取得了优异的成绩。

四年时间过去，我校合唱水平有了明显的提高，合唱团的原生态瑶歌合唱还获得了合唱指挥家、国家一级指挥孟大鹏老师的点赞。孟老师观看 2018 年江华"快乐合唱 3＋1"县级合唱比赛后深有感触：全世界最体现民族特色的文化每天都在消失，特色瑶族文化需要得到传承，希望今后的发展中，我们的合唱团能为瑶族文化的传承增光添彩。

现在，校级合唱队的节目成了我校的经典保留节目，孩子们都以加入合唱团为荣，老师们也伴随着项目稳步成长，校园里时常飘荡着动听的歌声。借助"快乐合唱 3＋1"的春风，我们要在"合唱＋瑶文化传承"的路上继续努力前行！

第四部分

人物纪录

王柯敏理事长在湖南省桂东县"快乐合唱3+1"公益项目校长座谈会上的即兴发言①

易美玲②

（王柯敏：湖南省教育基金会理事长）

2022年8月5日，"快乐合唱3+1"第19站启动仪式暨音乐骨干教师合唱训练营在桂东县委县政府会议室盛大举行。湖南省人大常委会原副主任、党组原副书记，湖南省教育基金会理事长王柯敏出席启动仪

---

① 本文转载自"湖南省教育基金会"微信公众号，有改动。
② 文字整理：易美玲。

式，为桂东县"快乐合唱3＋1"项目授旗，并在校长座谈会发表讲话。本文系根据录音整理而成。

同志们：

大家上午好！

今天过来参加桂东"快乐合唱3＋1"公益项目启动仪式，刘真县长还亲自主持这个会，特别把时间留给我们的校长们表个态、发个言，大家都感到很受鼓舞，我也是。在目前已经开展活动的19个县当中，桂东虽然规模算比较小，人口少，学校也相对少，但是有这么好的起点，我也希望这个项目能够经过三年的培育，结出更加丰硕的成果。在桂东能够把我们这个项目办出经验、办出特色、办出水平，搞出一个"桂东经验"来，这是我们期待的。

借此机会，我谈两点感受。第一，"快乐合唱3＋1"真的是一个好项目。我退下来到教育基金会任理事长以后，很高兴了解到早在2015年就设立了"省教育基金会德清教育专项基金"，所以省教育基金会也支持、见证了这个项目的成长。

说它是好项目，至少有三个方面是很有特色的：①它是教育急需。我们国家是世界上最大的发展中国家，因为处在发展期，发展不均衡的问题非常突出，教育的不均衡尤为明显，且更加鲜明地体现在城乡教育的差别，这种差别又很大程度体现在师资力量的不均衡。乡村教育里最缺的是音体美老师。我做过多年的教育厅厅长，常到乡村去看乡村教育，对这方面的短板记忆尤深。刚才桂东县的朱飞远局长在汇报里特别讲到了师资力量，一个县只有三十几位专业音乐老师。可以说乡村教育在这方面是短板，孩子们又特别需要。孩子们的成长，包括身心健康发展，都是与其相关的。这个项目之所以好，是它瞄准了这个痛点难点，填补了乡村教育的空缺，是教育的急需，特别是乡村教育的急需，所以好。②它创新拓展了公益的内涵。传统意义上的"公益慈善"，重点在扶贫济困，比如对在编老师身患大病的帮扶，或是对因家庭困难辍学、上不起学的学生的资助，这是慈善特别是教育慈善一个很重要的内容。

而"快乐合唱3＋1"这个项目把公益慈善的内涵从传统的扶贫济困拓展到了更广阔的领域。比如能力的帮扶、发展空间的拓展、精神素养的提高、美育素养的提高、对个人成长的发展等，这些是公益慈善的一个新的领域、新的内涵，是值得我们下大力气去发展的，相信也会得到社会各界更多的重视和支持。由此，我思考"快乐合唱3＋1"这个项目名称里的"3＋1"指的是什么？我请教了克梅理事长，她跟我讲了很多。她说源起是三一集团的"三一情怀"，后来更多认为是培训体系的三个重要内容：音乐下乡行、合唱训练营、音乐背包客，再加上一个阶梯式合唱的展演舞台。我觉得，从个人能力的发展看，这个项目对孩子们的成长以及孩子们专业素养的提高，甚至将来幸福成长的拓展都是有意义的。我想对"3＋1"加一个新的解释，是不是可以叫"三年快乐合唱培育，一生幸福快乐"？因为这个项目对他们的一生都是有帮助的，这也算对"3＋1"的一种新解释。当然我们的校长们还可以给"3＋1"赋予更多的丰富内涵。③项目的可持续性。有的项目常常轰轰烈烈开了个头，然后虎头蛇尾，最后不知道有什么成果。但我们的这个项目历经十多年在19个县发展，一直不断壮大，其成果也在不断上新台阶，是一个可持续的项目。它为什么可持续？一是组织很严密。就我们这么一个县，也有很完善的组织架构，校长们也进来了，教育局也参与进来了。二是科学专业。培训的方式方法有公开课、线上课等，请的专家如周跃峰老师等许多人都是我很崇拜的。刚才专家们的发言都很专业，把一个公益活动做得这么专业，不只是大家热闹一阵子，而确确实实是瞄准了专业的发展、专业素养的提高，是很难能可贵的。我看到这个项目还有一个国际合唱暨乡村美育论坛，已经做到了国际层面。我们从最原始的乡村做到国际的大舞台，很不容易。因为它是科学的、专业的，所以它的成长空间非常大，这也是可持续发展一个很重要的内涵。三是任何事物的成长都要有发展的空间。"3＋1"中的"1"指的是阶梯式展演舞台，很有魅力，很有竞争力，很有想象的空间。它从学校、片区，到县里、省里，再到全国、国际，这种层级的设计非常有系统、有层次，这也是项目能够持续发展的很关键的要素。这是一个好项目，我认真想想，它就有这么多的特色，在座的各位还在赋予它更多的特色。

第二，思政教育要引入课堂。搞教育，无论是高等教育还是基础教育、职业教育，都在提思政教育的问题。"快乐合唱 3 + 1"实际上也是一个思政教育进课堂、进心灵的很好的项目。习近平总书记讲过，好的思想政治工作应该像盐，但不能光吃盐，最好的方式是将盐溶解到各种食物中自然而然吸收。"快乐合唱 3 + 1"是从教育公益出发，这种情怀、仁爱的精神实际上也是思政教育的内涵。刚才吴修林老师鼓励大家要有一些远大的志向，这些方面都可以融入"快乐合唱 3 + 1"公益项目里来。孔子在《论语》里讲过 12 个字，实际上是他自己立己立人的一个教育理念，叫"志于道，据于德，依于仁，游于艺"。"志于道"是讲志向的问题，"据于德"是讲品行的问题，"依于仁"是讲培养仁爱之心，"游于艺"的"艺"不仅指艺术，还指当时贵族教育中的"六艺"（礼、乐、射、御、书、数），是那个时候很全面的知识。所以很早我们就有这种把志向、品行、仁爱之心和知识技艺的培养融在一起的思想，这是一脉相承的。这 12 个字里的"游于艺"中的"游"，孔子用得好，鱼儿在水里自由自在地游，教育也要让受教育者在知识的海洋里自由自在地游，你的快乐、自由既是过程也是结果。同样，也希望孩子们能够在我们的合唱、音乐、美育的大海里自由自在地游，把志向、品行、仁爱之心融于一体。所以，"快乐合唱 3 + 1"在这方面也是一个很好的平台。我衷心地祝福这个项目越办越好，也期待桂东办出水平，获得好的经验。谢谢！

专访匈牙利驻华大使馆文化教育参赞宋妮雅：音乐教育扶贫能让贫困地区的孩子更好地融入社会

于俊如[1]

（宋妮雅：匈牙利驻华文化教育参赞）

2020 年 3—6 月，北京匈牙利文化中心为"快乐合唱 3＋1"项目县——湖北黄冈麻城市和湖南永州江华瑶族自治县开展了为期 15 周的柯达伊音乐教学法在线公益培训，培训已于 6 月下旬结束。培训后，江华瑶族自治县教育局以此为基础组建了教育系统音乐教师微团队，通过

---

[1]　文字整理：于俊如，《公益时报》记者。

微团队引领全县音乐教学发展。麻城市以此为基础组建了音乐背包客团队，鼓励参培教师一对一帮扶薄弱学校音乐教师，助推薄弱学校音乐课堂教学和合唱团发展。

北京匈牙利文化中心自2018年就与北京德清公益基金会建立合作，并在湖南郴州和永州江华瑶族自治县开办两期现场柯达伊音乐教学法公益培训，为来自25个市/州的700余名乡村音乐老师开展讲座，不仅提升了乡村音乐老师音乐课堂教学能力与个人专业知识素养，也让匈牙利的老师们对中国乡村地区的美景、美食和音乐老师们有了更深入的了解。

合作的背后，凝聚着匈牙利驻华大使馆文化教育参赞宋妮雅女士的悉心耕耘和付出，今天一起来了解一下她的故事吧！

"我很重要，别人需要我，我付出努力，可以达到目标。"匈牙利驻华大使馆文化教育参赞宋妮雅总是告诉参加合唱团的孩子们要这样想，而且认为让孩子们意识到这点非常重要。

作为从小受益于柯达伊音乐教学法的宋妮雅，本身的声线条件并不好，但是她也参加了合唱团，并且特别骄傲可以成为一名合唱团的成员。在宋妮雅看来，合唱比赛得第一都不是最重要的，重要的是她喜欢和朋友在一起，喜欢一起为了同一个目标而努力。

　　"我的专业跟音乐没什么关系，但是我喜欢音乐。"宋妮雅在谈到为什么如此不遗余力地推广柯达伊音乐教学法的时候说道。她说孩子们在合唱团学到的，不是说个人要变成什么样，而是参与一个团队，学会倾听，学会融合。

高度契合的音乐教育理念

　　作为汉学博士，宋妮雅在幼儿园里就清楚地知道自己未来要当考古学家，并从小开始学习中文，研究中国的古汉语文化。也正是因此，她才与中国结下了不解之缘。

　　2015 年，宋妮雅在北京匈牙利文化中心建立了柯达伊音乐教学点。这也是全世界第一个做柯达伊教学点的文化中心，致力于在中国介绍、推广世界三大音乐教学法之一的匈牙利柯达伊音乐教学法。

在宋妮雅看来，音乐教育本身是跨界的，在学音乐的同时，对于记忆力的锻炼、团队协作、注意力培训、找到学习的快乐、融入社会等方面都有作用。

同样是 2015 年，由北京德清公益基金会运作的"快乐合唱 3 + 1——乡村中小学合唱艺术推广"项目开始实施，主要聚焦在贫困地区的乡村中小学合唱艺术及音乐教育的普及和发展上。

在北京德清公益基金会发起人李克梅女士看来，合唱不仅是审美教育，"还培养孩子们安静倾听、团队合作、表达情感、彼此分享的素质"。她深信音乐是有力量的，可以影响乃至改变一个人的命运。

柯达伊音乐教学法提倡普及，认为音乐是每个孩子与生俱来的权利，而让每个孩子都能接受好的音乐教育，依赖于他/她们的指导者是不是好的音乐家、教育家，这与"快乐合唱 3 + 1"项目通过赋能老师赋能学生，让每一个乡村孩子都能接受有质量的音乐教育的愿景高度契合。

这让宋妮雅和李克梅一见如故，并于 2018 年开始了长期的合作。

截至目前，她们已经先后为 700 余名乡村中小学音乐老师进行了现场培训，既让中国一线乡村老师对匈牙利国宝柯达伊音乐教学法有了更深入的了解，有效提升了老师们的音乐课堂教学能力，让乡村孩子们能够快乐享受音乐、热爱音乐，也加强了中匈两国老师们对湖南、湖北各地风土人情和音乐教育现状的了解，以音乐为桥，实现民心相通！

为贫困地区孩子开一扇窗

谈到第一次见面，宋妮雅对德清公益的一行人印象很深，项目有内涵，人员也在很用心地做事，尤其是看到贫困地区孩子的改变，是需要付出很多才会有的效果。

北京德清公益基金会的主要方向聚焦在贫困地区"乡村中小学合唱艺术及音乐教育的普及和发展"。其推出的"快乐合唱3＋1"项目搭建了三个平台，分别是教师培训平台、学生展演舞台、成果展示平台，汇聚多方资源，来实现一个愿景，即让每一个乡村孩子都能接受有质量的音乐教育。

而柯达伊音乐教学法对乐器要求少，适合在乡村基础硬件条件较薄弱地区推广，有效利用可在歌唱过程中提升合唱团成员的节奏、音高、语调、听觉、内在听觉、即兴创作和记忆等水平，与"快乐合唱3＋1"项目需求高度吻合。

这让宋妮雅看到了另一种可能，就是通过与北京德清公益基金会的合作，可以将柯达伊音乐教学法推广到更多的贫困地区，惠及更多的孩子。宋妮雅希望，通过音乐教育，可以为贫困地区的孩子们融入社会提供更多的可能性。

在宋妮雅看来，学习音乐是一种工具。之所以提到"融入社会"的问题，是因为在一个合唱团唱歌不是个人的事情，而是一个团队的事情。这个团队每一个人都是平等的，都应该参与，只有每个合唱团成员都唱了，才会有合唱的感觉。"一个合唱团有很多成员，都有各自的作用，他们需要一起配合，如果他们不配合，我们不能称之为一个真正的合唱团"。

合唱团可以说是一个多人的"小社会"，在合唱团中，音乐是一个工具，通过这个工具，他们可以学会更好地融入社会。通过参加合唱团，这个"小社会"的合唱团成员们，也有机会融入更大的社会。比如参加合唱比赛或者展演活动，融入更大的人群，"快乐合唱3＋1"项目就设计了这样的阶梯舞台，送孩子们到大城市去参演合唱比赛。但是比赛获奖不是最重要的目标，重要的是去享受这个过程。

2019 年，柯达伊音乐教学法作为匈牙利优秀教育文化项目被写入匈牙利创新与技术部和中华人民共和国教育部 2019—2022 年教育合作计划，在两国政府的支持下，从民间走向更大的舞台。

首推线上教育

于 2020 年 6 月份刚结束的柯达伊音乐教学法线上公益培训，在湖南江华、湖北麻城开设了四个班，为 24 名音乐老师提供了 15 次在线课程。这是北京匈牙利文化中心和北京德清公益基金会首次尝试在线教学。

"这是一个新的培训模式。"宋妮雅说，此次参与的人数相较于前两年的 250 人、500 人而言，减少到 24 人，除了因为是首次尝试之外，还因为柯达伊音乐教学法要求的互动性比较强，要提高音乐老师的水平，达到一个"质"的变化，不但需要时间，还需要授课老师和学员的互动。如果线上参培老师太多，就没办法一对一给老师进行互动和作业批改，所以此次培训限制了每个班的学员是 6 人，而且之后也是以小班制为准。

虽然是小班制，但是宋妮雅认为此次培训尝试是成功的，通过与北京德清公益基金会合作进行线上培训的经验和模式，双方可以开发网络课程，打破地域限制，从而扩大受益人群。

音乐教材的本土化尝试

"给农村老师的教材，如果让她唱巴赫，或者西方的歌曲，与给她一个中华民族的歌曲是很不一样的，对于自己熟悉的歌她更容易接受。"宋妮雅说。

　　在与北京德清公益基金会合作的过程中，宋妮雅及音乐专家们学到了很多新的知识，也越来越了解中国。认识到中匈之间存在的差异，所以现在正着手做一本本土化的教材，选用中国的歌曲，在后期与德清公益的合作中就可以给到老师们。

　　因为柯达伊音乐教学法重视民族音乐教学，希望柯达伊音乐教学法也能与中国民间音乐结合，这样才最适合当地的老师。在宋妮雅看来，接受培训的老师们如果认真学习了自己所熟悉的音乐、歌曲，他们对音乐会有另外一种态度。

　　当然这过程中还存在一些实际的问题，比如中国民歌不一定是从古老历史流传下来的，而是由某个作曲家新作的，属于个人，这与匈牙利认为的民歌概念不一样，双方还存在一些认知上的差别。

　　又比如低年级的老师和高年级的老师的水平不一样；好的院校的老师跟一般学院的老师的水平也不一样；有的老师注重柯达伊音乐教学法，有的老师注重奥尔夫教学法，有的老师重视达尔克罗兹，他们看问题的角度不一样；还有的老师看五线谱，有的老师看简谱……

　　这些差异问题，在宋妮雅看来，都能解决。做事情不是说今天说了，明天就能做了，这需要一个过程。

　　对于未来的发展，宋妮雅希望与北京德清公益基金会继续深入合作，不止是在湖南、湖北，还希望扩展到中南五省其他贫困地区，让更多人受益。

　　而且，她希望到"快乐合唱3＋1"项目县农村去，具体参与某一个合唱团的工作，开发适合一线音乐老师的教材。

引领中国合唱向下扎根，向善生长
——专访中国合唱协会理事长李培智

易美玲[1]

（李培智：中国合唱协会理事长）

悲悯慈爱，首推"合唱扶贫"，他引领中国合唱教育向下扎根，向善生长；满头银发，仍不辞劳苦，他走进多个贫困县和少数居民聚居区，关爱乡村和少数民族地区合唱教育发展。

今天我们一起用问答的形式聆听中国合唱协会李培智理事长以及中国合唱协会的合唱扶贫故事和发展现状。

---

[1]　文字整理：易美玲。

易美玲：理事长好，请问您为什么将"合唱扶贫"作为中国合唱协会的三大战略之一呢？

李培智：首先从党和国家政策出发，2013 年，习近平总书记提出"精准扶贫"后，协会的很多指挥专家和教师演员等都积极以个人名义帮扶薄弱地区的合唱教育，而协会作为社会组织的一分子，如何倡导更多人参与合唱扶贫，我们一直在思考。

2016 年 3 月，北京德清公益基金会的发起人李克梅和湖南省音乐家协会合唱学会会长周跃峰邀请我一起了解他们的"快乐合唱 3 ＋ 1——乡村中小学合唱艺术推广"公益项目，听了之后我很受感动，他们所做的事正是合唱协会想做的事，像他们一样在社会上从事合唱教育公益的组织和个人肯定有很多，我们应该为他们做好服务，更好地支持他们的项目。如果每个省都有这样的公益和专家结合的组织，那中国的合唱发展就非常乐观了，这是最初的发心。

从我自己出发，我感到很幸运，从 19 岁进入中央乐团合唱队，退休后又到合唱协会工作至今，我与合唱一直相伴，音乐和合唱带给我很多慰藉，也成了我的生活方式之一，在合唱团中我获得了强烈的参与感和幸福感。反观近年来我国许多乡村的留守儿童，孩子们普遍存在孤独感，且不善于或没条件与人交流。而合唱团可以为他们增加一个情感的栖息地，可以帮助他们通过歌声表达感情，学会倾听他人的声音，如果未来能有越来越多的孩子爱上合唱，从合唱中获得力量，快乐成长，那就是我们乐见其成的功德事了。

易美玲：在参与合唱扶贫的过程中，协会主要通过什么方式支持呢？

李培智：主要有三种方式，一是协会的专家老师们为乡村老师和合唱团进行公益讲座和指导，比如协会的吴灵芬、孟大鹏、周跃峰、刘晓耕、胡漫雪老师等，他们就多次受公益组织邀请到湖南、广西、深圳开展公益讲座和指导；二是为参与合唱扶贫的组织和个人提供平台，推介他们到中国国际合唱节、中国合唱指挥大会等平台进行讲演，为乡村童声合唱团争取公益展演机会；三是通过地方协会或协会成员推出项目，帮扶乡村合唱教育。湖南省音乐家协会合唱学会与北京德清公益基金会等机构在 2015 年推出的"快乐合唱 3 + 1"项目，河南省合唱协会在 2016 年底发起的"乡村音乐厅"项目，海南爱乐女子合唱团帮扶贫困小学普及合唱的活动，重庆市合唱协会开展的合唱公益活动以及全国文化扶贫的优秀个人如李克、刘阳生等，都是很值得我们合唱人学习的榜样。

易美玲：在合唱扶贫的道路上，您有哪些印象深刻的事情呢？

李培智：有一场特别的音乐会，我一直记得。2018 年，我受邀参加在湖南张家界桑植县举行的第一届乡村中小学合唱教育研讨会，会前一晚恰逢桑植县合唱专场新年音乐会，如此偏远的县城合唱专场音乐会本就令我眼前一亮。音乐会的主角是 1 支老师合唱团（28 位音乐老师组成）和 4 支童声合唱团、30 多首合唱作品，其中还有不少改编的桑植民歌合唱，在这样一个贫困县能听到和世界合唱音乐接轨的合唱专场新年音乐会，我感到无比欣慰和感动，如果未来更多县能有这样的景象，那我们这一代合唱工作的成就就令人自豪了。湖南郴州的安仁县，有"中国合唱童话县"的称号，全县合唱氛围很好，每个学校都有合唱团，今年七月他们将组织十余只合唱团在长沙举办合唱专场音乐会，展现乡村音乐教育振兴的气象，我非常期待。

易美玲：推广五年来，您怎么看待中国合唱扶贫事业的发展？

李培智：据我们粗略统计，目前我国参与合唱扶贫的社会组织有十余家，累计帮扶了许多基层特别是贫困县的音乐教育和合唱普及工作，个人参与的也有很多了。我们协会的会员有不少人都参与了合唱扶贫事业，合唱扶贫可以说是合唱指挥专业、教育专业工作者的一种新风尚，相信未来会有更多人参与这项非常有意义的工作，使全国合唱朝着更好的方向发展。

易美玲：未来合唱指挥专业人士参与合唱扶贫，您有哪些建议呢？

李培智：我认为协会的专家们应该俯下身心，更多地关心合唱的普及工作，使我们的工作更接地气。2021 年是建党 100 周年的大日子，我们要用自己的劳动和汗水，以实际行动带着合唱团参加各地的庆祝活动，为党的百年华诞献上厚礼。近日，吴灵芬老师举办了"初心与恒心"合唱音乐会，也推出了合唱曲集《初心与恒心——中国共产党百年合唱作品精粹》，为在建党 100 周年之际社会大众开展合唱演出提供了很好的参考作品。

我觉得，目前面对乡村中小学生的易唱、优美的合唱作品依然比较缺乏，希望有更多创作人士能够加入这个队伍，为中国乡村中小学创作出一批有地方/民族特色、适合基础较为薄弱的孩子们演唱的曲目。

易美玲：现在如果有社会组织或者个人想加入合唱扶贫的行列，您建议他们从哪些方式切入呢？

李培智：从帮扶的范围而言，目前我国的合唱扶贫主要分为三个类别：一是以县为单位，通过与县教育局合作，以合唱为切入点，系统地对音乐老师培训和学生合唱展演进行规划，从而将合唱教育落实到音乐课堂上，旨在让每一个乡村孩子都能接受有质量的音乐教育，北京德清公益基金会的"快乐合唱 3 + 1"项目就是典型。

二是以区域为单位，在典型民族聚居区组建民族童声合唱团，展示少数民族文化的阳光、多彩和独特性，深圳市松禾成长关爱基金会的"飞越彩虹"项目就是很好的案例。

三是以学校为单位，通过联合外部专业指导老师，为音乐教育薄弱学校开展点对点合唱指导，推动学校合唱团的建立与发展，让留守儿童和贫困儿童在合唱中快乐成长，提升音乐老师专业水平，丰富校园文化。山东省扶贫基金会的"快乐童年合唱团"公益项目、海南成美慈善基金会和爱乐合唱团的"童声飞扬"公益项目、芭莎公益慈善基金的"课后一小时"项目、上海师范大学泊乐合唱团的高校合唱帮扶共建活动等都是很好的例子。

四是以合唱团为单位，通过为薄弱合唱团或薄弱地区音乐老师提供公益展演舞台和学习平台，让乡村老师们接触到最前沿的合唱理念，让乡村孩子们能够站上大舞台，也能够到大城市开拓视野，在这方面中国国际合唱节、中国童声合唱节和魅力校园合唱节做出了不少贡献。如果有社会力量愿意加入，可以选择向已有基金会捐赠，个人也可以开展项目，协会都会全力支持，也会做好对接服务。

易美玲：湖南即将开始举办专门针对全国县级以下合唱团的展演活动——米多多乡村童声合唱周，对于这样的平台您怎么看呢？

李培智：只要是对合唱事业发展有益的，中国合唱协会都会全力支持。中国的合唱展演活动或赛事不少，但专为乡村合唱团举办的这应该是首创，希望从这里开始，未来乡村童声合唱团能有更多的展示舞台。

易美玲：如果最后用一句话结束今天的访谈，您会说些什么？

李培智：有越来越多的社会力量参与，与中国合唱协会一起助力中国合唱向下扎根，向善生长，我非常欣喜，相信在不远的未来，中国的合唱教育一定会结出硕果。

郭声健：做公益，能够让人自信和快乐

易美玲①

（郭声健：湖南师范大学音乐学院教授、博士生导师，全国高校美育教学指导委员会副主任，教育部艺术教育委员会委员兼副秘书长）

郭声健老师平时工作比较忙，我们早在几个月前就约他做一个采访，一直到春节期间他才答应下来。他解释说："忙是一个方面的原因，最主要的原因是感觉自己没有做什么事情，相比其他人而言的确没什么值得采访的，不知道能说些什么。"我们能够理解郭老师的意思，但于我们而言，郭老师对于北京德清公益基金会、对于"快乐合唱3＋1"

---

① 文字整理：易美玲。

项目所发挥的作用是独特的，这个采访必须安排上。

德清公益：郭老师您好！放假了还打搅您很抱歉啊。春节前夕我们做的"'快乐合唱3＋1'2015—2020年度致敬盛典"活动上，为您颁发了"快乐合唱3＋1"卓越贡献奖，并为项目五方代表个人或单位制作了一个短视频，记得您看了为您制作的短视频之后打趣地说了一句"百看不厌"，这纯属玩笑还是真实表达？

郭声健："百看不厌"当然并不意味着看了一百遍，但这份感受是真实的。以往也有老师们分享一些视频给我看，包括我的会议发言或培训讲座等，我偷偷跟你们说，这些影像视频我从来都不看的，一是我知道自己讲的是什么，不用看；二是我对自己的上镜表现从来都不自信。然而，这一次你们帮我制作的40秒短视频，我的确看了好几遍，你们太用心了，让我很感动。看着看着也不觉得自己有多难看了。这是为什么呢？不是因为我的形象突然变高大、帅气了，而是因为它记录了我参与"快乐合唱3＋1"公益项目的一个个瞬间，可以说，是"公益"让我觉得自己也有些可爱了，这就是做公益的魅力所在吧：能够让人变得更自信，这份自信并不是因为自己有多厉害，而是因为自己做了自认为有价值的、内心很乐意做的事情，是因为自己做了许多人还没有做或不屑做的事情，心里觉得很踏实，是这份踏实让人自信。

记得12月下旬去湖北参加"快乐合唱3＋1"公益项目黄梅县启动仪式时，李克梅理事长跟我聊起"致敬盛典"的事情。我当时的意见是不建议做这样的活动，感觉这样做好像有些高调，认为做公益的人是不在乎是否被表彰的，如果一定要做也不要把这份表彰荣誉分等次，否则会影响一部分人的积极性。现在看，我当时的意见还是有些片面了，因为站在德清公益的角度来说，向所有公益项目参与者致敬，是完全可以理解的，并非多此一举。而每一位获得表彰的伙伴们在接受致敬的那一刻所表露出的那份发自内心的快乐，我理解那并不是受到"表彰"的快乐，而是参与公益的快乐，是公益带来的一份成就感或满足感。至少我作为受表彰者，当时的感觉就是这样的。虽然致敬活动分三批举行，每一次与会者只有十几个人，场下没有观众，但我们都真切地感受到了那份仪式感、庄严感、荣誉感，体验到了人生中的"高光时刻"，这种感觉毫无疑问是源于公益。

我这辈子很少获奖。因为现在评奖大都是主动申报，而且不管什么层级的奖项都得要靠实力，我实力不足，这点自知之明还是有的，所以很少申报奖项。虽然这次德清公益颁发的证书是非官方的、没有级别的、没有填表价值的，但我很开心受到表彰，因为这不是自己申报或找关系得来的，而是自己参与了公益并得到了德清的认可而获得的。公益，并非人人都在做，而我已经迈进了这个队伍，这一点我对自己感到满意，所以能够得到德清公益的表彰，我感到自豪。我本来很想在微信朋友圈完整晒出自己受到表彰的照片和你们写的致敬辞，表达就像自己获得了国家级大奖那般的荣耀感觉，但还是忍住了，觉得那确实太"高调"了。最后我只是发了一个趣味性的"谜语"：荣获何等大奖让人如此开心，体验人生巅峰？猜中有奖。没想到有近 400 位朋友点赞与留言，真真假假，很多人纷纷猜测。最后我公布了答案：我这次荣获的是由北京德清公益基金会组织评选的"做公益人老心不老开心大奖"！打趣中透露出一种难以掩饰的自豪。

其实我是不应该得到表彰的，有两个很充分的理由：一是相比其他参与公益的伙伴们和老师们，我做的事情是最少的，而且我参与"快乐合唱 3＋1"项目也是最晚的，算是一名插班生、后进生；二是我本身也是德清公益的理事会成员，这一身份也不合适让我得到表彰。不过我还是很开心组织方能够"网开一面"，给了我这个"大奖"，我把这个奖理解为是对我的鞭策，鞭策我在未来能够有更多的精力投入公益项目当中。可以说，这个目的完全达到了，因为从我领奖的那一刻开始，我就下定决心，一定要在未来做得更多、更好，才能对得起这份荣誉。

如果说这次的致敬活动有什么不足的话，那就是最值得受表彰、最需要得到致敬的克梅理事长以及所有北京德清公益基金会的工作人员被忽视了。克梅理事长每年自费出资两百万元做美育公益，你们每个人几乎都是全职、全身心做公益，我们这些得到表彰的任何一个人都是没有办法跟你们相比的，你们才是最值得致敬的人、最值得我们敬佩的人。我想借这个机会，斗胆代表所有参与这个项目的老师们，也代表在这个公益项目中受益的所有孩子们，向你们表达最崇高的敬意！

德清公益：2020 年第 12 期《中国研究生》杂志"高端访谈"栏目刊登了您写的《美育浸润路上那一串小小的音符》，了解到您在 2015 年开始就组织研究生进行乡村音乐支教公益活动，您能否谈谈是什么原因让您这位高校老师如此热衷于乡村美育公益？

郭声健：其实我做的事情微不足道，刚刚起步，谈不上"热衷"。那是一篇约稿，也是匆忙之中完成的，写得并不好。那篇文章我最满意的是杂志用了我一张穿着印有德清公益 logo 的 T 恤的照片作为题图，而且还占了两个版面。那一刻我就在想，德清公益值得让人了解，值得以这种方式宣传出去。在那篇文章里我主要介绍了这些年组织研究生参与乡村美育支教活动的一些情况，虽然我们所做的事情无论是规模、投入还是影响力等都远远不及"快乐合唱 3 + 1"项目的任何一个子项目，但有两点是一样的，一是同样启动于 2015 年，二是同样聚焦乡村音乐教育，或许这也是我后来与德清公益一拍即合并有幸加入"快乐合唱 3 + 1"项目的重要原因吧。我想，所谓的缘分其实是因为共同的价值观、志趣与追求所成全的，不会有无缘无故的缘分存在。

可能你们也知道，我是中师毕业生，18 岁就当老师了，在乡镇及村级中小学工作过多年，担任专职或兼职音乐老师。几十年过去了，当年的教学情景还能清晰地记得，其中记忆最深的就是音乐课带给学生的那份纯粹的快乐。几十年后的今天，音乐教育的整体水平毫无疑问提高了很多，但我个人的感觉是乡村学校音乐教育状况并没有实质性的改变，没上课的依然没上课，在许多地方，美育依然是空白。如果说有一点改变，那就是在开设音乐课的乡村学校里，当年那份音乐课带给孩子们纯粹的、无功利的快乐越来越少了。所以，如果说这些年我一直关注着乡村学校音乐教育，一方面是基于对乡村学校音乐教育现状的担忧，另一方面也是因为自己曾经就是一个乡村音乐老师，这份乡村音乐教育的情结始终存在，这份初心一直不曾改变。2020 年 5 月，在沅江市委、市政府、教育局的大力支持下，我们在沅江启动了一个为期一年的乡村学校兼职美育老师培训公益项目。在开班仪式的发言中，我曾说过一段话，我觉得这段话能够比较好地回答你刚才提出的问题：

"每个人都需要美育，美育是人生的刚需，不管他住在城市还是农村，是老人还是幼童。近年来国家对美育不断重视，有目共睹，整体上学校美育有了长足发展，特别是近几年，可以说是有突破性的进展。但在我这个见证了近 40 年音乐教育发展历程的人看来，学校美育尤其是优质美育资源恐怕主要还只是青睐于城市，农村学校美育则基本上是数十年依然如故，个别地方的美育发展现状可能还达不到 40 年前我做中小学音乐老师时的那个水平。如果说教育公平依然是当下教育领域存在的一大问题，那么最突出的教育不公平莫过于美育的不公平，无论是发达地区学校与不发达地区学校之间、还是大城市学校与乡村学校之间，其美育发展水平的差距起码有数十年之大，许多乡村学校的孩子还没有得到最基本的美育机会，有的地方甚至是一片空白。我在想，当我们的乡村孩子带着艺术与审美的缺失和强烈的自卑感走向大学、走向城市、走向社会时，我们的教育是不是应该给他们一个道歉！"

你说，我这个曾经的乡村老师、现在在师范大学从事音乐教育工作的高校老师，怎么可能对这种情况无动于衷呢？说心里话，如果我在高校兼有行政职务，能够调动各方资源，那我极有可能把乡村美育支教活动做得更大一些。遗憾我现在只不过是一名普通的老师，我能动用的资源充其量也就是自己的学生和一些志同道合的好朋友，我们一起做一些力所能及的事情，这对于研究生的成长也是很有好处的。

德清公益：您参加"快乐合唱3＋1"项目已经有四年了，请您谈谈对我们这个项目的印象和看法，特别是对于这个项目未来的发展，您有什么样的建议或展望？

郭声健：是的，我应该是2017年正式参加这个公益项目的，四年来，我见证了项目的一步步成长。这么大一个项目，没有现成的模式可以套用或参考，而且在目前国内教育公益生态并不成熟、音乐教育并不受重视的大背景下，可以想象你们坚持下来需要克服多少困难，甚至受过多少委屈。但项目不仅是坚持下来了，而且是做得越来越好了，影响力越来越大了，受益面越来越广了，这真的很不容易，值得庆贺，令人钦佩。至于我们这些参与方和参与者，只不过是做一点具体工作而已，完全不需要操心整个项目如何运作的问题，项目背后的艰辛与故事我们自然是不太清楚的，但我真的能想象到你们特别是克梅理事长的不易，这份坚守、执着与情怀值得我好好学习、好好珍惜。

当然，项目之所以做得很顺利，富有成效，必然是得益于项目本身的美好愿景与精准定位。你们之前虽然不是做美育的，却敏锐地觉察到了乡村美育这一被公益遗忘的角落，进而将"让每一个乡村孩子都能接受有质量的音乐教育"作为项目的愿景，这非常难能可贵。正是因为有这一明确而美好的愿景，项目才能够得以顺利开展起来并越做越好。与此同时，项目从合唱切入，也特别契合让每一个乡村孩子都能接受有质量的音乐教育这一愿景目标，因为合唱是最能普及的一项能够真正面向全体学生的教育内容与形式。此外，"快乐"作为项目的核心理念，同样也为项目带来了无限的生命力。可以说，项目从合唱切入，让快乐贯穿始终，这一定位是比较精准的，也是务实有效的，是实现项目愿景的最理想选择。

项目的成长与成熟，我们从"快乐合唱3＋1"内涵的丰富与内容的拓展这一点更是不难得出结论。项目起始阶段，"快乐合唱3＋1"的"3"是音乐下乡行、两营一会、音乐背包客，"1"是中小学合唱展演；经过几年的探索，项目的内容与形式已经由原来的4个子项目扩展为12个子项目，"快乐合唱3＋1"已经发展和完善为三大板块与一大愿景，即音乐老师培训板块、合唱展演舞台板块、课题研究平台板块，以及"让每一个乡村孩子都能接受有质量的音乐教育"的愿景。我想说，"快乐合唱 3 + 1"内涵的丰富与内容的拓展，并不是研究出来的，更不是写出来的，而是实实在在探索出来的，扎扎实实做出来的。可以说，短短五年时间，能够取得这样的成绩，这对于一个此前并非从事音乐教育的公益团队来说是不可思议的。

至于对"快乐合唱 3 + 1"项目的建议与未来期待，我想说的是，经过几年的探索实践，其实我们已经对未来的发展走向与目标非常清晰明确了，只要自信而坚定地沿着这条路走下去，一定会取得更大成就的。简而言之，合唱与快乐依然是项目的依托与特色，项目要基于舞台但不能止于舞台，必须从舞台延伸到教室；要基于展示但不能止于展示，必须从展示延伸到教学。唯有这样，才能真正做到面向全体学生，才能真正是为实现让每一个乡村孩子都能接受有质量的音乐教育的愿景目标而奋斗。局限于合唱团打造、止步于舞台表演、满足于比赛获奖，那不是真正的面向人人，也不是项目的初衷与初心。与此同时，不管是在舞台上进行合唱展示，还是在课堂上进行合唱教学，都要让学生充分享受合唱带来的快乐，这是"快乐合唱 3 + 1"的根与生命力，这个项目的"快乐之弦"决不能断，这就要求我们特别是在进行合唱训练的时候，千万不要太过专业化，不要被功利化、技术化所绑架，要让"美育生活化、生活美育化"的理念统领和贯穿于"快乐合唱 3 + 1"项目的始终。

根据这样的理解，其实我们也可以把"快乐合唱 3 + 1"做另一个维度的解读："3"即"三大板块"，一是社团合唱（训练与展示），二是班级合唱（教学与展示），三是歌唱教学（实践与研讨）；"1"即"快乐第一"理念。强调"快乐第一"，就是如前面说的，无论是社团合唱的训练与展示，还是班级合唱的教学与展示，或是歌唱教学的实践与研讨，都不能因为功利化、技术化而导致本来很快乐、很享受的合唱变得很枯燥、很乏味，唯有如此，项目才能坚守公益初心，才能真正朝着所确立的愿景目标稳步前行。我们不妨这么说，通过"快乐合唱 3 +

1"项目，让乡村孩子们获得久违的、最珍贵的、成长路上必需的快乐，这本身就是项目为乡村教育所做出的独特贡献。我想，不管项目未来如何转型升级，无论项目名称改与不改，立足乡村美育，致力面向全体，坚持快乐第一，项目就一定能够健康发展。

德清公益：谢谢您的鼓励和建议。时间过得好快，不知不觉半个多小时过去了，虽然只聊了三个问题，但我们已经收获很大。春节期间不好意思耽误您太多时间，最后能否请您给我们德清公益的团队建设提点建议？

郭声健：没关系的，我是有点忙，假期每天都安排了要做的工作，但不至于忙得聊天的时间都没有。每次跟你们交流都很快乐，可以说"快乐合唱 3＋1"项目所秉持的"快乐"理念事实上也已经成了我们一起做公益的合作理念。想想看，如果我们五方合作不快乐，那么项目怎么可能坚持做下去？这也是项目之所以获得成功的一个重要因素——我们拥有同样的信念与情怀，为了共同的理想与目标而愉快地走到一起，快乐地做着公益。

谈到你们这个团队，我想抒发两句感慨：一是你们每个人的成长我都能清晰看见，二是你们每个人的用心我都能深切体验。关于第一句话，我想说：你们每个人的起点不见得都是很优秀的。但你们每个人的现在都是最优秀的，在这四年的交往中，你们无论是专业素养、职业品质，还是待人接物、为人处世，可以说各个方面的进步与成熟都显而易见，这也是每次跟你们相聚都那么亲切、聊天总那么尽兴的原因。我想，你们的成长，首先要得益于克梅理事长的引领力和感染力，没有她为你们掌握方向和指引，没有她为你们创造环境与平台，就难有你们的成长；其次要得益于你们的刻苦好学与实干精神，你们能把握住每一次项目所开展的活动，虚心在做中学，努力在实战中成长。如果说要对你们提点建议，那就是一点，希望你们未来能够更大胆地工作，该你们决定和拍板的事情你们要敢于决定和拍板，该坚持的观点和想法你们要敢于坚持。这个项目做下来，未来要继续做下去，你们才是主力队员，像我们几方，可能在某个具体的方面有一点经验和点子，但由于不可能全身心投入，很多方面是难以从全局去考虑的，而局部思考往往会有些片面。尤其是你们不要觉得合唱与合唱教学是很专业的事，你们没有发言权，我认为恰恰相反，你们作为业余爱好者，没有专业化思维的桎梏，更能设身处地地站在乡村孩子们的角度去思考问题，而且这是公益项目，你们在公益方面是专家，你们才是最有发言权的。

关于"你们每个人的用心我都能深切体验"这句话，我想回到我们最开始聊到的"致敬盛典"话题上来，因为那就是一个最好的例证。我相信不管参加没参加现场活动，凡是得到了表彰的同志，每个人都能感受到你们的用心并深受感动，这也是当时你们要我说获奖感言，我脱口而出"百看不厌"的原因吧。你们为几方代表制作了精美的短视频，为数十位受表彰的老师分别写了致敬辞，请专业主持人配音，并精心制作了荣誉奖牌，还在第一时间把奖牌和致敬辞证书快递给了未能到活动现场的受表彰者……不说别的，就说这一个小小活动的工作量，我们都难以想象，更别说工作量背后无法计量的用心了。所以，当我们手捧奖牌和致敬辞时，不仅感受到了这份意义特别的荣誉，更是感受到了你们那暖意浓浓的用心。

周跃峰：合唱扶贫点亮乡村孩子们心中的美好

易美玲①

（周跃峰：湖南师范大学音乐学院教授、博士生导师，中国音乐家协会合唱联盟副主席）

从事高校合唱与指挥教学 30 余年，身兼中国音乐家协会合唱联盟副主席、湖南省合唱协会理事长、湖南省音乐家协会副主席、湖南省音乐家协会合唱学会（合唱联盟）会长、中国合唱协会常务理事等多个重要社会学术团体职务；联合发起"快乐合唱 3＋1——乡村中小学合唱艺术推广"公益项目，推动项目发展，走访 15 个贫困县，跋涉

---

① 文字整理：易美玲。

16830 公里，53 次公益教学，为近 4000 名乡村中小学专、兼职音乐老师送去了合唱指挥专业教学，让 70 余万个乡村孩子受益，快乐歌唱。

他，就是几十年如一日，默默耕耘为合唱，奋力奔走为教育的合唱教育公益人——湖南师范大学音乐学院博士生导师周跃峰教授。

30 余年的教学，周跃峰用行动诠释"师者，传道授业解惑矣；师者，仁爱精勤奉献矣；师者，润物无声大爱矣"的信念。多年来，周跃峰数不清多少次为社区、敬老院、企事业单位、中小学、高校以及社会各界的合唱团体进行公益辅导，希望能提高普通民众和中小学生的合唱水平，这种精神与"快乐合唱 3＋1"的理念不谋而合，公益的种子早已埋在心底，正在等待一个合适的契机，将它浇灌发芽、开花结果。

跨界创新，他是合唱公益设计师

"愿意、支持、参与！"2015 年 2 月，当周跃峰收到"快乐合唱 3＋1"发起人李克梅女士的邀约时，非常激动，积极地回应道，"以合唱艺术为切入点来做公益，这样的方式还未曾有过，深度挖掘合唱的社会功能服务于教育，为乡村孩子们打开一个新世界，这个跨界合作，值得探索，我义不容辞！"

"改革开放以后，中国的合唱发展很快，现在可以说是合唱大国了，但距离合唱强国，还需要这一代甚至几代人的努力，而中小学生基本音乐素养的提升是关键，乡村中小学基本音乐素养的提升更是难上加难。"周跃峰认为，"中国合唱求发展，从孩子们开始打好基础至关重要，孩子们是未来，乡村音乐老师们就是点燃未来的火种。城里和农村的孩子对音乐感知力的差别其实并不大，什么样的老师给他上什么样的课，他就会成长为什么样的人。要想让乡村孩子们享受有质量的音乐教育，老师培养很关键。我在贫困县上课时，发现有一大批兢兢业业、想把音乐课上好、想把合唱排练做好的音乐老师。"

周跃峰作为联合发起人之一，不遗余力地担当起了合唱公益项目设计者的责任。在培训体系设计上，他提出为每个项目县配备一名合唱指挥指导专家，并通过专家送教下乡（音乐下乡行）、集中培训（合唱训练营）、点对点帮扶（音乐背包客）三位一体的培训体系，在三年时间内逐步提升乡村音乐老师水平。

发起邀请后的两个月后，这场公益之行就在紧锣密鼓的推进中正式启程了，首站开始于素有"南楚极地"之称的湖南省怀化市通道县，跋涉近1000公里，周跃峰为当地的音乐老师进行了基础合唱指挥培训。通道县第一完全小学的音乐老师刘世梅在访谈中说道："一开始听说周老师是带博士生的，开始我还挺怕，害怕合唱指挥太难。但周老师的课我们听得懂，他和蔼可亲，还手把手纠正我们的手势，我内心暖暖的，想带好合唱团的信念也更坚定了。在周老师的指导下，我们合唱团多次在湖南省建制班合唱比赛中获奖，还登上了'快乐合唱3+1公益音乐会'的舞台，机会太难得了。"

"还记得2016年，周老师提出要为乡村老师和孩子们做一场专场音乐会，让更多人听到乡村师生的歌声。我其实是打退堂鼓的，高大上的音乐厅，专业的舞台，乡村的老师和孩子，我们能做出一台好的音乐会吗？但周老师信心满满，有他的专业支持，我们做！"李克梅回忆起设立"快乐合唱3＋1公益音乐会"子项目之初的讨论场景，周老师说："这场音乐会一定要开，克服困难也要开。这是对我们项目进展落实的最好检验，也是给乡村老师和学生提供的最好平台！实践是检验真理的唯一标准。准备一场音乐会本身就是一堂最好的合唱艺术实践课！我们做得到！"

言必信，行必果，凡事必将全力以赴，周跃峰是这样说的也是这样做的。"公益音乐会的完美呈现，是对乡村中小学师生的尊敬、鼓舞和示范，每个环节都不能出错！"合唱团成员选拔、音乐会选曲、节目单设计、合唱排练、联排现场流程把控，细致到合唱团的上下台、谢幕等，他都逐一把关，亲力亲为。他永远是那个在台前幕后最忙碌的人，上场前的鼓励、台下的默默关注、节目间的紧急撤台，哪里都有他的身影。"在合唱团中，没有我，只有我们。作为团队的一员，不管是大事小事，只要是能够身体力行的，我都会去做。"

"快乐合唱3＋1"公益音乐会已经连续举办5届，参演公益音乐会的合唱团师生均来自"快乐合唱3＋1"项目县，现在音乐会已成长为"快乐合唱3＋1"的核心子项目，也逐渐成为湖南合唱公益的一个响亮品牌。音乐会总是座无虚席，5年来，已有4650名爱心人士观摩，社会关注度不断攀升，这离不开周跃峰以及所有合唱人的辛勤付出。

身体力行，他是快乐合唱公益大使

2000年，周跃峰被遴选为合唱与指挥专业的硕士生导师，2013年被遴选为合唱与指挥课程教学论博士生导师，培养了近六十名合唱指挥方向的研究生，他们当中有博士后、博士，还有的晋升成教授、副教授，大都成长为所在学校甚至地区的合唱师资生力军。在学生眼中他是严师又是慈父，课堂上的他激情澎湃，幽默风趣；舞台上的他潇洒大气，精准完美；生活中的他低调宽容，温暖善良，学生都亲切地称呼他"周爹"。

周跃峰鼓励学生以合唱推广为己任，积极参与合唱公益。言传身教，身行一例，胜似千言，周跃峰对合唱的热爱及其参与的公益行动感染了他的学生们，现在已有 30 余人直接参与"快乐合唱 3＋1"公益项目，或担任项目县定点合唱指挥指导专家，或担任合唱夏令营/训练营/音乐会志愿者，或担任音乐背包客。

"2004 年，我还在读研究生，有一天跟着老师开车去邵阳排合唱，排完我才知道，没有报酬，甚至连过路费、油费都是老师自己掏的。"湖南大学唐德老师在回忆起这件小事时，说"后面这样的事情多了，我才知道老师是把合唱的事情都当作自己的事情，只要哪里的团有需要，他有时间，都是毫不推辞就去了，也不在乎报酬"。受周跃峰的影响，现在唐德也开始了自己的公益之旅，今年是他担任"快乐合唱 3＋1"湖南邵阳隆回县公益合唱指挥指导专家的第四个年头。

近年来，经过周跃峰辅导走上省级、国家级舞台的乡村合唱团孩子已有 840 名，他们承载着千千万万乡村孩子们的梦想和憧憬。同时，在周跃峰和他的学生的指导下，湖南、湖北省 14 个县已经成立了学生合唱团 516 支，其中有 136 支合唱团能长期坚持日常训练，23 支合唱团已登上过"快乐合唱 3＋1"公益音乐会、中国童声合唱节、中国国际合唱节等省级、国家级大舞台，惠及 723924 名乡村中小学生。

当他的学生问道："师父，您为什么要做公益呢？"他笑着回答，"我没有想那么多，我认为这是我应该做的事而已。人总要有点奉献精神，能为社会、为需要的人做些力所能及的事是人生的一大幸事"。是的，这就是他，做高调事，做低调人。

心系乡村，他是合唱公益引领者

栽得梧桐树，引得凤凰来。

为了吸引更多优秀名家名师参与合唱扶贫的公益事业，周跃峰在中国国际合唱节、中国合唱协会首届合唱指挥大会等场合，积极向国内外的合唱专家们介绍"快乐合唱3＋1"项目，希望更多专家加入合唱扶贫的行列，关注中国乡村中小学音乐老师和孩子们的合唱教育。

"合唱人都有奉献情怀，中国合唱协会的领导和专家们更是如此。合唱扶贫也是中国合唱协会的重要内容，但如此系统、规模化开展的合唱普及项目是全国首创，每每我跟专家们提起项目时，他们都赞不绝口，现在已经有近20位知名合唱指挥专家（如陆在易、李小祥、吴灵芬老师等）参与项目，为我们的一线音乐老师授课。"

在周跃峰的极力推荐下，中国合唱协会理事长李培智多次走访"快乐合唱3＋1"项目县——湖南湘西龙山、张家界桑植和怀化溆浦等县，并在"快乐合唱3＋1"合唱训练营为乡村音乐老师授课，随后正式受邀担任北京德清公益基金会名誉理事长，深度参与项目。

"'快乐合唱3＋1'吸引了一群志同道合的人，一起做平凡的事，我们做的是很基础的、培育合唱土壤的工作，点滴工作，对全国来说，虽然只是很小的面，但是如果大家都行动起来，我们一代一代地去传递、去影响、去改变，总有一天，中国合唱教育会有'巨变'。在项目推动下受益的孩子们，未来他们一定会记得，在他们小的时候，有一批人，曾带给他们这样美好的音乐教育。"

2020年8月，湖南省合唱协会正式成立，周跃峰当选为首届理事长。他在大会上表示，"中国的合唱基础在青少年，乡村中小学孩子们音乐素养的提升尤为重要，我愿意继续当一名快乐的合唱公益志愿者，和所有的合唱工作者们共同携手，为更好的中国合唱未来而努力"。

李克梅：我们做的就是润物细无声的工作

易美玲①

(李克梅：北京德清公益基金会发起人)

2004 年，李克梅和丈夫唐修国（三一集团总裁）发起成立了德清教育专项基金；2016 年，夫妇两人又发起成立了北京德清公益基金会。2021 年 6 月，CAPS（亚洲公益事业研究中心）与李克梅女士进行了一次线上对话，希望了解她推动北京德清公益做乡村音乐教育的故事。

---

① 文字整理：易美玲。

CAPS：能否与我们分享贵机构的公益事业？

李克梅：北京德清公益基金会的定位是一个小而美的基金会，我们聚焦在乡村音乐教育，选择了一个非常小的切入口——合唱，希望通过这个支点，撬动各方力量，实现"让每一个乡村孩子都能接受有质量的音乐教育"的愿景，用童声照亮童心。聚焦教育领域，尤其是音乐教育领域，意味着我们选择了一条短时间看不到明显效果的路，但是没关系，我们不着急，我们做的就是润物细无声的工作，就像土壤板结时，总要有人先做一些松土工作，苗子才能慢慢长出来。多年下来，我一直坚持一点，乡村的教育有它的生态，公益组织帮扶乡村教育，不能孤立地做，了解、融入当地的教育生态很有必要。通过新的理念、机制和资源来激发当地教育工作者（教育局、教育基金会、校长和老师们）的活力非常重要。

CAPS：请问您的慈善事业和三一集团的企业社会责任是否有关联？若有，您认为两者之间的互动关系是怎么样的？

李克梅：唐修国作为三一集团的总裁，履行社会责任也是他的使命。从个人和家族出发，我们选择了一个较小的切入口，聚焦在音乐教育公益，我们做的是小事，只能说是三一集团企业社会责任大版图中的一点补充。德清公益最初起源于我和先生回馈家乡、回馈社会的想法。我们认为，一个人经营好了自己的家庭，在自己的能量半径内为家乡，为社会，为国家做些力所能及的事情是时代赋予我们的使命。从2015年基金会聚焦音乐教育公益开始，我们的能量半径逐渐越拓越宽，这离不开三一集团的支持。每年暑期我们都会邀请乡村师生到长沙参加集中培训，动辄几百人，没有三一集团在食住行方面提供支持，我们是没有底气做的。

CAPS：请问您是否能与我们分享一个您认为最为成功的公益项目？

李克梅：德清公益主要聚焦在音乐教育领域，所以更多地关注这个类别的公益项目。我个人非常喜欢委内瑞拉国立青少年管弦乐团系统基金会这个项目。委内瑞拉是南美洲最大的石油生产和出口国，但国内贫富差距巨大，特别是在二十世纪五六十年代，全球石油生产过剩的背景下，大量底层人民失业、社会动荡，青少年犯罪率不断攀升。1975 年，阿布莱坞博士发起"音乐社会运动"，组建委内瑞拉首支青少年管弦乐团。两年后，这支乐团在英国阿伯丁举办的国际音乐赛事中获得好成绩，由此受到政府关注。1977 年，政府支持成立委内瑞拉国立青少年管弦乐团系统基金会，希望通过音乐教育影响社会。

之所以觉得这个项目成功有两个方面：一是项目本身体系设计科学，可行性强且能可持续地执行下去。首先，项目目标非常清晰，不是培养音乐家，而是培养有责任感、幸福感，热爱音乐、对社会有贡献的公民。围绕这个目标，项目设计了金字塔培养体系，以社区为中心集中授课，从 3 岁孩子开始接受登记入团，逐步按照合唱团、少儿乐团、青少年管弦乐团、专业乐团的阶梯式路径培养青少年。团队一起接受授课既能缓解教师不足的问题，也对于青少年形成正确的三观有极大帮助，其次，项目提倡"同辈教学"，高级团队学生有义务担任初级团队学生的指导老师，这样不仅有助于提高日常排练效率，让乐团氛围更加轻松友爱，还培养了未来的教师储备资源。二是该项目的可复制性，它的管理模式为自上而下，通过基金会在全国各城市建立社区中心，并拨款保证社区基本运营，同时社区中心通过各自的社区资源、家长群体等接受社会捐助，自筹 20% 左右的经费，与社区内的公司、家庭、青少年保持密切联系，有研究表明该项目所在社区的青少年犯罪率显著降低，这也同时改善了社区生活环境。项目的管理模式决定了它可以有效地复制到委内瑞拉其他社区，截至 2017 年，委内瑞拉建立了超过 300 个社区中心，每年有 35 万名青年能接受到体系化的音乐教育，这一数字占委内瑞拉人口的 1/100。全球有 40 多个国家和地区复制或参考了该项目，建立了各自的青少年管弦乐团系统。

CAPS：这个项目对您的公益事业有什么样的启发？

李克梅：这个项目不管在执行还是效果上，都是很值得学习的，这不禁让我想到我们自己的"快乐合唱 3 + 1——乡村中小学合唱艺术推广"公益项目，如何让更多的乡村师生受益，是我一直在思考的。与乐团一样，合唱团也是团体艺术，有助于缓解乡村孩子们的孤独情绪，帮助他们更自信、更快乐地成长，且我国一直有红歌合唱的传统，合唱群众基础较好。

　　"快乐合唱 3 + 1"这个项目看起来复杂，但其实底层逻辑很简单，分三个模块：构建教师培训体系帮助上好音乐课，提供合唱展演舞台陪伴孩子成长，搭建研究交流平台推动乡村美育发展。截至 2022 年 12 月 31 日，"快乐合唱 3 + 1"公益项目培训了音乐老师 8410 人次，举办了 5 场"快乐合唱 3 + 1"公益音乐会，在三省 19 县 763 所中小学 14970 个班级顺利开展了中小学合唱展演，惠及 863577 名中小学生。

　　我们从项目设计和项目管理模式着手，希望能通过打造适合中国国情的梯级合唱团成长体系、阶梯式音乐老师培训体系和多维成果展示平台，让每一个乡村孩子都能接受有质量的音乐教育。这次非常荣幸能够接受 CAPS 的访谈，也希望以此契机能让更多人看到中国的基金会是如何通过合唱公益项目推动音乐教育普及和发展的。

刘宇田：乡间走出来的合唱指挥孩子王

易美玲[1]

（刘宇田：中南大学建筑与艺术学院合唱指挥老师、湖南省合唱协会副理事长）

　　懵懵懂懂进合唱，弹指一挥间已二十年，他在精益求精的路上从不止步；化知为行，致力合唱教育新发展，他引入名师开讲，组织交流互访，开展童声合唱研究，搭建学术平台，努力为湖南合唱艺术贡献力量。关注薄弱地区合唱教育，陪伴安仁县合唱教育十年，往返长沙安仁50余次，20000多公里的路程记录着他的奉献与坚持。携手乡村合唱团

---

① 文字整理：易美玲。

获得多个国际、国家和省级奖项，彰显着他的耐心和匠心。

懵懵懂懂进合唱，终身学习勇探索

回望 2000 年，主修声乐、报考理论作曲研究生的刘宇田，完全没有意识到合唱会在他后来的生活中占这么大的比重。那时候湖南师范大学还没有合唱指挥专业，全凭周跃峰教授的引领和教诲，他才开始走上合唱艺术的道路。

刘宇田是周跃峰老师的第一个也是当年唯一一个研究生，后来的学生都叫他"大师兄"。作为"独苗"，当然就有得天独厚的条件，"啃理论"的同时，周跃峰经常会带他外出实战观摩和练手，有很多宝贵的机会。

三年时间，刘宇田经历了一番磨砺，也打心底爱上了合唱指挥。"我觉得我骨子里就喜欢'指手画脚'，我很享受用音乐表达自己的情绪和对作品的理解，也很享受和团队在一起的感觉，最早带的团员大都处成了朋友，特别好。"

农村的孩子早当家，读书期间，刘宇田就一直勤工俭学，大三开始他还自办起了艺术培训机构补贴家用。2003 年毕业，刘宇田顺利进入了中南大学。以苦为师的他，一直志存高远，从未忘记自己喜欢的合唱，从事合唱指挥课程的教学，让他又能开始重新追逐自己的合唱事业。为师者，学习和实践两大板块是永不能停、也永无止境的。深感自己专业能力这几年落下了，刘宇田开启了马不停蹄的学习之旅，一般他会提前制订好半年内的学习计划，这个习惯到现在一直保留着，名家的讲座、合唱的盛会，不管是国内还是国外，有时间他都去。他的家里，合唱教材、曲谱随处可见。他去参加美国合唱指挥大会（ACDA），带着两个箱子、一个背包，背包里是日常生活用品，两个大箱子都是空的，专门用来运书。不断学习，再把学到的东西用到实践中，在排练中反复打磨，再传授给学生，他乐此不疲。

2015 年，刘宇田从美国访学归来，深感当代世界合唱艺术发展日新月异，想为普及和提升湖南合唱艺术做些事。于是在周跃峰老师的支持下，创立了湖南交响人声合唱艺术交流中心，召集了魏伟国、唐德、唐平波、李红兵、沈加林等一批有专业能力也有艺术情怀的合唱指挥家和爱好者，先后邀请国内外著名合唱指挥家和作曲家来长沙授课，致力于提升湖南省及周边地区的合唱水平，同期他也开启了他的合唱公益历程。

十年俯身乡间，培育合唱童话

刘宇田与安仁师生十年的缘分始于一场比赛。2011 年，安仁县合唱团参加郴州市的比赛，邀请刘宇田做指挥老师，短短一个月的排练，合唱团就认定了这个勤奋、执着、严厉又幽默的老师。"大热的天，风扇呼呼地吹，也没什么效果，一排就是一天，最热的时候，刘老师一上午换了三件衣服，都湿透了。排完回去，他还让每个人、每个声部都发录音，他一个一个听了给意见，他对专业的执着、精进、力求完美让我们折服，那段时间，合唱团进步很快，大家都跟打了鸡血似的。"思源实验学校袁利红老师回忆当时的情景感慨万千。苦心人，天不负。终于，团队拿下了一等奖的好成绩。宣布奖项得主的时候，合唱团团长李久林主席长舒了一口气："安仁在文艺上的团体奖项一直没什么水花，这次可以说是为全县争光了！"队员们拥抱在一起，喜不自胜。时任县委书记还为团队庆功，并在全县通报奖励，团队士气大振，好的开始是成功的一半。后来，陆续有几次市级的活动，团队都顺利拿下第一名，2016年还拿下了省级金奖。

刘宇田跟安仁的老师们感情日渐深厚，几乎是有求必应。2017年，湖南省乡村文化旅游节在安仁举办，教师合唱团将在开幕式上演出代表安仁欢迎各方来客。刚从美国学习回来的刘宇田得到消息，下了飞机就往安仁跑，赶着给团队排练，眼看着日子一天天越来越近，合唱声音还是不理想，只能一遍又一遍，不知疲倦地排。那天合唱团登台演出获得了满堂喝彩，但刘宇田却被老师们架着进了医院。时差导致的失眠，加上高强度的排练，刘宇田的眼睛开始有点一大一小，起初谁也没太当回事，直到肌无力和甲状腺乳头状瘤的诊断结果出来，大家都蒙了。从这以后，刘宇田在安仁排练时都会被"强制"安排休息时间。他对专业的执着潜移默化地影响着其他老师，他们的合唱理念也逐步成型，这为全县中小学合唱教育的发展打下了好基础。说起与安仁县中小学合唱教育的缘分，离不开两个公益组织，安仁县教育基金会和北京德清公益基金会。2013年，德清公益联合安仁县教育基金会、安仁县教育局举办"德清杯"中小学合唱节。2015年试点推广"快乐合唱3＋1"公益项目，刘宇田受李克梅理事长邀请，正式成了安仁县定点合唱指挥指导老师。

德清公益"让每一个乡村孩子都能接受有质量的音乐教育"的愿景与刘宇田多年来想做的事情不谋而合。"读书的时候，周老师就经常会给一些乡村学校义务辅导，那是我心里合唱公益的雏形。我很珍惜这个机会，自己从农村出来，小时候没有接受过系统的音乐教育，很希望自己能为农村的孩子做些事情，让他们从小就能享受音乐，也能有学习专业音乐知识的机会。"具体落点在安仁县，落点在合唱指挥，要从哪里开始呢？安仁县有 13 个乡镇，49 所中小学，学生 6 万多名，专兼职音乐老师 100 余名。刚开始合唱团还没有组建起来，刘宇田建议第一件事就是把老师培训先搞起来，老师是根本，把当地老师教会了，他们的基础扎实了，学生才可能获得好的音乐教育。以往专门针对音乐老师的培训非常少，在基金会的支持下，安仁十年内陆续引入了 40 多个专家和志愿者开展讲座和辅导，老师们每年都有机会接受 2～4 次专业技能培训，还有外出培训机会。

除了老师们的指导，还有 50 支童声合唱团，老师们在排练过程中或多或少会有疑问，曲目选择适合我吗？声部为什么总是合不上？孩子们最近都不想排练……他总是在深夜以微信解惑，有问必答。教师合唱团就更不用说了，每每听到他们要外出展演，即使是没有邀请他指导，团员有争执的时候还是会说"那听刘老师怎么说"。

就算在 2020 年新冠疫情蔓延的时候，安仁也开展了线上读谱训练。"必须读懂乐谱，否则就不是一个合格的音乐老师，更谈不上是一个称职的指挥家。"刘宇田给老师们整理了视唱两大本——"小蓝"和"小黄"，重点在于提升老师们的视唱和指挥基本功。"小蓝"是高校的各种谱表、调号、节拍、节奏的视唱练习本，700 条左右，共计 156 页。"小黄"是经典的合唱谱片段，汇集了各种题材、风格、语言、地域、年代的合唱曲，50 首左右，共计 303 页。459 页资料，刘宇田用四个月时间，每周一课，从出勤、课堂表现、笔记、视唱、指挥等方面对学员进行考核，硬是带着老师们啃下来了。

现在，常年坚持培训加上不间断的合唱展演活动，安仁校园的音乐氛围浓厚，有了"中国合唱童话县"的美称，为边远薄弱县级地区合唱艺术和音乐教育发展做出了良好示范。

第二件事是制定合唱展演的评分规则。从"德清杯"中小学合唱节到"永乐江之声"中小学合唱展演，刘宇田都是常任评委，他参照国际通用的评分标准，再加上日常训练的评分比重，制定评分规则，引导各校注重日常训练、声音的艺术性，减少花在服装、表演等方面的精力，后面陆续还加入了对新曲目的加分项和识谱考核内容。虽然前两年还是有不少队伍按照老套路来——喊唱＋情景表演，但坚持到现在，安仁的合唱展演已经有了合唱专场音乐会的水准。

第三件事就是把成果亮出来，把乡村的团队带到外面去，让孩子们站上大舞台。在做好本土音乐教育和合唱舞台的同时，刘宇田认为让外面听到安仁的声音也尤为重要。得益于"快乐合唱３＋１"项目的推动，安仁县已经有６支乡村童声合唱团登上了省级、国家级舞台，国内的合唱盛会如中国国际合唱节、中国童声合唱节等都留下了安仁县米多多合唱团的歌声。

2017 年，安仁县牌楼中心小学米多多合唱团参加第六届中国童声合唱节获 A 组银奖。

2020 年，刘宇田提议在长沙音乐厅举办一场专场音乐会，获得了各方一致认可。为了做好这场音乐会，他带着团队花了近一周的时间跑遍了安仁 49 所学校，详细记录下 50 支合唱团的状态和不足，再针对性地提意见，安排志愿者团队进行辅导。

如果说对老师，他是一腔耐心加执着坚守自己的要求，像头老黄牛，不知疲倦地耕耘教导，那对学生，他就是快乐源泉，妥妥的"孩子王"，他总有千奇百怪的办法引得孩子们阵阵发笑，孩子们都期盼着刘老师来。

豪山中心小学是安仁最偏远的中心小学，学校的指挥老师肖红霞是英语老师兼任，她很喜欢音乐，多次培训后把合唱团带得有声有色。一入座，刘宇田当即请孩子们唱一下音阶、音程，可以看出平时练习的痕迹，但缺少打磨，进步空间还很多，刘宇田在心里已经想好了要给他们联络对口支援的志愿者。看着简陋的环境和孩子们稚嫩的脸，他突然问了一句："你们喜欢合唱吗？"孩子们对熟悉的刘老师丝毫不畏惧，也没有以往在课堂上答题的拘谨，一个个像是跟刘老师倾诉一样，没有任何陌生感。

"这是我第一次参加合唱团，以前都没有这种机会，唱歌感觉很幸福。""虽然每次时间都感觉很短，但我们都很用心来唱好这首合唱，我现在六年级，毕业就见不到了，和大家一起努力的时间，很舍不得。"轮到同学小涛时，他说着说着眼里就湿润了，而后便是止不住的眼泪，周围的孩子们也跟着哭泣，刘宇田也不觉流下了热泪，他心中的信念也更坚定了。但由于新冠疫情形势变化，音乐会最终无奈延期。谈到未来安仁的发展，"这场音乐会是对安仁教育工作者和孩子们最好的礼物，希望我们能在 2022 年把这份礼物更好地展现出来，这是小结，也是新的开始，未来安仁的合唱童话还会一直延续"。刘宇田始终认为老师的培训至关重要，"如果有机会，希望能有一个假期，可以组织骨干老师们集中封闭培训 7 天，从指挥技法、作品学习和合唱团管理等方面，全面提升老师的综合素质，迈上一个新台阶"。小我融入大时代，为湖南合唱发展出一分力。

安仁寄托了刘宇田对乡村音乐教育的眷恋和美好期待，也影响着他的个人成长轨迹。在乡村振兴的大背景下，加上多年与一线老师和童声合唱团的亲密交流，他愈发坚定了要做好童声合唱研究，尤其是乡村中小学合唱教育研究的决心。2018 年 3 月，刘宇田和好兄弟唐德在长沙组建了交响人声少儿合唱团，多年在幕后支持刘宇田的方熙（刘宇田爱人）也渐渐从幕后走出来，参与到合唱事业中，就在"阳光 100"简陋的房子里开始了教学，从零开始摸索怎么系统化给没有音乐基础的孩子做合唱培训。

"目前我接触到适合零基础孩子们开展合唱学习的系统材料太少，我尝试以安仁和湖南交响人声合唱学堂为基础，结合国内外教学法，打磨一套这样的材料，这是一个大工程，也许还需要再花五年十年来做，但是很值得。"

2020 年 8 月，刘宇田当选湖南省合唱协会副理事长；2021 年 5 月，当选长沙市音乐家协会合唱学会会长。一直把湖南合唱发展作为自己人生目标之一的他，担子更重了。人生的下半场刚刚开始，他斗志满满，举办合唱讲座及交流活动、举办合唱音乐会、开展童声合唱研究、践行合唱公益、搭建合唱交流平台，他努力为湖南合唱艺术发展贡献自己的力量。

"我生命中百分之九十的时间要留给音乐，百分之十的时间精力在家庭，希望能获得你的支持与爱！"这是刘宇田十多年前给妻子方熙表白信中的话，有些"霸蛮"，却很是实诚。"如果他换过来说，我会拒绝；但这样的话，让我看到的是一颗纯粹赤诚的心和忘我的炙热追求，能和这样的人相伴一生亦是我莫大的福气，到现在我仍是这样想。"方熙有些腼腆地笑道。

湖南城市学院易松：一辈子坚持做一件有意义的事

易美玲①

（易松：湖南省合唱协会副理事长兼党支部书记、湖南省音乐家协会指挥学会副会长）

　　"只要是益阳市区县组建常规训练合唱团的，我都会参加公益做指导。"当初在益阳市音乐家协会合唱专业委员会成立时的承诺，易松做到了。这些年，益阳市6个县市区他都跑遍了，为几十个合唱团进行了公益辅导，通过与公益组织、教育局对接，他还为各个区县做了公益培训，主要培训对象是各县区的中小学音乐老师们，还有许多慕名而来的

---

　　① 文字整理：易美玲。

合唱爱好者。对从小热爱音乐的易松来说，开展合唱公益，把合唱分享给更多人，把合唱普及到中小学去，普及到群众中，是他从教 20 多年来一直坚持的梦想。

学无止境、不断提高

大学期间，在周跃峰、杨长安老师的影响下，易松爱上了合唱，憧憬着做一名优秀的合唱指挥家。做指挥家，很多专业课都得拔尖，易松是学小号的，钢琴、指挥、理论基础，每一项的功力提升都需要花大量时间，从此他开启了四年如一日的寝室—琴居—食堂三点一线的生活，暑假也不例外。每天早上五六点钟，天还是蒙蒙亮他就起来去练功，有时上岳麓山，有时去琴房，琴房的阿姨大都是被他叫醒的，开始还挺烦他，后面也喜欢上了这个勤奋的小伙子，给他取了个绰号叫"拼命三郎"，还总是把最好的琴留给他。日复一日，年复一年，他本着专业是立身之本的信念，坚持不懈地学习，本科各科都以优秀成绩毕业。2003年，易松已经在高校任教多年，但他没有停止学习的步伐，开始在职攻读湖南师范大学合唱指挥硕士研究生，跟随周跃峰教授继续在合唱指挥专业上深造。只要有指挥家授课的活动，他都会积极参加，多年来如严良堃、杨鸿年、秋里、吴灵芬、任宝平、桑叶松、阎宝林、连芳贝、库尔热夫斯基（俄）等很多国内外著名指挥家的指挥课或者训练班他都参加过学习，博采众长，不断学习提高指挥专业能力。

辞职回湘，教学服务地方

1997 年本科毕业后，易松就去了广东工作，1998 年益阳师专（现湖南城市学院）组建音乐系，需要能教管乐和合唱指挥的老师，为了专业能有更好的施展，他毅然放弃了广东带编的高薪工作，在大家异样的眼光中辞职回到了湖南益阳，月薪从 3000 多元一下降到 500 多元，但能够干回自己喜欢的合唱指挥工作，他说从未后悔过。工作期间也有广州、南京的高校曾想高薪聘他，都被婉拒了。"不是我有多么高风亮节，是因为在益阳工作的这些年，发现在我的专业研究领域，社会上合唱指挥人才极其缺乏，中小学以及社会合唱团体的合唱水平仍然很低，虽然我在高校的专业教学很顺利，也能取得一些成绩，但是我身处的这个城市和地区却不能很好地受益。作为大学专业教师，传授的技能知识不能和地方社会脱节，我有责任和义务给地方传播专业知识，尽己所能提高当地的合唱演唱专业能力和水平，同时宣传和普及合唱艺术。南京、广州等大城市高校虽好，但不缺少人才，多一个少一个没有关系，我要留在最需要我的地方，一辈子坚持做一件有意义的事。"大学任教初期，易松发现音乐学院大学生的视唱练耳基础比较弱，很难顺利开始合唱教学，合唱课上往往会花掉很多时间进行视唱练耳训练和声音基础训练，实际上这些都是音乐专业大学生们在中小学就理应学会的，音乐专业学生尚且如此，普通人就更不用说了。他意识到，要做好合唱的普及工作，一定要从中小学抓起，而培养中小学音乐老师非常关键。攻读在职研究生期间，易松时常跟周跃峰老师一同外出做公益辅导，这也打开了他的合唱公益大门，访谈中，他多次提道："周老师不仅是我的专业导师，也是我的公益引路人，还有刘宇田、唐德几位师兄弟，他们常年践行公益，都是我的学习榜样！""只要是益阳市区县组建常规训练合唱团的，我都会去做公益指导。"

从 2005 年开始，易松开始为益阳各个区、县的合唱团进行公益辅导，并开展公益培训；2017 年他自筹资金组建了益阳市爱乐合唱团，担任团长和指挥老师，免费为合唱团训练授课至今，并每年举办一场公益合唱音乐会，惠及益阳市群众；2018 年举办益阳市首场湖南城市学院艺术学院管乐团公益音乐会；2019 年受聘益阳市青少年管弦乐团艺术总监，全力支持乐团的组建和训练；义务指导益阳市民族乐团参加公益演出……当年的承诺，易松都做到了。这些年，益阳市几个县市区他都跑遍了，为多个合唱团进行公益辅导，通过与公益组织、教育局对接，还为各个区县做了公益培训，主要培训对象是各县区的中小学音乐老师们，还有许多慕名而来的合唱爱好者。

用童声照亮童心

做访问学者期间，在导师周跃峰的带领下，易松观看了 2017 年"快乐合唱3＋1"公益音乐会，听着乡村孩子们演唱的侗族大歌和桑植民歌，看着孩子们灿烂的笑脸，他好像明白了节目单上"用童声照亮童心"里"照亮"这个词的意思，也就记住了"快乐合唱3＋1"，相同理念的碰撞，慢慢翻开他与公益组织合作的合唱公益新篇章。

2018 年"快乐合唱3＋1"合唱夏令营举办期间，易松作为志愿者，为龙山县皇仓中学合唱团进行合唱排练指导，和孩子们一起度过了七天紧张又欢乐的时光，由于学校事务繁忙，需要往返益阳和长沙，"那段时间面包吃了挺多，边开车边吃，但睡眠特别好，一沾枕头就睡，第二天又像打了鸡血一样，状态特别好，这种痛并快乐的状态相信每个指挥老师都能懂，最后看着乡村孩子们站上舞台，唱出美妙和声的那一刻，我心里说不出的激动，恨不得马上把项目引荐到益阳，让童声合唱照亮益阳乡村孩子们前进的路"。

2018 年下半年，易松作为"快乐合唱3＋1"项目引荐人推进项目落地益阳安化县，安化县教育局青少年活动中心主任唐祁安是他最早联系的对接人，唐主任热爱合唱，曾多次自发组织县里的合唱爱好者们一起排练、参加活动，经过多番沟通对接后，得到了安化县政府和县教育局领导的大力支持，项目成功立项落地。

"安化县离益阳市比较远，之前我跟本地的老师们接触得少，'快乐合唱3＋1'落地后，举办了大大小小、线上线下的培训十余次，熟悉的面孔越来越多，我对老师们的了解也越来越多。音乐老师们其实心中都有一团火，我只是借助项目点燃他们心中的火，把这份热情传递到音乐课堂中，给孩子们更好的合唱教育。值得一提的是，德清还组织了

80 多位校长们参加美育讲座，校长懂得了音乐和合唱的'好处'，事情就更好办了！"

北京德清公益基金会发起人李克梅女士说："这是第一次由合唱指挥专家推动项目落地，有湖南城市学院艺术学院作专业后盾，校地结合，引入更多优质专家和志愿者资源，我们有信心能更好地服务乡村音乐老师和中小学生，也会积极吸纳更多合作方支持安化合唱教育发展。"

在德清公益和安化县教育局的共同争取下，芭莎慈善基金和湖南方正证券汇爱公益基金会相继在安化落地"芭莎·课后一小时"校级合唱课程和"方正米多多合唱团"支持计划，给易松带来了更多挑战。

让学生们会唱家乡的歌

"方正米多多合唱团"支持计划重点帮扶东坪完小合唱团的建设和发展，学校的音乐老师周宝玉是易松的学生，师徒俩非常珍惜这次点对点的帮扶，希望在孩子们开开心心享受合唱乐趣的同时，能把合唱团带出特色、带出成绩。

现在走进东坪完小的排练室，就能听到孩子们清脆的歌声。"哎～哎～山歌子好唱，口又难得开，杨梅子好呷树难栽哟，白米饭好呷，田又难得种诶，鲜鱼极好呷网难开，粑粑极好呷哟磨又难得推哟～""这是我们孩子们第一次唱地地道道的安化山歌"，安化县东坪完小周宝玉老师说："孩子们开始的时候还会有点畏难，现在觉得用土话唱歌可有意思了，接地气，也时尚。孩子们还说要把我们的山歌放到短视频平台上，我悄悄告诉他们，不要着急，等我们唱得好一点，再好一点，我们再去平台霸屏。"易松查阅了大量资料，在海量的原始山歌音视频资料中挑出来几首适合孩子们唱的歌，后面又精简到两首，歌词一个字都没有改动，保留它的原生态状态，改编成童声合唱原创作品，孩子们刚学会了一首《呜哇峒》，第二首正在熟悉中。本土文化传承也是合唱公益的使命，让更多孩子会唱家乡的歌，爱上家乡的歌，好的合唱作品可以有事半功倍的效果。

2020 年 12 月 28 日，安化县东坪完小方正米多多合唱团受邀作为音乐教育领域脱贫攻坚的典型代表出席第二届深圳（福田）民族童声合唱节闭幕音乐会，把安化山歌唱给深圳和全国人民听。

公益奖章上，有她们的一半

"芭莎·课后一小时"校级合唱课程资助的 14 所山区小学，都是条件艰苦、交通相对不便的山区乡镇学校。为了更好地完成项目，易松在自己的指挥班里招募了 8 位益阳市的优秀骨干教师，加上自己和妻子，一共 10 人，组成了公益小分队，每人定点负责一两所学校。团队成员绝大多数都是女教师，她们有的小孩在读高中，有的小孩还在襁褓之中，脱身出来投身公益实属不易，这离不开家人的支持。益阳市第十三中学音乐老师彭艳的项目点是奎溪镇完小，路途遥远，每次上课早上 5：00 就要出发，爱人就义务当起了司机兼保镖，陪她一起做公益。"钱是挣不完的，但有些事情，你做了之后，会留下深远的影响，这一点是我们携手同行的共识。"

作为安化县指导专家团队的负责人，易松主动选择了 14 所学校里最远的古楼乡完小，到古楼乡要先开车到安化县城，再坐船逆流而上两个多小时才到，往返需要 9 个多小时，来一次就是两天，但易松乐此不疲。易松的爱人陈红丹也是合唱公益团队的一员，负责两所学校的支教任务，通常她都是早上 7：00 出发，为两所学校合唱团授课后急匆匆赶回家接孩子放学。

"以前他到处奔波，给乡镇老师们做培训、指导，我也经常去观摩学习，在他的影响下，我逐渐喜欢上了合唱，原来在乡镇学校教书的时候，我也组建了合唱团，感受孩子们的声音在自己手中有了变化，很有成就感和自豪感，相信这也是他坚持这么多年的源动力。这次支教后，我更加体会到孩子们对快乐音乐课堂的渴望，如果还有机会，我一定努力提升自己，带给孩子们更好的音乐享受!"陈红丹老师往返安化多次后有感而发。"家庭对我来说很重要，我爱人的支持是我前进的基础，她亲身参与项目后也更了解我为什么要做公益，后方阵地更坚固了。没有她的支持，我是做不下去的。一起开开心心做公益，就很好。"易松说道。重在参与，力求专业，影响更多人一起加入合唱公益，易松会坚定地一直走下去。

袁利红：以合唱之名守护孩子们眼里的光

唐 丹①

[袁利红：安仁县空（海）军飞行员生源预备学校音乐教师，安仁县快乐合唱音乐工作室主持人]

安仁县第六届"永乐江之声"中小学合唱展演上，思源实验学校袁利红老师和搭档卢秀娟老师带领的队伍荣获特等奖。这是袁利红指导的合唱团第四次拿到特等奖，距离上一次已过去五年。犹记得八年前，她带领学生第一次登上"德清杯"中小学合唱节的舞台，并连续三年获得"德清杯"中小学合唱节的特等奖。有人说她"沉寂"了五年。

---

① 文字整理：唐丹，北京德清公益基金会战略总监。

中间这五年到底发生了什么？今天，让我们一起走近安仁县思源实验学校的音乐老师袁利红和她的合唱团。

遇见德清是件特别幸福的事

袁利红是长沙宁乡"妹陀"，2009 年，她作为校优秀毕业生从湖南师范大学音乐学院毕业后，因为当时的男朋友是湖南安仁县人，袁利红选择到安仁县一个乡镇中小——牌楼中心小学成为一名特岗教师。

2013 年，德清公益与安仁教育基金会、县教育局合作，在全县发起"德清杯"中小学合唱节公益项目。合唱节连续办了三年，其间德清公益邀请专家到安仁给音乐老师进行了多次合唱指挥培训，并且还邀请安仁骨干音乐老师到长沙、湘潭等地观摩学习。袁利红虽说是音乐专业毕业，但刚刚参加工作且在合唱这一块还完全是个新人。她抓住一切学习机会，每次培训都有她的身影，并且永远坐在前排，积极提问，认真做好笔记。

当时，牌楼中心小学还没有成立校合唱团。作为学校唯一的全职音乐老师，袁利红果敢地挑起了组建临时合唱团、排练曲目参赛的任务。由于自身专业底子不错，加上积极参加合唱指挥专业培训，袁老师完全胜任了学校临时合唱团的指挥工作。她请教专家推荐适合孩子们的曲目，带着孩子们有计划地排练，出乎意料地，她带领的团在第一届"德清杯"中小学合唱节的比赛中取得了第一名也就是特等奖的好成绩。随后，袁利红在牌楼中心小学三年特岗服务期满，获得"优秀"评级并调至思源实验学校任教。同样地，她坚持参加每次的赛前培训和专家讲座，凭借踏实努力，带着思源实验学校的临时合唱团以高分数连续两年蝉联特等奖。

"作为一名音乐老师，遇到德清基金会，真是件特别幸福的事！"袁利红老师在回忆起这段辉煌时，充满感激地说。

已有五年没有参加合唱培训，合唱团成绩下滑心里着急

袁老师在大家的眼里永远是"热情""干劲十足""好像有使不完的劲儿"。优秀又能干的袁老师在思源实验学校很快得到了校领导的重用。能者多劳，她在担任音乐老师的同时，还兼任学校的行政岗位。2016 年，思源实验学校建立"思源之声"校合唱团，袁老师担任指挥老师。除了日常教学工作以外，一边是合唱团的孩子，一边是繁重的行政工作，袁老师一个都不想放，开始了"一心多用"。

"行政工作没有办法推，这是学校分给我的任务。合唱团更加不舍得偷懒，合唱团的孩子大部分是留守儿童。很多孩子刚来时内向、羞涩、自卑，这些年我在合唱团见证了很多孩子的变化，他们的话越来越多了，更自信，更阳光了。"袁利红老师笑着说。

2017 年，怀有身孕的袁利红作为校合唱团唯一的指导老师，挺着大肚子坚持训练，还亲自领着合唱团的孩子们前往郴州电视台参加留守儿童展演。然而，一个人的时间和精力总是有限。繁重的工作让袁老师抽不出身进行更多的专业学习。

"身兼几职，要做的事情太多了。虽然我还是坚持带合唱团训练和参加每年的比赛，但成绩在下滑。我也会着急，但我自己清楚，其实主要原因在于我已经有四五年没有参加过合唱指挥学习了，一直是在吃老本。"袁利红说。话虽如此，在袁利红的坚持下，"思源之声"合唱团在每年的"永乐江之声"中小学合唱展演比赛中还是取得了不错的成绩。

和搭档亦师亦友，彼此配合，相互成就，再创佳绩

2019 年，搭档卢秀娟老师的到来，给袁利红和合唱团的孩子们带来了新的夺冠希望。卢秀娟虽是新老师，但学习劲头强。她利用网络学习指挥手势、认真参加每次合唱指挥专业培训。新兵搭老将，卢秀娟在排练时会习惯性地辅助袁利红完成训练目标。有时候卢老师会提出一些

新的训练方法和排练计划，这时候袁利红也会全力配合卢老师方法的实施。卢秀娟老师在实践中一点点进步，袁利红看在眼里，心里很是高兴，也有意磨炼她，将她推到前面。"卢老师指挥得特别好！"袁利红经常把这句话挂嘴边。近两年的比赛，卢老师都担任了合唱团的指挥老师。"袁老师是最好的搭档！"卢老师一直这样说。两个人亦师亦友，彼此配合，互相成就。

而在合唱团孩子们的眼中，袁、卢二人是"天仙配"：卢老师温柔、细腻、顾全大局，袁老师稳重、威严、把控全场，带着队伍按时按质完成排练任务。时间是最公平的，你付出多少努力就会有多少收获。经过两年的努力，在2021年的第六届"永乐江之声"中小学合唱展演决赛的舞台上，袁利红和卢秀娟带领的"思源之声"合唱团再次摘取桂冠。"我喜欢看孩子们站在舞台上，眼睛里闪烁着自信光芒的模样。希望永远守护住他们眼里的光芒。"袁利红有些动情地说。

"快乐合唱3＋1"项目从安仁试点开始，目前已培训6205人次的乡村音乐老师。袁利红老师是最早参与我们的培训的乡村音乐老师之一，她基础较好且特别爱学习。然而，作为一名全职音乐老师，她却不得不身兼数职，繁重的工作使得她已有五年没有时间参加任何合唱专业培训。这种状况在广大乡村音乐老师中普遍存在。然而袁老师并没有因此放弃，她还是坚持学校合唱团的训练工作。这也主要得益于在安仁县教育基金会和教育局的领导下，安仁整体形成的艺术尤其合唱艺术普及氛围，为音乐老师和孩子们提供了很多的学习机会和广大的展示舞台。"中国合唱童话县"的美誉已能说明一切。最后，愿每个乡村孩子都能接受有质量的音乐教育！

附：袁利红老师和她的合唱团在合唱比赛中所获的荣誉

年份	荣誉
2013	"德清杯"中小学合唱节小学组特等奖
2014	"德清杯"中小学合唱节中学组特等奖

（续上表）

年份	荣誉
2015	"德清杯"中小学合唱节中学组特等奖、小学组二等奖
2016	第一届"永乐江之声"中小学合唱展演小学组二等奖
2017	第二届"永乐江之声"中小学合唱展演小学组二等奖
2018	第三届"永乐江之声"中小学合唱展演小学组二等奖
2020	第五届"永乐江之声"中小学合唱展演小学组一等奖
2021	第六届"永乐江之声"中小学合唱展演小学组特等奖